U0552794

本书为兰州大学中央高校基本科研业务费专项资金项目"基于副文本的中国当代小说在美译介研究"(2020jbkyzy007)的阶段性成果

Chinese Modern and Contemporary Literature

中国现当代文学
英译选集研究

何敏 著

中国社会科学出版社

图书在版编目(CIP)数据

中国现当代文学英译选集研究/何敏著. —北京：中国社会科学出版社，2021.9
ISBN 978-7-5203-9095-8

Ⅰ.①中⋯ Ⅱ.①何⋯ Ⅲ.①中国文学—现代文学—英语—文学翻译—研究②中国文学—当代文学—英语—文学翻译—研究 Ⅳ.①I206.6②H315.9

中国版本图书馆CIP数据核字(2021)第184163号

出 版 人	赵剑英
责任编辑	陈肖静
责任校对	刘 娟
责任印制	戴 宽

出　　版	中国社会科学出版社
社　　址	北京鼓楼西大街甲158号
邮　　编	100720
网　　址	http://www.csspw.cn
发 行 部	010-84083685
门 市 部	010-84029450
经　　销	新华书店及其他书店
印　　刷	北京明恒达印务有限公司
装　　订	廊坊市广阳区广增装订厂
版　　次	2021年9月第1版
印　　次	2021年9月第1次印刷
开　　本	710×1000 1/16
印　　张	17.5
插　　页	2
字　　数	252千字
定　　价	99.00元

凡购买中国社会科学出版社图书，如有质量问题请与本社营销中心联系调换
电话：010-84083683
版权所有　侵权必究

目　录

绪论 ……………………………………………………………（1）

第一章　选集编译
　　——一种文学接受方式 ………………………………（17）
　　一　翻译选集的名与实 …………………………………（17）
　　二　翻译选集与文学接受的关系 ………………………（30）
　　三　文学接受在翻译选集中的表现方式 ………………（33）
　　四　翻译选集型文学接受的有效性 ……………………（45）

第二章　中国现当代文学英译选集总览 …………………（50）
　　一　中国文学英译选集的发展流变 ……………………（50）
　　二　选集类型 ……………………………………………（75）
　　三　编者队伍构成 ………………………………………（78）
　　四　出版渠道分布 ………………………………………（82）

第三章　翻译选集与经典重构 ……………………………（88）
　　一　中国现当代小说的经典重构 ………………………（91）
　　二　中国新诗经典重构 …………………………………（107）
　　三　中国现当代戏剧的经典重构 ………………………（129）

第四章 翻译选集与形象建构 ·················· (149)
    一 翻译选集与作家形象的建构——以选集中的
       丁玲为例 ································· (151)
    二 翻译选集与中国文学的形象建构 ··············· (183)

第五章 世界文学选集中的中国现当代文学 ·············· (205)
    一 美编世界文学选集的变迁 ···················· (207)
    二 世界文学选集对中国现当代文学的绘制 ········· (212)
    三 谁的世界？怎样文学？ ······················ (230)

结语 ·· (235)
参考文献 ··· (240)
附录一 收录中国现当代小说的选集（按出版时间排序） ········ (259)
附录二 收录中国新诗的选集（按出版时间排序） ············· (264)
附录三 收录中国现当代戏剧的选集（按出版时间排序） ······· (267)
附录四 中国现当代文学英译选集汇总（按出版时间排序） ····· (269)

绪　论

一

近些年来，随着中国文化走出去国家战略的实施，中国文学，尤其是中国现当代文学在域外的译介状况成为了译学界普遍关注的焦点，研究者开始多角度考察中国文学在世界不同地区的翻译和接受，"中译外"研究大有取代"外译中"研究而成为中国译学主流的趋势。在当前这股"中译外"研究热潮中，凝聚学者目光的主要是一些重要作家代表作品的单行译本，如老舍的《四世同堂》、余华的《活着》、毕飞宇的《青衣》、莫言的《红高粱》、麦家的《解密》、刘慈欣的《三体》等，这种对单个文本域外译介情况的考察自有其积极意义，但存在着见树不见林的缺陷，远不足以揭示中国文学海外接受状况的整体面貌。其中一个醒目的欠缺在于，除了单行本之外，以其他形态存在的中国文学翻译作品没能得到应有的关注。其实，文学作品在世界旅行时所依托的载体是丰富多样的，比如除单行本外我们还可以举出报纸、杂志、选集，等等。此外，科技的发展也衍生出一些新型载体，典型的如我们今天须臾不可离的网络。但在目前的中译外研究领域，单行本之外的译介载体尚未引起学者的足够重视，是需要及时补齐的一个短板。

单行译本之所以吸引学者眼球，要么是由于原作者有着重要的文学史地位，要么是作品在国外获得过重要奖项，因此它们更易引起学者的注意，而且研究资料相对容易获取，学者们纷纷趋之也就不难理解。问题是，如若仅限于此，那么"中国文学域外接受研究"的版图就永远不会完整。鉴此，为了尽可能全面地反映中国文学在海外的状况，就有必要拓宽研究视域，将以各种形态存在的中国文学译作都纳入考察范围。本书选择研究中国文学翻译选集即是以此为方向的一次尝试。之所以选择聚焦翻译选集，是基于以下几方面的考虑：

首先，海外出版的中国文学选集数量庞大。一国文学的版图是由多种体裁的作品共同构成的，既有皇皇数万言的长篇小说，也有篇幅相对短小的中短篇小说、小小说、诗歌、散文等。长篇小说常常可以以单行本的形式在海外传播，但后者（即除长篇小说之外的文学样式）由于自身篇幅的局限，通常难以以单行本的形式传播，而选集为它们提供了一种现实可行的传播载体。被译介出去的中国短篇小说、诗歌、散文等体量庞大，这也直接催生了数量可观的中国文学翻译选集。仅以美国为例，根据笔者掌握的资料，从1931年（即第一部中国现代文学翻译选集在美国面世的时间）至2016年，在美出版的中国现当代文学选集达到了80余部（这还不包括作家个人的专集）。

其次，作为一种特殊的文本形态，选集具有先天的历史厚重感和话语权威性。关于选集的权威性，古今中外的学者已多有论述。鲁迅曾有言："凡选本，往往能比所选各家的全集或选家自己的文集更流行，更有作用。"[1] 选集研究专家Jeffrey（2004：1）认为，"就像一个人不会怀疑地图册对城市和国家的定位一样，他也不会怀疑选集对作家作品的绘制。[2]"翻译选集更是如此，这是因为，除了分享所有种类选集共有的权威性之外，翻译选集的编者通常还是在所属领域享有一定象征资本的学者，他们的这一身份本身会额外赋予翻译选集一定的权威性。

再次，翻译选集在教学中占据重要位置。与单行译本面向市场不

---

[1] 鲁迅：《鲁迅全集》第七卷，人民文学出版社2005年版，第138页。
[2] Jeffrey, R. Di Leo., *On Anthologies: Politics and Pedagogy*, Lincoln: University of Nebraska Press, 2004, p. 1.

同，翻译选集多是作为教材使用的。作为教材的翻译选集，其影响不可低估：一方面，翻译选集的目标读者对原语文学的了解相对有限，他们也相应地更容易接受翻译选集对原语文学的解读和阐释，进而影响他们对原语文学的认知；另一方面，教材年复一年的使用还能将这种认知传递给一波又一波的学生，从而能保持其延续性。

最后，一些重要的综合性翻译选集往往有着"以选代史"的功能。以美国为例，美国汉学界撰写的中国文学史，多主要聚焦于中国古代文学，二十世纪中国文学在其中所占篇幅十分有限。2017 年，王德威主编的《新编现代中国文学史》（*A New Literary History of Modern China*）出版。在此之前，夏志清所著的《中国现代小说史》（*A History of Modern Chinese Fiction*）是唯一一部专述中国现代小说的史书，而其他体裁的中国文学史书写以及中国现当代文学通史的书写在北美长期付之阙如。在此情况下，多位选家编选的综合性选集起到了为中国现当代文学"撰史"的作用。葛浩文和刘绍铭编选的《哥伦比亚现代中国文学选集》（*The Columbia Anthology of Modern Chinese Literature*）、许芥昱编选的《二十世纪中国诗歌选集》（*Twentieth Century Chinese Poetry: An Anthology*）、陈小眉编选的《哥伦比亚现代中国戏剧选》等，便是这方面的典型代表。此类选集既可以反映出编者及其所代表的专业读者的中国文学史观，也会通过在教学中的运用影响目标读者的中国文学史观。因此，这类选集可作为考察中国文学域外接受的一个重要窗口。

综上，如果我们只是围绕单行译本来考察中国文学的域外接受状况，而忽视大量存在的翻译选集的话，很容易导致认识上的片面性，得出的结论也可能不够牢靠。同时，鉴于翻译选集的权威性及其在教学中的重要位置，翻译选集对中国文学的呈现和言说方式就不能不引起我们的兴趣和重视。

二

本书将研究对象设定为英语国家编选出版的中国现当代文学翻译选

集，作家个人的专集不是本书关注的核心，但在具体论述过程中，也会作为参照而有所涉及。本书的研究问题主要分为两部分：（1）在理论上，论证翻译选集的编译本身是一种文学跨文化接受实践；（2）在此基础上，考察英语世界翻译选集对中国现当代文学的选择和阐释，探究影响编者选择和阐释方式的多维动因，分析翻译选集对中国文学在英语世界接受的影响。围绕这一核心论题，我们可以提出一系列需要回答的问题，择其要者：中国现当代文学英译选集是在怎样的背景下产生的？哪类中国文学作品更受编者青睐？编者是如何阐释中国文学的？不同时期的编者在选择和阐释中国文学时有何不同？英译选集中呈现了怎样的中国现当代文学经典序列？建构了怎样的中国文学形象？等等。

为此，本书将从以下五个方面（对应本书正文的五个章节）展开研究：

第一章　选集编译：一种文学接受方式。本章从理论上明晰了翻译选集与文学接受的关系，论证了透过翻译选集考察文学跨文化接受的可行性，围绕"篇目选择""副文本阐释"和"选文翻译"三个方面，集中论述了文学接受在翻译选集中的表现方式。本章最后并讨论了翻译选集作为一种文学接受方式的有效性所在。

第二章　中国现当代文学英译选集总览。本章分别以定量和定性分析的方式，爬梳了英语世界编选中国现当代文学的总体情况，并结合编选活动发生时的历史文化语境和中国文学自身的发展变化，勾勒出了这场持续八十余年的编选活动在篇目选择、文本阐释等方面的历时演变轨迹，同时还就中国文学英译选集的体例、编者构成和出版格局进行了总结梳理。

第三章　翻译选集与经典重构。本章论述了翻译选集在建构和重构经典方面所发挥的作用，然后对作家作品的入选频次进行了统计排名，继而分别考察了中国文学英译选集所建构的中国现当代小说、中国新诗以及中国戏剧的经典序列，并将其与中国国内文学史建构的经典序列进行比照，探析造成两套经典序列或错位或重合的原因。

第四章　翻译选集与形象建构。本章在厘清翻译选集与形象建构之间关系的基础上，从以下两个层面考察了翻译选集建构形象的方式、特征和功能：翻译选集与中国作家形象（以丁玲为例）以及中国文学形象的建构。

第五章　世界文学选集中的中国现当代文学。本章深入分析了由英语国家编纂的三部世界文学选集对中国现当代文学的选择和阐释，以期得窥美编世界文学选集对中国现当代文学的版图绘制，并基此讨论了中国现当代文学走进世界的方式。

需要说明的几个问题：

第一，本书所称的"中国文学"，主要指的是中国大陆文学，选集内的中国香港、澳门以及台湾文学作品不是本书的核心论述对象，但在必要的时候也会有所涉及，而只选取香港、澳门或台湾文学作品的选集则不在本书的讨论范围之内。

第二，本书之所以将三部世界文学选集纳入进来，其一是因为在这三部世界文学选集中，大量非英语文学作品（比如本书所讨论的中国现当代文学）是以译作的形式出现的，换句话说，世界文学选集不可避免地是一种翻译文学选集，这与本书的研究对象是相契合的。其二，虽然存在着一个由文本构成的世界文学的真实世界，但我们在谈论世界文学时，其实是在谈论从各自的视点出发所看到的世界文学。同样，由英语世界编选的世界文学选集所呈现的，其实是他们视野中的世界文学。准此，这类选集对中国文学的选择和阐释所表征的，并不是中国文学在世界文学中的本然面貌，而是他者接受视野中中国文学在世界文学的位置和形象，是中国文学在域外接受结果的外化，这也与本书的出发点（即"中国文学在海外的接受"）是相吻合的。其三，英语世界，尤其是美国一直以来对编辑世界文学选集充满热情，且出版的多部世界文学选集在英语世界具有较大影响力，是被世界各地区广泛使用的世界文学教材，因此考察这些世界文学选集中的中国文学很有必要。其四，能否入选世界文学选集是体现一个作家世界影响力的重要指标之一，通过比照英语国家编选的世界文学选集和普通翻译选集对中国现当代作家的选录情况，有助于考察普通选本在助推经典化方面的效力。

三

本研究的意义和创新之处相辅相成，可总结为以下几个方面：

第一，从翻译选集的视角考察中国文学在域外的接受，有助于拓展中国文学外译研究的界面。中国文学外译研究已经取得了丰硕成果，但同时也出现了重复研究、千文一面的程式化倾向。这里既有研究视角单一、研究模式固化的原因，更与对研究对象的不够重视有关。长期以来，中国文学外译研究始终围绕着名家名作的单行译本展开。其实，海外发行的文学期刊、海外的中国文学史书写以及海外编纂的中国文学翻译选集等，都是考察中国文学域外接受的有效场所。当形式各样的文学接受渠道都能进入研究者视野的时候，中国文学外译研究的领地将会大大拓展，这不仅会为文学外译研究贡献新的学术增长点，更能丰富和深化我们对中国文学域外接受现状的认识。本书聚焦翻译选集的一个重要目的即是弥补现有的中国文学域外接受研究在此方面的不足，努力将这一被长期忽视的文本形态纳入讨论空间。

第二，本书将翻译选集与形象建构相结合的方法有助于拓宽形象学视角下翻译研究的展开路径。翻译研究与形象学相结合的研究方法，已被证明是一种有效的研究范式。但就目前的相关研究成果来看，这类研究多限于探讨微观的翻译过程中（即文字转换过程中）文学作品内部人物形象的"变异"，这类研究的意义自不待言，但我们还可以创新形象学在翻译研究中的运用，一个有效的办法是将视野投向文本之外，探讨翻译活动对文本外相关人和物的形象建构，本书的"翻译选集与形象建构"部分可视作这方面的一种尝试。与此前的相关研究不同，本书无意追问翻译对文学文本内部人物形象有意无意的"改写"，而是另辟蹊径，考察了翻译选集对作家形象、中国文学形象的构建。

第三，探究翻译选集中发生的"改写"、选集副文本与文本的互动以及翻译选集与形象构建、经典重构之间的关系，有助于深化对翻译选集的理论认识。首先，翻译选集不应仅仅被看作单篇译作的简单集结，除了基本的收集、储存和展示功能之外，翻译选集还是作家作品经典化的重要方式。其次，作为教材使用的翻译选集会型塑读者口味，传播主流意识形态、审美及道德价值观。再次，翻译选集能够折射民族文学间的关系，是目标读者文学口味的晴雨表，是最能体现文学影响的载体之一，它比单个翻译文本更能揭示目标语文化对原语文学的接受倾向。最后，翻译选集的多种功能及其可能产生的重要影响，都呼唤我们从理论层面加强对翻译选集的认识和总结。目前，关于翻译选集与教学之间的关系已多有探讨，而翻译选集与经典建构、形象构建之间的关系，意识形态、诗学、赞助人对翻译选集面貌的影响，以及翻译选集副文本对选集意义的生成等方面，依然存在较大的挖掘空间。

第四，本书的研究成果对如何利用选集来推介中国文学具有一定的借鉴意义。自从"中国文化走出去"被提升到国家战略层面以来，如何让中国文学走向世界成为了时代赋予我们的重要命题。学者们献计献策，从翻译选材、译者模式、发行渠道等方面提出了一系列希冀助推中国文学走出去的意见和建议。目前的通行做法是，从我们自身的视角出发，选择一些重要作家的重要作品在海外翻译出版。就笔者目力所及，翻译选集作为一种可以有效推动文学域外传播的载体，还没有得到相关主体和部门的充分关注。例如，根据笔者统计，中国现当代文学翻译选集的编者队伍主要由英语国家的汉学家和英语世界汉学圈的华裔学者构成，只是在晚近才出现了中国本土学者编译的选集。换句话说，长期以来，海外学者掌握着对中国文学的择取和解释权。而考虑到翻译选集特有的权威性和有效性，我们应该充分发挥选集在文学传播方面的优势和潜能，在条件允许的情况下，可以参与编写目的语国家用于教学的选集，这有利于对已有的关于中国文学的刻板印象予以纠偏，还原尽可能真实的中国文学形象。

四

第一部翻译选集诞生于何时恐怕已很难考证，但可以肯定的是，翻译选集已有了相当长的历史。然而，翻译选集作为一种研究对象进入学者视野则相对较晚。从现有资料来看，国外学术界从1990年代初开始，率先将翻译选集的编纂视为一种文学活动而纳入了自己的研究范畴，此后时有新的研究成果出现，该研究领域的深广度也不断增强。具体到有关中国文学翻译选集的研究，总体来看，已有研究主要关注的是中国古代文学翻译选集，比如白之（Cyril Birch）编选的两卷本《中国文学选集》（*Anthology of Chinese Literature*）、梅维恒（Victor Mair）编选的《哥伦比亚中国古典文学选集》（*The Columbia Anthology of Traditional Chinese Literature*）、宇文所安（Stephen Owen）编选的《诺顿中国文学选集：从初始至1911》（*An Anthology of Chinese Literature, Beginnings To 1911*）以及闵福德（John Minford）与刘绍铭合编的《含英咀华集》（*Classical Chinese Literature: An Anthology of Translations*）等。与中国古代文学翻译选集相比，对中国现当代文学翻译选集的研究则较为贫乏。目前的研究主要集中于少数的几个重要选本，如斯诺（Edgar Snow）编选的《活的中国》（*Living China: Modern Chinese Short Stories*）、伊罗生（Harold Robert Isaacs）编选的《草鞋脚》（*Straw Sandals: Chinese Short Stories 1918–1933*）、葛浩文编选的《哥伦比亚现代中国文学选集》等，而其他大量存在的中国文学翻译选集则乏人问津。

接下来，笔者将对学界在翻译选集以及中国文学翻译选集研究方面取得的成果作一简要回顾，以指出该研究领域有待完善的地方和未来研究可以努力的方向。

国内的翻译选集研究起步较晚，但也取得了一定成果。在中国知网数据库，以"翻译选集（选本）""中国文学翻译选集"以及一些重要选本的名称如"活的中国"等作为主题和关键词分别进行搜索，得到的与本书相关的搜索结果中，博士论文数量为零，硕士论文1篇，期刊

绪　论

论文42篇。另外，国内关于翻译选集的专著有1部。归结起来看，现有相关研究主要分为以下四类：

第一，名家名集研究。目前，国内的翻译选集研究主要围绕个别的名家名集展开，且相比而言，对中国古典文学翻译选集的研究比对中国现当代文学翻译选集的研究更加充分。比如，蒋坚松和刘超先分析了白之编选的《中国文学作品选集》中的翻译问题；① 张振军基于三部中国古典文学翻译选集，考察了苏轼在西方的传播与接受；② 陈橙的专著《文选编译与经典重构》是目前国内翻译选集研究中，最为成熟的研究成果，作者以宇文所安编选的《诺顿中国文选》为中心，深入分析了中国古典文学在域外文学选集编译过程中发生的经典重构实践，对本书的研究具有一定的启发意义。③ 对中国现当代文学翻译选集的研究集中于斯诺编选的《活的中国》和刘绍铭与葛浩文合编的《哥伦比亚现代中国文学选集》。针对前者的研究多是对该选集编选及出版过程的回顾和还原，比如王鹏考察了《活的中国》出版的前前后后；④ 陈琼芝⑤和舒云童⑥梳理了鲁迅在《活的中国》编选中扮演的角色；萧乾作为直接参与者回忆了当时的编选情况。⑦ 对《哥伦比亚现代中国文学选集》的研究，成果不多，但有一定的借鉴意义，比如李刚通过考察该选集的文本选择和编排模式，讨论了其对中国现代文学序列的重构；⑧ 顾钧则考察了该选集对鲁迅作品的选择和解读，作者认为该选集虽然肯定了鲁迅的文学史地位，但一些鲁迅的代表性文本没能入选，无法真实反映鲁迅

---

① 蒋坚松、刘超先：《西利尔·白之〈中国文学作品选〉的翻译问题》，《娄底师专学报》1998年第3期。

② 张振军：《从三种英文本中国文学选集看苏轼作品在西方的传播与接受》，《中国苏轼研究》2016年第2期。

③ 陈橙：《文选编译与经典重构》，上海外语教育出版社2012年版。

④ 王鹏：《斯诺选编的英译本〈活的中国〉出版前后》，《钟山风雨》2002年第6期。

⑤ 陈琼芝：《鲁迅英译本〈短篇小说选集〉与〈活的中国〉》，《鲁迅研究动态》1987年第7期。

⑥ 舒云童：《埃德加·斯诺、鲁迅及〈活的中国〉》，《世界文化》2010年第12期。

⑦ 萧乾：《斯诺与中国新文艺运动——记〈活的中国〉》，《新文学史料》1978年第1期。

⑧ 李刚：《镜像的流变：论哥伦比亚中国现代文学英译选本与西方重构》，《河北师范大学学报》2014年第5期。

的文学世界。①

第二，个别关于中国现当代文学在英语世界的译介研究，也会提及中国现当代文学英译选集。不过，由于翻译选集并不是其主要的研究对象，所以这类研究多属于对相关选集的资料梳理，并没有深入选集内部去考察选集的编纂过程、最终面貌和后续影响，比如马会娟、叶秀娟、刘江凯、崔艳秋、耿强、吕黎、郑晔等学者的研究便属此类。②

第三，随着世界文学逐渐走向比较文学的前沿，国内对英语世界编写的世界文学选集的关注也日渐增多，世界文学选集中的中国文学也引起了学者们的兴趣。但这类研究大都着眼于世界文学选集中的中国古典文学，比如郝岚以三部世界文学选集为中心，考察了世界文学中的《红楼梦》。③ 周淑瑶和刘洪涛分析了三部世界文学选集对中国文学的编选逻辑，但对中国现当代文学则只是一笔带过："三部选本收录的中国现当代文学数量并不多，同时受到三部选本青睐的中国现代作家唯有鲁迅一人，而被其中两部选本同时收录的作家也仅张爱玲和北岛二人。"④ 此外，刘洪涛和杨伟鹏考察了《诺顿世界文学作品选》（*The Norton Anthology of World Literature*）的历史变迁，并列举了最新版中所收入的中国文学作品，而至于为什么选择以及如何阐释所选文本等更加深入的问题，没有作进一步探讨。⑤

---

① 顾钧：《〈哥伦比亚中国现代文学读本〉中的鲁迅》，《鲁迅研究月刊》2010年第6期。
② 可参见马会娟、厉平《20世纪上半期中国现代小说在英语世界的翻译和传播》（《翻译界》2016年第2期）、叶秀娟《论中国现当代文学在美国的译介：1949—1978》（《解放军外国语学院学报》2017年第3期）、刘江凯《跨语境的叙述——中国当代小说的海外接受》（《山西大学学报》）、耿强《文学译介与中国文学"走向世界"》（博士学位论文，上海外国语大学，2010年）、崔艳秋《八十年代以来中国当代小说在美国的译介与传播》（博士学位论文，吉林大学，2014年）、吕黎《中国现代小说早期英译个案研究》（博士学位论文，上海外国语大学，2011年）、郑晔《国家机构赞助下中国文学的对外译介》（博士学位论文，上海外国语大学，2012年）。
③ 郝岚：《世界文学中的〈红楼梦〉——基于三部英文世界文学选集的考察》，《人文杂志》2016年第5期。
④ 周淑瑶、刘洪涛：《英语世界文学作品选中国文学的选编——以〈诺顿〉〈朗文〉〈贝德福德〉为例》，《浙江外国语学院学报》2016年第3期。
⑤ 刘洪涛、杨伟鹏：《美国〈诺顿世界文学作品选〉及其世界文学观的发展》，《中国比较文学》2016年第1期。

绪　论

　　与国内相比，国外的翻译选集研究起步较早，发展迅速，视野广阔，相关研究者主要集中在德国和伊比利亚半岛，这也意味着中国文学翻译选集不会是他们主要关注的对象，但仍然有一些成果出现。下面我们主要按照地区分布对国外的相关研究成果进行一番梳理。

　　第一，北美对中国文学翻译选集的研究主要是对一些重要选集的书评，其中多是对这些选集的优劣评判，较为深入的研究成果并不多见。比如，科罗拉多大学教授柯睿分析了狄百瑞（William Theodore de Bary）与华霭仁（Irene Bloom）合编的《中国传统之源》（Sources of Chinese Tradition: Volume 1: From Earliest Times to 1600）、梅维恒（Mair, Victor H.）编选的《哥伦比亚中国古典文学选集》、刘绍铭与葛浩文合编的《中国古典文学翻译集》以及宇文所安编选的《诺顿中国文学选集》，认为这些选集的一个通病是高估了目标读者对原语文学传统的知识储备，并建议根据学生的实际情况增加必要的背景知识。[①] 而布莱恩（Brian, 1996）、黄·马丁（Martin, W. H., 1995）、杜博妮（McDougall, B. S., 1996）等撰写的关于《哥伦比亚中国现代文学选集》的评论文章认为，虽然相比此前的同类选集，该选集在多个方面有了很大改进，但依然有诸多可以进一步完善的地方，比如所选文本的体裁不够全面（该选集没有选入戏剧作品）、个别译作署名有误、书后没有附加索引和参考文献、个别所选译文的翻译质量值得商榷，等等。[②]

　　第二，德语区的翻译选集研究成果主要为两次文学翻译选集研讨会的会议论文，这些研究中只有极个别与中国文学有关，但其研究视角和方法很有启发意义。在1991年和1992年，德国先后举办了以"国际文学的传播媒介：以翻译选集为中心"和"翻译文学选集的历史研究"为

[①] Paul, W. K., "Reflections on Recent Anthologies of Chinese Literature in Translation", The Journal of Asian Studies, No. 3, 2002.

[②] Brian, H., "The Columbia Anthology of Modern Chinese Literature" (Asian Affairs, No. 2, 1996); Martin, W. H., "The Columbia Anthology of Modern Chines Literature" (The Journal of Asian studies, No. 4, 1995); McDougall, B. S., "The Columbia Anthology of Modern Chinese Literature" (The China Quarterly, No. 3, 1996).

主题的国际研讨会，会后，相关论文修改后被结集为《国际翻译文学选集》（*International Anthologies of Literature in Translation*）出版。① 两次会议产出了一些视角新颖、颇有分量的论文，勒弗维尔（Lefevere）、皮姆（Pym）等重要的翻译理论家展示了一些很有启发的研究方法。但是该论文集只收有一篇与中国文学选集相关的研究论文：孔慧怡将期刊看作选集的一种，考察了三种只刊登译文的期刊，即中国文学（*Chinese Literature*）、中国笔（*Chinese Pen*）和译丛（*Renditions*）。

第三，伊比利亚半岛是另一个在翻译选集研究方面有颇多建树的地区，其成果主要体现在2013年的论文集《选集中的翻译》[*Translation in Anthologies and Collections（19th and 20th centuries）*]。② 相比九十年代德语区的翻译选集研究，该论文集中的研究成果在理论深度方面更进一步，研究方法也更加多样，但其主要关注对象是在伊比利亚半岛出版的翻译选集，涉及中国文学选集的研究论文有两篇：里斯本大学教授平托（Pinto）研究了由葡萄牙诗人费霍（Feijo）编译的第一部中国古典诗歌选集对转型期的、急于别求新声的葡萄牙诗坛的影响，以及由此带来的诗人地位的变化；张佩瑶则结合自己编译《中国翻译话语英译选集》（*An Anthology of Chinese Discourse on Translation*）的经验，分析了编者的主体性和文化立场对编选过程的影响。

综上，国外的翻译选集研究中，聚焦中国文学翻译选集的研究非常之少，为数不多的涉及中国文学选集的研究，大都选择关注中国古典文学，而对中国现当代文学选集的研究则只有一些"挑错式"的书评问世。国内的翻译选集研究集中在个别名家的选本，其他相当数量的翻译选集还没有获得应有关注，且现有研究的系统性明显不足。可以说，我们在中国文学翻译选集研究方面所取得的成绩与翻译选集本身所蕴含的

---

① Kittel, H., *International Anthologies of Literature in Translation*, Bielefeld: Erich-Schmidt-Verlag, 1995.

② Seruya, T., *Translation in Anthologies and Collections (19th and 20th Centuries)*, Amsterdam/Philadephia: John Benjamins Publishing Company, 2013.

研究价值和意义之间，还存在着相当大的差距。因此，在现有成果的基础上，首先，需要进一步拓展研究的广度和深度，搜罗、整理那些被学者们长期忽视的中国文学翻译选集，深入考察它们的编译过程和编选原则，以及其中所体现出的编者的中国文学观，从而提高我们对中国文学域外接受的整体认知水平。其次，要在个案研究的基础上，加强对翻译选集的理论建构。目前对翻译选集的研究主要停留在"就事论事"的层面，即主要围绕某一特定选本，探讨其成书过程及其可能产生的影响，而甚少从个案研究中提炼出具有一般意义和学科价值的理论问题，相关研究的理论意识和理论厚度明显不足。鉴于此，本书以定量和定性分析相结合、个案研究和整体研究相结合的方式，从选本本身的运作规律出发，对英语世界中国现当代文学翻译选集展开系统研究，希冀从选集角度一窥他者视野中的中国文学，同时力求就翻译选集本身进行一定的理论思考，丰富对翻译选集的理论认识。

五

在任何研究中，理论的选择应该与研究的对象和视角相适应，由于本书对翻译选集的研究是从多个不同视角切入的，因此笔者并不打算套用一种贯穿始终的理论模式，而是采用不同理论分别解释翻译选集在经典重构、形象建构、世界文学绘制等方面所发挥的作用。鉴此，本书将主要借助（但并不限于）以下理论工具，尝试分析围绕翻译选集的相关问题。

第一，形象学理论。随着学界对"形象"的认识不断深化，"形象"已不再被看作现实的单纯复制物，而被视为一种"建构物"。因此，形象必须被置于客体和建构主体的关系中加以考察。巴柔（D. H. Pageaux）认为，形象是复杂的总体想象物的一部分，是社会集体想象物的一种特殊表现形态，而一切形象都源于对自我与"他者"关系的自觉意识之中。[①]

[①] 孟华：《比较文学形象学》，北京大学出版社2001年版。

翻译选集的形象建构实践亦复如此。比如，美编中国文学选集的编者们所面对是同一个客体：由中国文学文本构成的本然世界。按理说，美编选集中中国文学的整体形象应该是大体一致的，但研究发现，由于不同编者截然不同的文本选择偏好和阐释框架，他们的选集建构的中国文学形象并不一致，有时候甚至有较大差异，即使同一个作家在不同选集中的形象也可能相去甚远。诸如此类的形象建构实践既关联着选集对象自身的变化，但更与编选者的文化立场、编选动机、学术背景等文本外因素密切有关，正如达姆罗什（Damrosch）所言，"选集既是通向源语文化的一扇窗户，也是映射宿主文化的一面镜子"。[1] 选集在建构"他者"形象的同时，也映照出了编者主体的形象，折射出了编者对"他者"的想象。

第二，副文本理论。"副文本"概念最早由法国文论家热奈特（Gerald Genette）1979 年在《广义文本之导论》中提出。副文本并非游离于文本之外的、可有可无的点缀物，相反，它是整个文本的有机构成，是一种"有意味"的设计。翻译选集往往内含丰富的副文本，它们为读者设定了一定的解读框架，"诱导"读者按照编者预设的轨道进入选本。翻译选集副文本和文本构成一种相互印证的关系，即编者往往会在选集副文本中表达自己的某种观点，而编者对文本的选择正是在这种观点的指引下进行的。如此一来，所选择的文本必然会印证编者观点的"正确性"，一些重要却与编者观点相冲突的文本可能会被舍弃，这就要求研究者寻找选集副文本与文本之间的裂隙，进而剖析影响编者选择的深层原因。

第三，翻译叙事理论。英国曼彻斯特大学翻译研究学者莫娜·贝克（Mona Baker）在其论著《翻译与冲突》（*Translation and Conflict*）中，以框架设定理论（framing）为中介，将叙事学与翻译研究结合起来。框架设定即主体为了达到预设的目的，通过采取某种策略，有意识地参

---

[1] Damrosch, D., "The mirror and the window: Reflections on Anthology Construction", *Pedagogy*, No.1, 2001.

与对现实的构建当中。莫娜·贝克认为，翻译无论从字面意义上还是从隐喻意义上来讲，都可以被看作一种框架设定行为。她集中论述了译者处理原语叙事文本时常见的四种策略，即时空框架设定、选择挪用框架设定、标签框架设定、参与者重新定位框架设定。这其中，"选择挪用框架设定"与翻译选集编纂之间的关系最为密切。"选择挪用框架设定"是指主体对原语叙事文本进行删节和增加，以达到抑制、强调和阐释原语叙事文本的某些内容。

翻译选集在至少在两个层面存在"选择挪用框架设定"的行为。从大的方面来讲，副文本对所选对象的阐释本身就具有框架设定的意味，因为文本的选择总要与副文本的阐释保持一致。从小的方面来讲，在具体文本的翻译过程中，为了与编者的宏观框架保持一致，编译者会有意对文本进行增删改写，以凸显编者所意欲强调的部分。比如白露（Tani E. Barlow）在编译丁玲的个人专集《我自己是个女人》（*I Myself Am a Woman*）时，为了将丁玲塑造为一个自觉的女性主义者，在翻译丁玲的《母亲》时，删除了原文中表现主人公曼贞保守的部分，以凸显曼贞始终如一的反抗意识。显然，这一改动牵连着编者最初对选本的议题设置或曰框架设定。

第四，世界文学理论。世界文学是个难以确切定义的概念，在各种不尽相同的定义中，达姆罗什的版本影响最为广泛。他（Damrosch, 2003）并不主张将世界文学看成一组经典文本，而是主张以动态的、离心的方式关照世界文学。[①] 因此，他把世界文学定义为民族文学的椭圆形折射、在翻译中获益的创作、一种阅读模式。总之，达姆罗什所关注的是文本在世界范围内的流通。世界文学选集的编纂是世界文学理论的实践运用，通过考察英语国家编选的世界文学选集对中国文学的择取和阐释，可以为我们揭示许多重要而诱人的问题，比如哪一类中国文学作品在世界范围内更容易流通？这些作品被世界文学接纳的原因何在？在

---

① Damrosch, D., *What is World Literature*, Princeton: Princeton University Press, 2003.

被接纳的过程中发生了怎样的折射？等等。

本书的主要研究方法如下：

（1）描述性研究法。本书采用描述性研究方法，探讨编者的选择和阐释倾向，讨论他们在何种情形下出于何种目的而编译了哪些作品，特定的编选原则如何影响了选集的最终面貌。

（2）比较分析法。在翻译选集与经典重构章节，本书比较了中国文学史建构的经典序列和美编翻译选集建构的经典序列，总结了两套序列的异同，分析了造成两套序列不一致的原因。在翻译选集与形象建构章节，本书对比了中国和美国编选的中国文学翻译选集中所建构中国作家形象，在此基础上，分析了编选主体的身份、编选动机、文化语境等因素对翻译选集建构形象的影响。

（3）历时研究与共时研究相结合。本书既从历时角度分析不同时期英语世界中国文学翻译选集的编选特征、编者构成等，也会从共时角度分析不同主体编译的选集呈现出的差异及其背后的原因；既历时梳理了美编世界文学选集中中国现当代文学的变化过程，也共时对比三部美编世界文学选集对中国现当代文学的不同呈现。

（4）量化数据统计。为了能更直观地显示英语国家翻译选集所建构的中国现当代文学经典序列，本书对中国现当代小说、新诗和戏剧的作家作品入选频次进行了数据统计，并以图表的形式展示了作家作品的排名情况以及编者在文本选择方面的历时变化。

（5）历史叙述与个案分析相结合的方法。本书既从宏观角度梳理英语世界中国现当代文学选集的整体变迁史，也会选取选集中的重要作家（如丁玲、鲁迅、北岛、艾青、王蒙等），具体分析选集对他们作品的选择和阐释，以及他们在经典序列中的地位变化。

第一章 选集编译

——一种文学接受方式

研究翻译选集可以从多个角度切入,本书将翻译选集的编纂视作一种文学跨文化接受实践,将翻译选集的最终面貌看作文学跨文化接受结果的表征。换言之,本书认为,透过翻译选集可以一窥目标语文化对原语文学的接受特征和倾向,这既是本书的出发点,也是本书的逻辑基点。因此,在进入具体的翻译选集文本之前,有必要首先厘清翻译选集与文学接受的关系,即回答"为什么说选集编译是一种文学接受方式"这一问题,这一方面可以为接下来各章节的讨论打好理论基础,另一方面也有助于深化我们对翻译选集的认识。因此,本章将结合具体选集文本,主要围绕以下几个方面展开:何为翻译选集?为什么说选集编译是一种文学接受的方式?这种接受的结果是如何体现的?选集编译作为一种文学接受方式其有效性是以什么为基础的?

一 翻译选集的名与实

1. 定义翻译选集

"选集"(或选本),顾名思义就是经过选择的文学作品被重新组合而成的文本。"选集"的英文"anthology"由希腊语中的"anthologia"而来,按字面意思解,即"摘取、采集花朵"。现代意义上的选集,通常指编者依据预设的标准,从一国文学的作品库中选择特定的作品后,按照一定逻辑组合起来的合集。而翻译选集又是一种特殊的选集类型,德国哥廷根大学教授弗兰克曾在为《翻译研究百科全书》(*Routledge Encyclopedia of Translation Studies*) 撰写的"翻译选和集"词条中,将"翻译选集"定义为"由翻译文本(常常为文学性文本)聚合而成的集子"。① 准此,一个文本只要符合以下两个条件就可以视作翻译选集:第一,文本内的选文为译作;第二,文本由多个单独成篇的独立译作重新组合而成。照此定义,那种将某个原语选集,按照原来的体式整个翻译成外语而形成的选集(如《毛泽东选集》的英译本)不应在此之列,因为这类文本并非真正意义上的"翻译选集",而应该作"选集翻译"视之,其与一般的单行本的翻译没有根本差别,译者在其中主要负责文字转换的工作,并没有也无须参与篇目选择的工作,因为此一工作在原文本中业已完成。

2. 翻译选集的特性

翻译选集有着单行译本所不具备的某些独特属性。同时,作为选集之一种,翻译选集既与其他类型的选集分享着某些共性,也有区别于其他类型选集的特殊之处,综合而言,翻译选集通常具有以下几方面的特性:

第一,翻译选集具有目的性。翻译选集的编选常常是一种有目的的活动,编者总是在特定总目的的引导下选择和阐释文本的。例如,有些选家是为了给目标语国家的学者提供学术研究的资料,这类选集希望在有限的篇幅内介绍尽可能多的文本,因此选择性相对较弱;有些选家是为了以选本的形式为原语文学"撰史",这类选本在选择文本时就会更加精细;还有些选本是为了介绍原语文学的某个文学思潮;也有些学者型选家希望以原语文学文本来反证自己的研究成果,因此会选择那些能支撑自己学术观点的文本;当然有的选本则仅仅是出于文学传播的目的。由此可见,目的性是所有翻译选集的共性,所不同的只是选本之间具体的编选目的。

---

① Mona, B., *Routledge Encyclopedia of Translation Studies*, Shanshai: Shanghai Foreign language Education Press, 2004, p. 13.

Permission Acknowledgements

Grateful acknowledgement is made to the following for permission to reproduce copyright material:

Extract from *Beijing Opera* by David Su Li-qun. Copyright © 1998 David Su Li-qun. English translation copyright © Carolyn Choa.

'Hong Taitai' by Cheng Nai-shan. Copyright © 1989 Chinese Literature Press. English translation copyright © 1998 Janice Wickeri. Reproduced by kind permission.

'Fate' by Shi Tie-sheng. Copyright © 1991 Chinese Literature Press. English translation copyright © 1998 Michael S. Duke. Reproduced by kind permission.

'Life in a Small Courtyard' by Wang An-yi. Copyright © 1988 Chinese Literature Press. English translation copyright © 1998 Hu Zhihui. Reproduced with kind permission.

'Between Themselves' by Wang An-yi. Copyright © 1988 Chinese Literature Press. English translation copyright © 1998 Gladys Yang. Reproduced with kind permission.

第二，翻译选集具有限制性。所谓翻译选集的限制性是指，与非翻译选集相比，翻译选集的取材会受到更多的限制，其中最为常见的限制涉及以下两个方面：（1）选文的版权获取。获取选文的版权是翻译选集编者需要解决的重要问题之一，许多中国文学英译选集都会附有版权页，介绍选文的版权获得情况，比如 Choa, Carolyn 在自己的选本 *The Picador book of contemporary Chinese fiction* 末尾附上了原作和译作详细的版权获取来源（见上图）。有时因为无法获得某些选文的版权，选家不得不放弃原初的选文计划，这种不得已的放弃甚至会对选本的完整性产生重要影响。比如奚密所编《现代汉诗选》(*Anthology of Modern Chinese Poetry*) 收录了从胡适到"第三代诗人"的诗歌，是对中国新诗实绩的集中展示，但在中国当代诗坛具有标志意义的北岛，却因为版权的问题而没能入选该选集，北岛的缺席无疑使得这部选集的完整性有所折扣。（2）译文的可得性。翻译选集的选家所看中的原文并不一定总有（其实常常没有）现成的译文可用，或者即使有现成的译文，但选家对译文的质量并不一定满意。在这种情况下，选家需要组织译者来完成原文的翻译工作，这会极大增加翻译选集成书的难度和成本。而在特殊时期，选家为了尽快成书，也会选择退而求其次。比如，20世纪70年代在美国出版了多部中国戏剧选集，但由于冷战期间中美文化交流的降温，中美之间的文学交流也受到影响，美国主动翻译的中国文学作品非常之少，当中国关系在20世纪70年代初解冻之后，美国出版中国文学的热情随之增加，但在美国本土可供选择的译文资源十分有限，加之短期内很难培养所需的翻译人才，因此当时的多部美编中国戏剧选集便直接选取了中国文学出版社的译文，虽然编者对这些译文的质量不无微词。

第三，翻译选集的选择性。选择性是选集的根本属性，选集之所以与其他文本形态不同，主要就在于一个"选"字，毕竟一部选集不可能囊括所有相关文本。而既然要在一定范围内进行选择，则必然牵涉选择的标准。这一标准会受到编者动机、时代语境、编者审美口味等多重因素的影响，也因此，不同的编者面对同一个文本库，所推出的选本往往不尽相同，有时甚至大相径庭。

第四，翻译选集的叙事性。选集看似是由一个个独立的文本连缀而成，但从文本的选择到安排再到阐释，都与编者在开始具体的编纂工作之前所预设的叙事逻辑密切相关，编者将不同的文本组合在一起绝不是随意为之，而是力图讲述一个有头有尾的故事，因此如何开始、怎样过渡、怎么结束都需要与编者预设的叙事逻辑相适应。在编者的精心安排下，本来互不相识的文本开始产生互动，选本中的文本之间会产生原本并不具有的联系，从而生发出新的意义。

第五，翻译选集的跨文化性。与其他类型的选集相比，翻译选集的最大特点在于其跨文化性，这种跨文化性主要体现在三个方面：首先，翻译选集内的文本需要经过文字转换，经历一种"跨语际实践"。其次，许多时候，翻译选集的编者和所面对的文本往往分属不同的文化（语境），这也就决定了翻译选集的最终面貌是通过"他者"视角而得来的。最后，翻译选集的所选文本和目标读者也来自不同的文化圈，文化间的距离一方面为读者理解文本增加了困难，另一方面也给了编者更大的发挥空间。

3. 翻译选集的功能

翻译选集的功能是多方面的，我们至少可以指出其在以下几方面的功能：

第一，文学传播功能。翻译选集是文学跨文化传播的一种重要载体，对于诗歌、中短篇小说、微型小说的跨文化传播来说尤其如此。长篇小说常常可以以单行本的形式在海外传播，但诗歌和短篇小说由于其篇幅较小，考虑到出版发行的成本，显然不宜以单行本的形式传播，而选集则可以很好的弥补这一问题。

第二，多样展示一国文学的功能。一个国家的文学是丰富多样的，单行译本所能反映的只是某一作家的创作风格，而翻译选集可以通过将多位作家的不同文本集中到一起，以不同的组合方式让读者看到原语文学的不同侧面。比如，翻译选集可以记录一国文学史上的某一文学思潮，可以反映一国文学的特定母题，还可以展示特定作家群的创作风格，更能揭示一国文学的历时变化。

第三，学术研究与教育教学功能。单行译本通常将商业图书市场设定为自己最重要的目的地，翻译选集的编者虽然也希望自己的选本在市场上能有好的表现，但他们更希望能得到同行的认可，因为不同于单行译本，翻译选集的编选常常是一种学术性活动。另外，翻译选集常常是作为教材使用的，学生是它们最主要的目标受众，学生多是通过作为教材的翻译选集真正开始获得对于异国文学的认识，因此，教学功能可以说是翻译选集各功能中潜在影响最大的。

4. 翻译选集的体例

翻译选集的体例是指编者在编纂选集时所采用的方法和体式。下面我们以英语世界的中国文学选集为例，从选集的副文本和正文本两个方面介绍翻译选集惯常采用的体例。

翻译选集副文本的体例主要包括以下几个方面：

第一，翻译选集的命名。翻译选集的命名方式十分多样，最常见的有以下几类：（1）朴素简明类。这类选集通常在标题中直接点明所辑录文本的来源国、体裁以及所涵盖的时期等。比如 Short Stories from China（《中国短篇小说》）、Five Chinese Communist Plays（《共产党戏剧五种》）、Science Fiction from China（《中国科幻小说》）、Contemporary Chinese Literature: An Anthology of Post-Mao Fiction and Poetry（《当代中国文学：后毛泽东时代的小说和诗歌选集》）等。（2）文学地理类。此类选集会将特定地区的文学作品收集在一起，并以所涉区域为选集命名，通常那些聚焦边缘或少数民族文学的选集会采取这种命名方式，比如 Tales of Tibet（《西藏故事》）、Tales from Within the Clouds: Nakhi Stories of China（《中国纳西族故事》）、The Chinese Western: Short Fiction From Today's China（《中国西部：今日中国短篇小说》）等。（3）主题提炼类。有些编者会将主题上有一定共性的作品辑录在一起，并以这一共性为选集命名，且常常会采用隐喻的方式表达这一共性，比如 Living China: Modern Chinese Short Stories（《活的中国》）、Straw Sandals: Chinese Short Stories 1918–1933（《草鞋脚》）、Seeds of Fire: Chinese Voices of Conscience（《火种》）、Stubborn Weeds: Popular and Controversial Chinese Literature after the Cultural Revolution（《倔强的野草》）、Born of the Same Roots: Stories of Modern Chinese Women（《本是同根生：现代中国女性小说》）等。（4）代表文本类。也有选家会以选集中的某一代表性文本来为整部选集命名，比如 The Tragedy of Ah Qui and Other Modern Chinese Stories（《阿Q的悲剧及其他当代中国短篇小说》）、The Mystified Boat and Other New Stories from China（《〈迷舟〉及其他中国新小说》）。可见，透过选集的名称，读者便能对选集的旨趣有所了解。但需要注意的是，翻译选集往往有名实不副的情况，比如《共产中国现代戏剧》（Modern Drama from Communist China）所收并非全是中国现代戏剧，常宝华的相声作品《昨天》也被选入其中。此外，有编者会选择"陌生化"的命名方式，即读者很难仅从选集名称判断选集的旨趣，葛浩文所编《毛主席会不开心》（Chairman Mao Would Not Be Amused）就属此类。该选集所收均是新时期以来的先锋作品，语言实验性强，与毛泽东时代对文艺的要求相去甚远，编者命名时没有突出所选作品的美学特征，而是着意强调该作家群与国家文艺政策和主流意识形态的偏离，这种命名策略显然是为了吸引读者眼球，因为编者葛浩文很清楚，政治是中国文学在西方的一大卖点。①

需要指出的是，有些选集存在名不副实的情况，这里以 Nancy Ing（殷张兰熙）编选的两部选本为例予以说明。殷张兰熙祖籍湖北，建国前后随夫前往台湾，在东吴大学任教，同时从事诗歌创作和翻译，曾翻译过陈若曦的小说《尹县长》并长期担任"中国笔会"（China Pen）英文版编辑。1982 年由她编选的两部选本在美国出版，即《夏照：当代中文诗选》（*Summer Glory：A Collection of Contemporary Chinese Poetry*）和《寒梅：中国当代小说》（*Winter Plum：Contemporary Chinese Fiction*）。从名称来看，两部选本应该均是关于中国当代文学。但打开选本我们发现，被选入作家要么来自台湾省，要么是从台湾移居海外的作家，没有大陆作家入选，这显然是一种不够准确、容易误导的命名方式。

另外一种值得注意的现象是，有部分编者在异地再版自己的选本时，会创新设计新的副文本，而正文本则保持大体不变。比如朱虹编选的《中国西部：今日中国短篇小说》（*The Chinese Western：Short Fiction From Today's China*）1988 年在纽约巴兰坦出版社（Ballantine）出版，次年出版英国版时，选文和翻译，包括导言都保持原封不动，但编者将书名改为了《苦水泉：中国当代小说》（*Spring of Bitter Waters：Short Fiction from Today's China*），封面也做了重新设计，虽然两个版本的封面底色都是红色，但美国版的封面是一排灰蒙蒙的旧厂房，上空飘着国旗，英国版的封面则选取了齐白石的名画《菊酒图》。封底的推荐语也各不相同。

与朱虹的改编方式大体一致的另一位编者是 Choa Carolyn，1998 年由他编选的 *The Picador book of contemporary Chinese fiction* 在伦敦出版，2001 年该选本在纽约再版，编者同样在保持正文本不变的情况下，对副文本做了修改，书名改为了 *The Vintage Book of Contemporary Chinese*

---

① 葛浩文、罗屿：《美国人喜欢唱反调的作品》，《新世纪周刊》2008 年第 10 期。

Fiction，封面设计更是完全改头换面，英国版封面是一副中国风女子的照片，摊开双手仰望天空，似乎在向上天祈祷着什么，封面左上角有英国籍华裔作家张戎的推荐语。美国版的封面是一副以"从革命到现代化"为主题的中国宣传画。

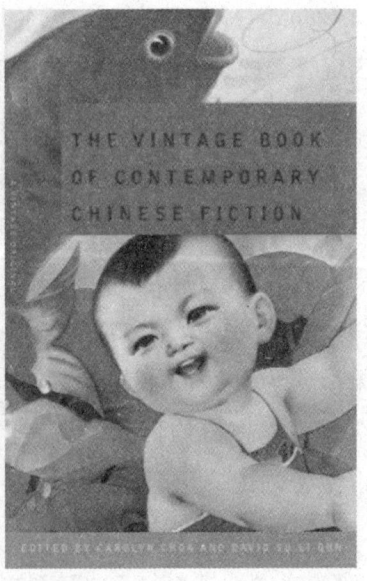

同样的情况也发生在詹纳（W. J. F. Jenner）编选的《现代中国小说选》和罗伯茨等（R. A. Roberts and Angela Knox）编选的《半边天：当代中国女作家作品选》（*One Half of the Sky*：*Selections from Contemporary Women Writers of China*），前者1970年初版，1974年再版，后者1987年初版，1988年再版，两部选本再版时都更换了封面设计，如下图所示：

第二，序或/和跋。在翻译选集编著完成之后，编者通常会亲自或者邀请知名学者为选集作序或跋。序言跋语绝非翻译选集中无足轻重、可有而无的部分，相反，它对选集的成功与否至关重要。对于翻译选集的研究者而言，从选集的序言跋语中，我们常常可以见出编者对原语国文学的认识，了解编者的选目标准和编选动机。绝大多数翻译选集通常是直接用目标语撰写而成，但也有翻译选集的序言是用原语撰写之后再翻译成目标语，比如《中国优秀短篇小说选1949—1989》（*Best Chinese Stories 1949 – 1989*）的序言就是由《上海文学》原副主编李子云撰写，而后由David Kwan翻译成英语。更有编者为选集附上了原语序言，而并没有翻译成目标语，比如美国法宝出版社（Talisman House Publishers）出版的《另一种国度：当代中国诗选》（*Another Kind of Nation: An Anthology of Contemporary Chinese Poetry*），书前附有编者之一陈东东撰写的序言"大地上的鲁滨逊"，但不知为何，这篇序言并没有翻译成英语，我们不得不产生这样的疑问：这部选集的目标读者是谁？当然，后面这两种情况是较为罕见的。

第三，附录。附录是翻译选集中十分常见的一类副文本，翻译选集中的附录主要有以下几类：（1）对选集中的作家和作品名称、地名、刊物名等进行双语对照显示，以方便读者查阅，这是最常见的附录种类。（2）对原作中反复出现的文化特有项或特殊的语言表达进行集中解释，比如王际真所编《中国现代小说选》（*Contemporary Chinese Stories*）在"词汇表"（Glossary）中对"洋鬼子""炕""高粱""少奶奶""他妈的"等比较难解的词作了详细解释；《倔强的野草》解释了"牛棚""黑五类""四旧"等"文革"时期的话语。（3）学术性选集一般会设置"补充阅读"（Supplemental Readings）板块，比如《现代中国的创作女性》（*Writing Women in Modern China: An Anthology of Women's Literature from the Early Twentieth Century*）在"补充阅读"中列出了一些关于中国女性写作的研究成果，以及所选作家的其他作品。（4）也有选集会在附录中对照列出中文人名对应的威氏拼音法（Wade-Giles

System），比如《现代中国文学读本》（*Readings in contemporary Chinese Literature*）和《中国文学景象：一位作家的中国之旅》（*The Chinese Literary Scene*：*A Writer's Visit to the People's Republic*）等。此外，还有一些不太常见的附录种类，比如《草鞋脚》附有中国主要的左翼刊物列表，《中华人民共和国文学》（*Literature of the People's Republic of China*）增设了年表（Chronology），介绍了从1949年到1979年之间发生的与文学有关的重要事件。

第四，选文（或译文）来源信息。翻译选集中的译文要么是由编者自己或组织译者亲自翻译而来，要么是转载了现成的译文。对于第一种情况，编者往往会注明原作（或曰译文底本）的出处，比如林培瑞编《花与刺》（*Roses and Thorns*：*The Second Blooming of the Hundred Flowers in Chinese Fiction*）中的小说均为新译，编者在选文首页以注释的形式一一注明了原作的出处。对于转载而来的译文，编者会以致谢或版权说明的方式对每篇译文的来源进行说明。比如《活的中国》和《战时中国小说》在致谢部分专门交代了译文最初的发表情况，《毛主席会不开心》在书后致谢中对译文和原文的版权人都进行了交代。相对来说，后期的选集多会专门设置"版权页"（Permissions）详细说明译文版权的获取情况。

第五，编译者介绍。翻译选集通常会设置"Notes on Editor""Notes on Contributors"或"Notes on Translators"等板块，对选集编者和选文译者的身份予以介绍说明，这类说明文字一般会重点介绍编译者的任职机构、学术背景以及学术成果等。对编译者的介绍并非无关紧要，从编者的角度来讲，除了表示对参与者的劳动成果的肯认之外，还可以通过展示他们的学术成就来为选集增加可信度；从选集研究者的角度来说，选集参与者的身份信息和学术背景有助于我们了解编者的编选动机，是选集研究的重要资料。

以上五个方面是绝大多数翻译选集采用的副文本体例。但也有极个别翻译选集会在以上基本信息之外为读者提供更多了解编译过程的资料，比如《另一种国度：当代中国诗歌选》书后附有合作译者之间的通信交流内容，读者甚至可以从中看到翻译发生的过程。《新华夏集：当代中国诗歌》（*New Cathay: Contemporary Chinese Poetry*）在长达40页的附录中，除了介绍诗人和译者之外，还增加了"诗人访谈"和"编者调查"部分，前者是对8位所选诗人的采访，后者属于"圆桌讨论"，是11位所选诗人对编者提出的五个问题的回答，话题涉及他们最喜爱的十位外国诗人、对他们产生过影响的中外诗人、他们眼中的中国当代十大诗人等。

翻译选集正文本的体例主要包括：

第一，原文的选录方式。一部翻译选集的制作首先是从选择篇目开始的，"选择"是一部翻译选集成书过程中至关重要的环节，直接关涉选集的最终面貌。一般来讲，编者无疑是决定选目的最关键人物，但这并不是说编者总是独立完成文本的选择，也不乏编者在挑选文本时向他人寻求建议和帮助的案例，有些编者会邀请原语国的学者或作家为其推荐选目，比如伊罗生在编选《草鞋脚》时，就曾请鲁迅和茅盾为其推荐一些篇目，虽然该选集最终的选目与鲁迅和茅盾起草的选目有较大出入。需要特别指出的是，与非翻译选集不同，有些翻译选集的编者为了将更多的原语文学作品译介进来，会有意避开已经被译介的作品。

此外，按照西方惯例，选本一般不会收录编者或译者自己的作品，但也有例外，比如编者王屏在她编选的《新一代：今日中国诗歌》（*New Generation: Poems from China Today*）中收录了自己的四篇诗作。还有一种较为极端的情况，即翻译选集的编者直接参照原语国业已编纂出版的选集，稍作调整之后翻译成外语出版发行，比如《半边天》（*one half of the sky*）就是在《当代女作家作品选》（花城出版社1980年版）的基础上略作删减而成。

第二，译文的生成方式。翻译选集中的译文主要有四种生成方式：（1）如前所述，有些选集会通过版权获取的方式将现成的译文集结到一起，而不再重新组织翻译，比如20世纪70年代美国出版的多部"样板戏"翻译选集就采用了这种方式。再比如刘绍铭等编选《1919—1949中国小说选》时,从多种渠道搜集挪用了现有的译文:鲁迅和茅盾作品的译文采用了北京外文出版社的版本,萧红的作品采用了香港《译丛》(*Renditions*)杂志的译本,另外从夏志清此前已编译出版的选本中选取了沈从文、郁达夫、吴祖缃和张爱玲作品的译文。但有时候,即使存在现成的译文,如若编者受到版权的制约,或对现有译作的质量不甚满意的话,也会重新进行翻译。(2)也有编者选择独立完成所有的选文翻译工作,比如《现代汉诗选》中的所有诗作均由编者奚密翻译而成,但有评论者认为,这种做法不可取,因为经"同一译者处理之后,原本丰富多样的诗人个性大打折扣"。① (3)编者与其他译者共同合作,每位译者负责一定篇目的翻译工作,这也是绝大多数翻译选集采取的译者模式。(4)选文原作者与编者、译者共同参与翻译工作的情况。在有些情况下,选文的原作者会将自己写就的文本翻译成外语,收入选集之中。比如,白先勇的作品《谪仙记》先由自己翻译成英语,再经过夏志清的润色以后收入夏志清编选的《二十世纪中国小说选》(*Twentieth Century Chinese Stories*)。当然,这种原作者参与选文翻译的情况相对较少。

　　第三,选文编排。文本选定后,如何编排所选文本是编者需要解决的另一个重要问题,不同的编排方式会产生不同的效果,给读者带来不同的阅读体验,同时也反映着编者的不同理解。综合来看,按照作品的发表时间依次排列是最常见的编排方式,这种编排方式的优点在于可以展示原语文学的发展演变。除此之外,还有多种与众不同的编排方式,比如有的编者按照所选作家的首字顺序来排列,奚密编选的《现代汉诗选》就是如此;也有编者会将选集内的文本按照一定标准分为若干个单元,并为每个单元设计小标题,比如杜迈克(Michael S. Duke)所编《当代中国文学:后毛泽东时代的小说和诗歌选集》(*Contemporary*

---

① Pollard, D. E., Review of Anthology of Modern Chinese Poetry, *Bulletin of the School of Oriental and African Studies*, No. 3, 1994.

Chinese Literature: An Anthology of Post-Mao Fiction and Poetry）将所有选文分为了"废墟""历史""他们自己的世界""追寻光明和真相的知识青年""昨天和今天的女性""体制""边缘人生"七个单元；还有编者会将选文和针对选文的批评文章（有时甚至是针锋相对的文章）并列搭配，比如聂华苓编选的《百花文学》（Literature of the Hundred Flowers）在《组织部新来的青年人》之后附上了五篇评论文章，既有肯定或基本肯定的文章（如刘绍棠、从维熙的"写真实——社会主义现实主义的生命核心"，邵燕祥的"去病与苦口"），也有批判性文章（如康濯的"一篇矛盾的小说"）。

第四，作家作品介绍。翻译选集通常在选文前有对所选作家的生平和文学生涯以及所选作品的介绍文字，以帮助读者理解选文。这些介绍文字有时候是作家自己提供的（如《活的中国》对张天翼和沙汀的介绍就是如此），但绝大多数时候是由编者撰写的。需要注意的是，选家对作家的介绍有时候并非无的放矢，而是和选家的编选总目的相关联的，比如斯诺在《活的中国》里对丁玲的介绍就很值得玩味，斯诺用三分之二的篇幅介绍丁玲与革命的关系，而对她的成名作《莎菲女士的日记》则只是一笔带过，因为编者希望读者看到的是一个革命战士丁玲，而不是沉溺于自己的小世界、具有小资情调的丁玲。

第五，选录作品的改编。总体来看，编者多会选择忠实地译出原作，但也有编者会对原作进行改写，有时候改动甚至非常之大，以至于偏离了原作者的意旨。比如，《活的中国》收录《柏子》时，就对原文结尾进行了大幅改写；《花与刺》和《当代女作家作品选》（Seven Contemporary Chinese Women Writers）中收录的《人到中年》，其译文对原作均有程度不同的改写。

二 翻译选集与文学接受的关系

作为一种特殊的文本形态，翻译选集绝非单篇译作的简单合集。相反，翻译选集被认为是"最能给人深刻印象，也最具启发意义的文化传播方式"，其对文本的"'安排'或曰'配设'所产生的价值和意义要远远超过单个文本所能产生的价值和意义的总和"。① 这里是从原语文学的立场出发，强调了翻译选集在传播原语文学方面的功能和价值，看重的是作为成品的翻译选集在目标语文化中所能产生的效用。如果我们转换一下视角，即不是从原语文化，而是从目标语文化的视角出发，从编者的视角反观原语文学，从翻译选集的面貌中反推选集中体现出的、各参与方对原语文学的取舍和阐释方式的话，我们就会发现，翻译选集的编选同时还是一种独特的文学接受方式。

1. 接受客体：原语文学作品

文学作品是文学接受的客体，一般来说是文学接受活动中的"常量"。但是，翻译选集中的文本和被单独接受的文本却有所不同，最大的不同在于它们的接受语境。选集把原本并无关联的文本聚集到一起之后，就构成了一个新的、人造（或曰编者造）的解读空间，读者在解读选集内的文本时，就会自觉不自觉地把它和它的"左邻右舍"联系起来，进行一种参照式阅读，选集读者与独立文本的读者在关注点上就会有所不同。例如，白露（Tani E. Barlow）编选的《柔弱力量》（*The Power of Weakness*）将鲁迅和丁玲的各三篇小说交叉排列，这部选集由纽约城市大学的女性主义出版社（The Feminist Press）出版，编者在序言中表示这部选集中的作品都是关于"女性解放"的，② 在编者营造的这种接受语境中，选文中有关女性问题的一面会被凸显，而其他面向则会被部分遮蔽。这部选集的开篇是《祝福》，如果说单独来看，它更多地是在表现封建礼教的吃人本质的话，那在这部选集中，读者也许会更加关注《祝福》中的女性命运。

无须说，原作（者）贯穿一部翻译选集从生产到接受的始终，没

---

① Mona, B., *Routledge Encyclopedia of Translation Studies*, Shanghai: Shanghai Foreign Language Education Press, 2004, p. 13.

② Barlow, E. T., *The Power of Weakness*, New York: The Feminist Press, 2007, p. 19.

有原作者的作品创作，选集就无从谈起。但原作又是选集编纂活动中最为被动的，在编者那里，原作只是等待选择而后被重新组合的材料。

2. 一级接受主体：编者

编者首先是读者或曰接受者，他们对原语作品的取舍、安排以及阐释，均是一种阅读后的接受行为。从浩如烟海、自然生成的一国文学中选择哪些文本、如何阐释这些文本，无不牵涉到选家对对象国文学的理解和态度，因为他总是从自己的视角出发，基于自己对原语国文学的认识来选择作品，并按照自己设定的目的、原则进行编排。换句话说，翻译选集物态文本的生产过程，渗透着编者关于对象国文学的认知和想象。选家对原作的择取当然与原语文学自身的发展现状密切相关，但同时受制于选者的编选动机、对原语国（文学）的态度，及其所处的历史文化语境。在编者那里，原语文学作品有似一个等待选择的资料库，至于选取什么、怎样组合、如何言说则主要取决于编者自身。这即意味着，翻译选集最终呈现的往往并非原语文学的本来面目，而是选家心目中原语国文学应该有的样子。同理，中国文学英译选集其实是编者的中国文学观的外化，是编者对中国文学的接受实践的产物。编者们所处的历史语境、所受的学术训练、所接触到的中国文学千差万别，他们的中国文学观自然也会有所不同。这也就解释了，为什么面对同一个由客观的文学文本组成的中国文学的"真实世界"，不同时代、不同文化背景的编者会推出不尽相同的中国文学翻译选集。从这个意义上来讲，翻译选集所具有的"接受"特性就更加无可辩驳了。

3. 次级接受主体：选集的读者

一部翻译选集价值的最终实现有赖于读者的阅读，但翻译选集的读者对原作的接受是一种"二次接受"，即他们直接面对的接受对象本身就是一种经过接受的结果，他们的阅读活动是在由编者营造的一个空间内进行的。因此，对翻译选集的读者而言，编者充当着一种引导者的角色，编者对选集内文本特有的编排和阐释"控制"着读者对作家作品的解读，编者对原语文学的态度和观念会"润物细无声"地影响读者对原语文学的接受，塑造读者的阅读期待。正如鲁迅所言，"选本可以借古人的文章，寓自己的意见。……如此，则读者虽读古人书，却得了选者之意，意见也就逐渐和选者接近，终于'就范'了"。① 需要特别指出的是，许多翻译选集是为教学而编制的，它们的目标读者对原语国文学的知识储备相对有限，很多读者更是从作为教材的翻译选集中第一次接触外国文学，他们对选集中文本的解读和对原语国文学的认知，更依赖于有限的翻译选集之间、选集内部各文本之间以及选集正文本和副文本之间形成的狭小的近似语境，而无从参照纵向的原语国文学传统和横向的更为广阔的原语文学作品库，加之教材特有的话语权威性又能使它得到读者的高度认同，因此，翻译选集会有效组织目标读者对一国文学的态度。

综上，一部翻译选集的生产，其实是选家针对一国文学展开的物质生产、知识生产和话语生产。从作者到选者再到读者，形成了一条以翻译选集为纽带的接受链。

三 文学接受在翻译选集中的表现方式

既然选集编译是一种文学接受方式，那么我们需要追问的是，这种文学接受的结果最终体现在哪里？换句话说，我们从翻译选集中的哪些方面可以窥见编译者对原语文学的接受倾向？笔者以为，"篇目选择""选文翻译"和"副文本设计"这三个方面最能体现目标语文化对原语文学的接受结果，因此也是我们考察这种接受结果的重要场所。

1. 篇目的选择

篇目选择是最能体现选家对原语国文学认知的一个环节，是制作翻译选集的第一道工序，同时也是最难的一道工序。曾参与编选《中国新文学大系》的阿英就对选文之难深有体会，他说：

---

① 鲁迅：《鲁迅全集》第七卷，人民文学出版社 2005 年版，第 138 页。

选文是一件盛事，也是一桩难事。唐显悦序《文娱》曰："选之难倍于作。"这个"倍"，我是不能完全同意，但严肃的文选家工作的艰苦，并不亚于写作者，却是不容否认的事实。为着要挑选一个人的几篇文章，不仅要读完他的全部著作，了解这个人的历史环境，在文学史上的地位与影响，还要卷排篇比，从内容与形式的统一之下，很慎重的挑出最适当的足以代表的东西。有专集的一代名家固然要选，就是无名的、次要的、文坛上的"草泽英雄"，难求的典籍，散佚的文章，也不得不费尽苦心去搜寻，耗尽精力去选择，以期免于遗憾。但这样并不就够，还有那更重要的，更基本的，选者的态度眼光，也就是所谓观点的问题。贺裳说："作文而不能自立一解者，不如焚笔也；作诗而不能自辟一格者，不如绝吟也"，文选家也是一样，没有统一的观点，独特的眼光，其结果是必然的失败，选文绝对不是一件轻而易举的事。①

在这里，阿英把选集之难归结于三个方面：首先在博览群书之后，选择作家作品中"足以代表的东西"；其次要注意选入那些虽然文坛地位不高，却具有"文学史标本意义的""草泽英雄"的作品；最后选家还要有独特而一以贯之的"态度眼光"。前两者关乎选本的客观性，后者则涉及选者的主体性。不难看出，阿英这里提出的是关于选本编纂的高标准和严要求。但在实际操作中，这确是一种难以企及的理想状态，能够兼顾以上三个方面的选集（当然也包括翻译选集）少之又少。通常的情况是选家的主体性会盖过所选对象的客观性而成为支配选集编纂的主要力量，为了实现自己的意图，选家会根据预设的标准遴选作品，并作出一己的评点，不时有主观偏好歪曲客观实际之虞，这就使得选集的编纂具有了一定的主观性。"选本既已经选者所滤过，就总只能吃他所给予的糟或醨。况且有时还加以批评，提醒了他之以为然，而抹杀了

---

① 阿英：《夜航集》，良友复兴图书印刷公司1935年版，第75—76页。

他之以为不然处。"① 翻译选集的编纂亦复如此，内里常常可以见出编者的主观性——即编者对原语文学的认识和理解——对篇目选择的影响。

"选择"从根本上讲是一种价值判断行为，"选择"的这一本质特征意味着文学选集的"选"本身就是一种具有主观性的文学批评实践。在翻译选集的编纂中，篇目选择的主观性主要源于以下三个方面：编者的编选动机、编者对原语文学的文学史观念以及编者自身的学术立场，下面我们就这三个方面分而述之。

第一，编选动机与选集的主观性。编选动机对一部选集面貌是具有决定性的，有什么样的动机，就会产生什么样的选本。例如，同情中国革命的美国记者埃德加·斯诺1934年编译《活的中国》时，虽然当时颇为活跃的"新感觉派"作家写出了许多极具现代性且深受读者喜爱的作品，但这类作品却无法进入斯诺的选集，因为该选集的根本动机在于借助文学向西方传达中国革命的现实，而这是那些实验性作品所无法完成的。由此可见，翻译选集编纂中也有"改写"发生，编者的动机会左右其对作家作品的选择和安排。鲁迅就曾指出，"选本所显示的，往往并非作者的特色，倒是选者的眼光"。② 这一论断可谓切中肯綮。

第二，编者的文学史观与选集的主观性。以美国编选的中国文学选集为例，早期的编者常常将"中国文学"等同于"中国大陆文学"，很多冠以"中国文学选集"之名的选本并不收入中国大陆之外的文学作品。与此相反，也有编者会将中国文学的版图不断扩大，不仅把港澳台文学，甚至把一些非华语地区的文学作品也纳入其中。这方面的典型例子是王德威1994年编选的《狂奔：华语新作家》（*Running Wild: New Chinese Writers*）。该选集既收录了大陆作家莫言、苏童、余华、阿城、李佩甫等作家，也收录了港台作家朱天文、钟玲、西西、杨照等，还选

---

① 鲁迅：《鲁迅全集》第七卷，人民文学出版社2005年版，第139页。
② 鲁迅：《鲁迅全集》第七卷，人民文学出版社2005年版，第138页。

择了古兆森等海外华人的作品。也许最为意外的是,王德威收录了旅居新西兰的作家张系国《沙猪传奇》中的作品《杀妻》。王德威如此扩大中国文学的版图,其实是于自己的中国文学史观密切相关的。一直以来,王德威呼吁学界要扩大中国文学的版图,并且提出了"华语语系文学"的观点。因此在王德威看来,此前的中国文学翻译选集是很有问题的:"传统的中国文学选集都奉行地区主义。……收入的作品要么全部来自大陆,要么全部来自台湾。"他认为这种做法已远远落后于时代了,因为"任何试图按照陈旧的地缘政治界定中国文学的做法都将有年代错置的危险"。[①] 而"之所以把这些来自不同区域的作品都归于'中国当代文学',是为了呈现一种新的、不是按照地缘政治和意识形态板块而是按照相互交叠的文化和共同的想象性资源来界定的中国文学形象",[②] 因为如今的"海外作家是当代中国文学的一支重要力量",他们"虽然身在故国之外,但他们的作品必须跨越身体、形式和概念上的界限,这就是他们叙述中国的条件,也是他们叙述中国的结果"。身在异乡只是"给他们提供了一个思考和书写中国的不同视角"。[③] 王德威的这种编排方式使得中国文学呈现出了完全不同的形象,会对业已熟悉此前的中国文学形象的读者提出挑战。比如邓腾克就指出,"反复阅读这部选本中的小说之后,我试图从中提炼出共同的主题和写作风格,以此作为一个整一的基础来建构一套能够统摄当代中国小说的话语。然而,你很难用一种话语统摄这些作品。这部选本内作品的多样性和相互之间的异质性不亚于任何最近出版的英语小说选集,这种异质性部分是由于该选本中的作品来自四个不同的文化政治区域,即除了台湾、香港、中国大陆之外,还增加分布在海外的华人聚居区。而这种编纂中国

---

① Wang, D. D., *Running Wild: New Chinese Writers*, New York: Columbia University Press, 1994, pp. 239–239.

② Wang, D. D., *Running Wild: New Chinese Writers*, New York: Columbia University Press, 1994, p. 238.

③ Wang, D. D., *Running Wild: New Chinese Writers*, New York: Columbia University Press, 1994, p. 240.

文学选集的做法是过去不曾有过的。"①

第三，编者的学术立场与选集的主观性。前已述及，翻译选集的编选常常是一种学术性活动，编者自身的学术立场会在具体的编纂过程中有或明或暗的体现。例如，夏志清受自身学术立场的影响，对于亲官方的作家有着毫不掩饰的偏见，作为编者的夏志清也不愿在自己的选集中收录这类作家，哪怕他们有着重要的文学史地位，比如，"鲁郭茅巴老曹"中的郭沫若就从来没有进入过夏志清以及他的弟子所编选的中国文学选集，早在《中国现代小说史》中，夏志清对郭沫若的评价就非常低，一个重要原因就是郭沫若与官方的配合态度是夏志清所不乐见的。再比如，具有反华倾向的美国汉学家林培瑞编选中国文学选集时有着自己的特殊爱好，他是一位多产的选家，但由他编选的中国文学选集几乎全是异见文学选集，比如《倔强的野草》《花与刺》《人妖之间》（People or Monsters）等，所收多是与主流意识形态相左的作家。

质言之，一部理想的翻译选集应该以原作在文学发展史上的代表性为选择标准，选择那些具有重要文学史意义的作品，编者应力求克服自己的个人偏好和"前理解"，给读者展示原语国文学尽可能真实的形象。但从翻译选集的编纂实践来看，这种"理想的翻译选集"也许只能是一种理想，因为从文本选择开始，翻译选集就已经渗透了来自选家的主观因素，即所谓"虽选古人诗，实自著一书"。② 从上面的分析可以看出，翻译选集对文本的选择本身就是一种文学接受的表征。

2. 副文本的设计

除了"选"之外，另一个体现编者对原语国文学接受倾向的地方是翻译选集的副文本。

1970年代，法国文论家热奈特（Gérard Genette）首次提出了"副

---

① Denton, K. A., Review of Running Wider: New Chinese Writers, *China Review International*, No. 2, 1995.

② 钟惺：《隐秀轩集》，上海古籍出版社1992年版，第469页。

文本"概念，并在其后的多部论著中进行了详细论述。所谓副文本必然是就"正文本"而言的，也即围绕在正文本周边的文本。副文本既可以存在于文本之内也可以是文本之外的文本，前者被称为内副文本（peritext），主要包括文本的标题、封面、序言跋语、献词、出版信息、书内插图等；后者被称为外副文本（epitext），主要包括围绕作品的评论、作家访谈和日记、获奖信息等。副文本能协调读者和文本之间的关系，引导读者对文本的解读和接受。但是，对于副文本的这一功能，我们应该辩证地看：一方面，副文本具有重要的史料价值，可以为读者进入正文本提供必要的铺垫，甚至有助于文本的经典化。但另一方面，副文本也可能产生一些负面效应，比如限制文本的阐释空间，歪曲原文旨意，甚至有意误导读者，等等。

热奈特副文本概念是以西方文学和文化研究为背景提出的，但对翻译研究，尤其是文学翻译研究同样具有重要启示。翻译理论家也早已认识到将副文本引入翻译研究的必要性："副文本对翻译研究有着重要意义，因为副文本可以作为一种重要纽带将作者、译者、出版商和读者联系起来。"[①] 同时，副文本为深刻理解译作的产生与接受提供了有益参考，是翻译史研究中一个主要的史料来源。

翻译选集中通常存在多种形式的副文本，从选集名称、封面封底、献词、序言（或/和跋语）、作家作品简介、编译者介绍、选文版权信息等，不一而足。在以上各种副文本中，封面设计和序言尤其值得特别关注。就封面设计而言，它是最先被读者阅读的副文本，从这里读者会对选本产生第一印象。反过来，我们也能从封面设计中识辨出编者想要传达的信息。这里略举一例予以说明。

1981年，由刘绍铭、夏志清编和李欧梵合编的《中国现代小说选》（*Modern Chinese Stories and Novellas: 1919–1949*）在纽约哥伦比亚大学出版，收入了20位作家的44篇作品，几乎囊括了中国现代文学史上的

[①] Içlklar Koçak, M., Problematizing Translated Popular Texts on Women's Sexuality: A New Perspective on the Modernization Project in Turkey from 1931 to 1959, Bogazi University, 2007.

所有重要作家。夏志清为选本撰写了 15 页的长序。其后附有每位作家的单幅照片，而选本的封面就是由这些照片排列组合而成。引人注意的是，封面上各位作家的座次安排似乎与我们一般的想象有所差别。读下图可以发现，头像占幅最大、最显眼的是直视读者的巴金，靠前且头像也较大的几位分别是沈从文、张爱玲、钱钟书夫妇等，而最令人意外的是，鲁迅既不靠前，且头像也明显不如巴金突出。假若英语世界读者看到这一封面，最先引起他们注意恐怕是巴金而不会是鲁迅。不可否认，巴金是重要的中国现代作家，但相比而言，鲁迅在中国现代文学史上的地位显然更高，然而从封面来看，似乎编者有故意弱化鲁迅地位的意味。其实这绝非毫无根据的猜测，如若联系该选本编者的学术立场，我们也许能明白这一特殊安排的背后逻辑。编者之一的夏志清曾出版过后来引起巨大反响的《中国现代小说史》，在这部史著中，夏志清以"发掘、品评杰作"的名义为中国现代作家重新排排坐，建构了与中国国内文学史差异颇大的中国现代作家经典序列，概括来讲，夏志清对鲁迅的评价不似国内文学史家那么高，甚至贬抑鲁迅的文学史地位，而重新发现并高度评价了一些曾缺席中国国内文学史的作家，主要包括沈从文、钱钟书和张爱玲。而这部选本处处可见夏志清这部史著的影响，编者刘绍铭在前言中坦言："我们尤其要感谢夏志清，他那部具有里程碑意义的《中国现代小说史》最先从人文和道德角度讨论了我们这部选本中的作品。……在编选过程中，在准备作家简介时，我们广泛参考了（made extensive use of）夏志清的《小说史》。"①由此可见，这部选集的封面设计暗合了编者之一——夏志清的中国文学史观。

封面设计之外，编者撰写的序言是另一种需要深入剖析的副文本，因为这里是最能体现编者接受倾向的场所。翻译选集序风格各异，它们阐述编选的缘由、宗旨和文本选择标准，回顾中国文学源流，论述中国

---

① Lau, J., *Modern Chinese Stories and Novella: 1919 – 1949*, New York: Columbia University Press, 1981, p. xi.

MODERN CHINESE
STORIES
AND NOVELLAS
1919–1949

EDITED BY
JOSEPH S. M. LAU, C. T. HSIA,
AND
LEO OU-FAN LEE

文学特点，介绍选集背景，记述选集成书过程，阐明选集的意义等，是读者解读文本的有效信息源。

但是，翻译选集序又不应该仅仅被看作一种信息载体，而是具有规范引导目标读者的作用，甚至扮演着"意见领袖"的角色，影响和支配受众的接受态度。由于翻译选集的读者和所面对的文本分属不同的文化系统，两者之间的文化距离会造成一定的接受障碍，读者要想有效解读原文本，必然需要对原文产生时的历史文化语境有一定的了解。因此，与非翻译选集相比，翻译选集需要提供更加丰富的背景知识，以帮助读者找到所选文本的"正确打开方式"。为此，编者的一种常见做法是借助序言简要回顾中国文学发展史，并适时加入自己的评价和判断。编者的阐释看似是以冷静的"观察"为基础的，但在"观察"之前往往有某种"观看之道"先行在场。体现在选集副文本中的特定阐释逻辑会支配选者对作品的选择，而如此选择的作品又必然会反过来印证这种阐述的合理性。选本"无声的选择"和"有声的阐释"相互配合，对读者的影响不像一般的文学批评那样给人枯燥说教的印象,① 读者在潜移默化中也更容易接受翻译选集对他国文学的阐释和绘制。翻译选集序就像是一部简化了的中国文学域外接受批评史,沿着这些序言历时阅读,我们可以见出中国文学在域外的形象变迁和接受脉络。

但需要警惕的是,序言对文本的解读也有追加意义之嫌,即选家会根据自己的理解或目的对选文添加一些原本并没有的意义。叶圣陶曾有言:"序文的责务,最重要的当然在替作者加一种说明,使作品的潜在的容易被忽视的精神很显著地展开于读者的心中。"② 但这段文字似乎无法完全适用于(翻译)选集序,因为选集是一个由多个独立文本组成的新文本,每部选集后面都有编者的总目的在发挥作用,选集中每个文本的主题是多面的、是可以从多个角度进行解读的,编者在序言中到底选取哪个角度解读选集内的文本,会受到选集背后那个总目的(或曰总的议题设置)的影响。于是,我们发现,被选入不同选集的同一文本,编者会做出截然不同的解读,会把读者的目光引向不同的地方。比如,中美编选的选集对共同收录的《爱,是不能忘记的》和《人到中年》作出的不同解读就是一例。

中国文学出版社编选的《当代女作家作品选》认为,《爱,是不能忘记的》"大胆突破传统,富于理想主义且十分浪漫,以有趣的方式表现了在社会主义中国人们爱情态度的变化,尽管封建思想对婚姻的影响依然严重"。③ 但美国编者林培瑞从这部小说中看到的却是"尽管经过了多年的革命,在中国,婚姻依然是建立在家庭背景、财富、身份以及父母攀附的渴望等社会因素上的"。④ 不难看出,中国编选的选集希望读者能从这部小说中看出"文革"后中国国情的改观,而美编选集则

---

① 沙先一:《选本批评与清代词坛的统序建构》,《文学评论》2017 年第 5 期。
② 叶圣陶:《序》,新文化书社 1923 年版。
③ Yang, G., *Seven Contemporary Chinese Women Writers*, Beijing: Chinese Literature Press, 1982, p. 9.
④ Link, P., *Roses and Thorns: The Second Blooming of the hundred Flowers in Chinese fiction*, Berkley: University of California Press, 1984, p. 244.

恰恰相反。

再比如，对《人到中年》的解读同样体现出了"中美差异"。这部反映"文革"后知识分子生存困境的作品发表后引起了极大反响，但中国和美国编选的选集对作品意旨的解读却大相径庭。中编选集写道：

> 陆大夫在医院加班加点，回到家还要做繁重的家务，照看孩子，并自责自己不是个称职的妻子和母亲。许多中国的职业女性有这种负罪感。所有的女性，即使那些带小孩的女性在56天产假过了之后也要去工作。在这种物质上落后的国家，几乎没有省力的器具，家务繁重而耗时，在城里，人们常常要花好几个小时排队买菜。许多女性在提高业务技能的同时想努力做一名称职的家庭主妇，因此往往老的很快。……张洁曾不止一次跟我讲"做女人很难！"但是中国没有妇女解放运动，部分是因为女性地位相比以前有了极大改善，部分因为他们是在大的社会背景下看待自己的问题的，并且正在努力为实现现代化而努力，以减轻自己的负担。①

这段解读文字有两个值得注意的地方：首先，编者把作品的主题总结为"女性问题"，而不是知识分子问题。其次编者将中国女性的生存困境归结为物质生产落后，且强调中国"女性地位相比以前有了极大改善"。

美编选集又是怎么看《人到中年》的呢？林培瑞在自己的选集中有如下一段文字：

> 有评论者反对小说讽刺盛气凌人的副部长夫人——该夫人在小说中被称作"马列主义老太太"。也有评论者认为对那些因为不满

---

① Yang, G., *Seven Contemporary Chinese Women Writers*, Beijing: Chinese Literature Press, 1982, pp. 6–7.

而移民加拿大的人物怀有同情是错误的。最可怕的批评遵循的是下面这种逻辑:《人到中年》是悲剧;所有的悲剧必须由坏人引起。但这部小说里没有坏人,小说中人物的各种缺点不足以解释如此沉重的悲剧。①

这里编者对这部作品的解读显然有失偏颇,不符合实际。

3. 选文的翻译

翻译不是在真空中进行的,而是一种改写。这句翻译界的常识性名言在翻译选集的编纂中有了新的意涵。勒菲弗尔认为促使翻译中发生改写的主要有意识形态、诗学、赞助人三个方面的因素。翻译选集编纂中的改写除了受以上因素的制约之外,还可能由选家的动机和选本的叙事逻辑引起。换句话说,选家为了让作品能够更加符合自己的目的,彰显一己的意图,不惜在翻译的过程中,对选文进行改写和裁剪。小则在字句的翻译上发生一定的偏离,大则会对原作进行伤筋动骨的篡改。例如,《活的中国》的翻译方式就体现了编者斯诺同情和拥护中国革命的立场。以该选集中茅盾的《泥泞》为例,这篇小说表现了北伐战争时期,饱受战乱的农民满腹狐疑,他们对无论哪一方都不再信任。当有"孩子兵"去农村宣讲改革政策时,农民以为他们的到来是为了实行"共妻",于是人人自卫,极不配合。"孩子兵"组成的协会成员为了打消村民的顾虑进行了宣传演讲,作者写道:

原文:他直脖子嚷了半点钟,要大家不要多疑。

译文:He shot forth his young neck and for half an hour shouted at the top of his lungs: this idea of "communal wives" is a *bourgeois* falsehood put out against them. (斜体为原文所加)

---

① Link, P., *Roses and Thorns: The second blooming of the hundred flowers in Chinese fiction*, Berkley: University of California Press, 1984, pp. 261-262.

译者翻译"要大家不要多疑"时，进行了明晰化处理，把怀疑的内容直接告诉了读者。特别值得注意的是，译者添加并强调说"这是资产阶级的谣言"，这体现了译者鲜明的立场。

再比如，斯诺翻译沈从文的《柏子》时，对小说的结尾部分进行了改写。有评论者认为斯诺之所以这么做，是因为他轻视中国现代文学，面对在英语世界处于边缘的中国文学，他有高人一等的潜意识和"居高临下的优越感"，同时也为了让小说的"风格和形式更紧凑"，这些改动"凸显了斯诺以目标语为趋向、以目标语读者的趣味为准绳的译者立场，所采取的相关翻译策略是其译者惯习的体现"。① 如果单独来看的话，以上分析似乎很有道理，但该评论者也许忽视了这是出现在一部选集中的译文，所以编者预设的、希望选集最终达到的目的恐怕要比所谓的"译者惯习"对翻译策略的影响更大，也更直接。要知道，该选集旨在介绍中国的革命现实，争取国际援助，在斯诺看来当时的中国是没有儿女情长、田园牧歌的空间的。

也许，更能说明问题的是，即使面对同一篇选文，站在不同立场的选家会选择不同的翻译方式，以和自己的编选动机保持一致。例如，具有官方背景的中国文学出版社和具有反华倾向的林培瑞在翻译《人到中年》时都有多处偏离原文的地方。比如，原文中的下面这句话"他们谈到粉碎'四人帮'，谈到科学的春天的到来，"表现了"文革"后中国的向好转变，有助于给外界呈现一个经历浩劫之后全新的中国形象，中国文学版《当代女作家作品选》将这句话完整译出，但林培瑞的选集《花与刺》却故意省去不译。

综上，从篇目的选择到副文本的设计再到选文的翻译，这每一个环节都不是中立的，都体现着选家对原语文学特定的接受倾向。因此，将翻译选集看作一种文学跨文化接受方式应该说是成立的。

---

① 徐敏慧：《从〈柏子〉英译本结尾的改变谈起——翻译社会学视角》，《中国翻译》2013年第4期。

四 翻译选集型文学接受的有效性

作为一种文学跨文化接受的独特方式，翻译选集是如何保证其有效性的？或者说翻译选集是凭借什么获得读者的信赖和认同的呢？笔者以为，选集接受的有效性主要基于以下四个方面：选集这一文本形态本身的权威性、编者自身的文化资本、读者与选集之间的信任关系以及选集在教学中的地位。

第一，选集的权威性

作品发表之后，就开启了自己的初次传播。初次传播有许多的不确定性，具体说来，一部作品能否得到普通读者的欢迎，其艺术价值能否得到专业读者的认可，能否在经过时间的淘洗之后依然为人所知，能否在文学史上留下自己的印记等，所有这些问题在初次传播的过程中都是悬而未决的。但是，选本对作品的传播则是一种"二次传播"。这种"二次传播"与初次传播有着根本不同，这主要表现在选本的"选"暗含"选优"的意思，也即是说选本中的文本，其艺术价值已经得到了肯定，一部选本就是"名作佳篇"的合集。因此，选本天然地被赋予了一种权威性。基于这种权威性，选本又可以反过来赋予所选文本一定的象征资本，其背后的逻辑为：既然选本是"名作"的合集，那么被选入的文本也就被赋予了"名作"的身份，能"被选入"本身便是一种资本的象征。因此，凡选集，都具有先天的历史厚重感和话语权威性。阿英就曾说："选本是一件大事，也是比个人的集子更有效果，更能不朽的。许多的文集可以失传，好的选本，往往是不容易消减。理由是：选本集中了各家作品的精粹成分。"[①]

选集的这种权威性会对读者产生巨大影响，对于翻译选集的读者更是如此。很多读者想要了解某一国家的文学时，会首先从一部具有代表

---

① 阿英：《夜航集》，良友复兴图书印刷公司1935年版，第86页。

性的选本开始,在选本中遇见自己喜爱的作家之后再去追踪她或他的个人专集。而由于翻译选集的读者对原语文学传统往往所知不多,因此也更容易被编者"摆布"。

第二,读者与选集的信任关系

读者对选本的信任首先来自前面所说的选本的权威性,选本的权威性可以从读者那里获得一种"角色信任"。① 所谓"角色信任"是指,"与具体的角色扮演者无关,某些角色本身凭最初的印象就能唤起人们的信任"。② 比如,民众之所以信任警察,就在于"警察"这一职业本身与民众之间建立起了信任关系,这种信任与"警察是谁"无关,而是由警察职业本身的特性决定的。同样,由于选本有着"选优"的潜台词,久而久之读者会形成这样一种集体无意识,即"被选的便是优秀的"。读者会本能的相信选本所选均为值得阅读的名篇,也不会无端对选本的价值产生怀疑。

读者对选本的实际需要也是其对选本感到信任的重要原因。选本产生的一个重要前提是文学生产过剩,当文学生产过剩之后,读者对文学的接受就会变为一种选择性接受,这时候,"选"就成为了非常重要的一种保证——同时也是引导——文学接受和传播的手段。面对数量庞大、质量参差不齐的作品,普通读者,甚至专业读者也会感到无从下手,力不从心。人们都希望能以最少的时间、精力和金钱消耗来欣赏到最精华的文学,正是这种让读者无所适从的情况呼唤着选本的产生。选本由于能够满足读者的这一需要,也因此很容易与选本建立起一种信任关系,选本与读者之间也就达成了一种不成文的协议。阿英谈到选本的好处时表示,选本可以"使读者用很少的经济,不多的时间,来了解更多的东西"。③ 选本往往会选择多位风格各异的作家,且秉持着"选

---

① 罗执廷:《文选运作与当代文学生产——以文学选刊与小说发展为中心》,暨南大学出版社 2012 年版。
② [波] 彼得·什托姆普卡:《信任:一种社会学理论》,程胜利译,中华书局 2005 年版,第 57 页。
③ 阿英:《夜航集》,良友复兴图书印刷公司 1935 年版,第 86 页。

优"的名义。如此一来，花不多的钱和时间，读者可以做到"一册在手，佳作名篇尽收眼底"，选本很好地满足了读者利益最大化的需求。

然而，需要指出的是，选本有时候也可能辜负读者乃至作者对它的信任。在作者方面，选家乐于选择的作品也许并不是作家最看重或最喜欢的作品。比如，作家方方曾表示，"1987年，我发表了四部完全不同风格和内容的中篇小说……《风景》是这四部小说中唯一被转载的作品，所以它的影响最大"而其他几部则由于选家"没有看到。所以知者阅者寥寥。它大约是我走上文坛后的一个心头之疼：我最喜欢的一部作品，竟是没有几个人看到！"①

在读者方面，由于受到选家审美眼光的限制，所选作品也许并不是大家认可的佳作。更常见的情况是，由于文学场很多时候并不是一个自治性很高的场域，而是往往要受到政治场或经济场的制约。同样，文学选集的编纂也难免受到场域外部因素的干扰。比如在"十七年"以及"文革"时期，许多艺术价值并不高的作品被反复入选；而在市场化和消费文化不断深入的今天，有些选家也会为了追求经济利益而放弃对美学价值的坚持。凡此种种的干预使得选本编纂有时候会失去其独立性，无法按照文学自身的规律和标准来运作。因此，选集的好处无须说是很多的，但选本"决不是随意挑选，拉杂成书的一类。……如果选家是优秀，肯把选书当作一种事业，认真来做的话"，② 选本才不至于辜负读者的信任。

第三，编者身份对读者的影响

选集归根到底是一种文学传播方式，而"传播影响力是一种权力运用的形式"（麦奎尔，2006：367），这种权力运作依赖于传播者所拥有的资源及其特定属性，所以选集作为一种传播方式，其影响力与传播者的资源和特性也不无关系。这里所谓的传播者的资源和特性具体到选集，便是指编者自身的资源和特性，也即布迪厄所说的象征资本。"象

---

① 方方：《奔跑的火光》，长江文艺出版社2002年版，第407—408页。
② 阿英：《夜航集》，上海良友图书印刷公司1935年版，第86页。

征资本……是一种赋予那些已经得到足够认同的人的权力。这种权力使他们处在一个能够强化其认同的位置上。"① 象征资本"因为符合社会建构成的'集体期待',符合信仰,而发挥一种远距离的,无身体接触的作用"。②

由此,我们就能理解为什么不同的编者推出的选集其命运差别很大。一般而言,由名人名家编选的选集由于名人本身所具有的象征资本,往往能产生较大影响,读者也更倾向于接受名家名集。如果说受逐利的驱动,一些并不具备足够资质的人也会编选选本的话,翻译选集的编选则绝非谁都可以做得来的。翻译选集的编选不仅需要对原语文学有足够的了解,而且需要在学界有广泛的人脉来保证选材、翻译等整个流程的顺利进行。这也就是为什么我们发现,在美国出版的中国文学选集的编者要么是中国文学的研究者、中国学研究者、美国作家或诗人,要么是久居中国的外国人士,总之都属于精英读者,通常在所属领域具有较高的文化资本,这也更让他们所编选集的权威性毋庸置疑。例如,在美国出版的中国文学翻译选集的编者多为著名学者和汉学家。夏志清所编的中国文学选集不仅是广泛使用的教材,而且对后来编者也产生了一定影响;埃德加·斯诺由于其在美国的知名度,由他编选的《活的中国》在美国广受欢迎,被列为了解中国的重要参考书;葛浩文因其在翻译和研究中国文学方面的成就,更是在选本编纂中屡屡获得认可。

第四,作为教材的翻译选集

与单行译本面向商业图书市场不同,翻译选集往往是面向学术界或教学的(当然,并非所有的选集都是为教学目的编译)。而学校,尤其是大学常常是知识的集散地,这里既生产知识,也传播知识。很多学生与外国文学的初体验就是通过对翻译选本的学习完成的。而教材毋庸置

---

① 朱国华:《文学场的逻辑:布迪厄的文学观》,《文化研究》第四辑,中央编译出版社2003年版,第55页。

② [法]皮埃尔·布迪厄:《实践理性:关于行为理论》,谭立德译,生活·读书·新知三联书店2007年版。

疑的权威性必然会左右学生对原语国文学的认识，并且可以在年复一年的使用中，保证其接受的延续性。

　　本章首先明确了翻译选集的名与实，即翻译选集的定义、特性、功能以及体例，在此基础上，论证了翻译选集与文学跨文化接受的关系：从原作者到编者再到选集的读者，构成了一条以选集为中心的接受链，编者是这条接受链上最重要的主体，他或她对原语文学的选择、阐释和翻译都渗透着自己对原语文学的认识，体现着他的审美好尚、编选动机和文化立场。质言之，翻译选集的编纂过程其实是选家对原语文学接受倾向的物化过程，这种接受的结果从"篇目选择""副文本阐释"和"选文翻译"等方面体现出来。翻译选集型文学接受的有效性主要是基于选本自带的权威性、选本和读者之间的信任关系、编者自身的象征资本以及翻译选集在教学中的重要地位。

第二章 中国现当代文学英译选集总览

1931 年,英国人米尔斯(E. H. F. Mills)将留法中国学生敬隐渔编选的法文本《中国当代短篇小说家作品选》(Anthologie des Conteurs Chinois Modernes)转译成英文本《阿Q的悲剧及其他当代中国短篇小说》之后在纽约再版,这是目前可考的第一部亮相英语世界的中国现代文学选集。自此开始,英语世界的中国文学选集编纂活动延绵不断,至今已有愈八十年的历史。在进入选集文本内部进行考察之前,我们有必要先从宏观上对这段编纂史作一总体概览,以回答下面的问题:在不同历史阶段,英语世界的中国文学的编选活动呈现怎样的特征?动因何在?中国文学英译选集编者队伍的构成如何?中国文学英译选集都有哪些类型?中国文学英译选集呈现出怎样的出版格局?对此类问题的回答有助于我们从整体上把握中国现当代文学在英语世界的接受历程。

一 中国文学英译选集的发展流变

为了能较为清晰地反映中国文学英译选集的发展历程,我们将以定量分析和定性分析相结合的方式对这段编选史进行多维考察。

根据笔者掌握的资料,从 1931 年至 2016 年,在英语世界出版的中国现当代文学选集(不包括作家专集)的总数为 109 部,几乎涵盖了中国现当代文坛的所有重要作家,译介广度可见一斑。如果我们以十年为一个阶段，可将 1931 至 2016 年这段编纂史划分为以下八个阶段：

如表 2-1 所示，中华人民共和国成立之前，中国现当代文学英译选集发展十分缓慢，20 世纪 30 年代和 40 年代均只出版 4 部。而 20 世纪 50 年代和 60 年代的编选活动则略有增加，分别出版 5 部和 6 部。自 20 世纪 70 年代开始，这种惨淡经营的状况得到的根本改变，从 1971 年到 1980 年共出版 13 部。20 世纪 80 年代延续了 70 年代的出版势头，达到了 22 部，20 世纪 90 年代出现了中国文学选集的编纂高潮，出版数量飙升至 26 部，21 世纪保持了 20 世纪 90 年代的发展势头，至 2016 年共出版 29 部。可以看出，1970 年在中国文学英译选集发展史上是具有分水岭意义的一年。1970 年之前，选集编纂活动总体冷清，一度曾陷入近乎停滞的状态。1970 年之后，选集编纂活动开始升温，经过 20 世纪 70 年代和 80 年代的稳步发展，至 20 世纪 90 年代达到高潮。

表 2-1　　中国现当代文学英译选集的时间分布及变化趋势

时间跨度	选集出版数量（部）	占比（%）
1931—1940 年	4	3.7
1941—1950 年	4	3.7
1951—1960 年	6	5.5
1961—1970 年	5	4.6
1971—1980 年	13	11.9
1981—1990 年	22	20.2
1991—2000 年	26	23.9
2001—2016 年	29	26.6

表 2-2　　中国现当代文学英译选集的出版地分布

出版地	选集出版数量（部）	占比（%）
美国	86	86
英国	9	9
澳大利亚	3	3
加拿大	1	1
印度	1	1

从出版地分布来看，美国出版的选集最多，占到了总数的86%，远远多于其他国家。紧随其后的英国出版了不到10部，澳大利亚、加拿大和印度三个国家总共出版5部。

在不同体裁的选集当中，小说选集的占比位居第一，达到68部；诗歌选集次之，共19部；随后是戏剧选集，共12部；散文选集数量最少，共3部。此外还有收入多种体裁文学作品的综合性选集7部。

从统计结果中可以发现，英语世界的中国文学编选活动有高潮也有低谷，不同阶段之间甚至有着较大的差距。按照发展势头，中国现当代文学在英语世界的编选史可以大致分为以下四个阶段：萌发期、消歇期、发展期和繁荣期。下面我们将分别探析每个时期中国现当代文学英译选集的盛衰成因和阶段特征。

1. 萌发期：1931年至1947年

茅盾在1980年写的回忆文章《关于〈草鞋脚〉》中曾说"比较集中地向国外的读者介绍中国的进步作家及其作品这样的工作，还没有做过，尤其是左联成立以后涌现出来的一批有才华的青年作家，国外尚无人知晓"。[1] 其实茅盾的这一说法并不准确，在《草鞋脚》完成编选之前，仅在英语世界就出现了至少3部集中介绍中国现代文学的选集，至中华人民共和国成立前共出版了8部，其中小说选集6部，诗歌选集两部。

我们将该时期称为"萌发期"，是因为这一时期见证了英语世界编选中国现代文学的滥觞，但在其后并没有形成较为强劲的发展势头，选集数量有限，选集之间的时间间隔较长，30年代和40年代各出版4部。该时期之所以呈现这一状况，主要是由于彼时中国现代文学在域外的传播才刚刚起步，海外国家（当然也包括本书所关注的英语世界）主动译介中国现代文学的热情并不高。另外的原因是，在四十年代，由于中国内外战争频发，这极大地影响了中国文学的编选条件，编选环境十分恶劣。比如袁嘉华和白英（Robert Payne）在编选《现代中国短篇

---

[1] 鲁迅、茅盾：《草鞋脚》，湖南人民出版社1982年版，第4页。

小说》（*Contemporary Chinese Short Stories*）时就表示，战争"让出版变得很艰难。我们无法收入想要收入的所有作家。桂林被占领之后，要获得我们需要的小说选集变得不可能。希望第二册能够收入此时我们无法获得的许多作品"。① 还有一个需要特别指出的原因是，从中国文学在域外的接受来讲，20世纪三四十年代之前，在域外传播更广、名声更响的是中国古代文学，中国文学的译介队伍主要是汉学家，当时的汉学家几乎全部将中国古代文学作为自己的专长，而稍显年轻的中国现代文学（如果将"五四"看作中国现代文学的起点的话）尚未能引起彼时汉学家的足够重视，他们编选中国现代文学的动力显然不足。

在此背景下，中国现代文学很难以自身的美学魅力赢得编者的青睐，这也是为什么"萌发期"的选集从编选动机来看，主要不是为了向外界传播可资借鉴的文学资源，相反，更多是受到了非文学因素的驱使，这在本时期出版的6部小说选集中体现的最为明显。

例如，《阿Q的悲剧及其他当代中国短篇小说》就是一例。该选集1931年在纽约日晷（The Dial Press）出版社出版，共收入了鲁迅、茅盾、郁达夫、冰心等七位作家的九篇小说，编者敬隐渔还选入了自己的小说《离婚》。

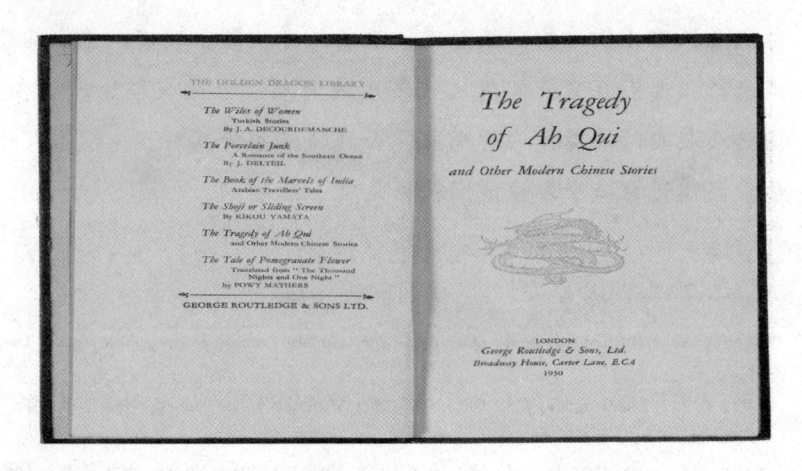

---

① Yüan, C. H. & R. Payne, *Contemporary Chinese Short Stories*, New York: N. Carrington, 1946, p. 13.

从序言来看，编者敬隐渔对中国现代文学很不以为然，评价颇低，认为中国现代作家"从欧洲的意义上讲，算不上作家"。① 随后又不无讥讽地指出，"大多数现代小说家太年轻，无法深刻理解博大精深的道，只是随欧洲的大流，好向别人展示自己在努力开阔眼界"。② 在所有中国现代作家中，敬隐渔似乎只对中国现代文学的代表性人物鲁迅还存有一定的尊重，认为"鲁迅是反对道教的。但他对道的理解甚至超过大多数的儒家和道家。他极度渴望自己关爱的人能达至完善，如若不是受到这种渴望的驱使，他又怎么会对古老的中国思想生出如此巨大的仇恨呢？"③ 不可否认，就鲁迅反传统的一面来说，敬隐渔的解释是准确的，但对鲁迅反传统的原因解析则显然是歪打正着。

这里令人十分不解的是，既然中国现代小说在编者眼中并没有多少价值，那为何又要大费周折出版这么一部选集呢？选集的序言为我们揭开了编者的主要动机。该选集虽然为转译本，但敬隐渔并没有沿用法语本的序言，而是重新撰写了新的序言，他在序言中写道：

> 中国如此神秘又如此单纯！这世界上有些人沉静、寡言却也深邃渊博。中国人就是这样。他们身上好的一面是不会暴露在外的，他们会谦虚谨慎地将它藏起来。他们思考问题很直接。他们的逻辑很原始。他们直觉般的想法常常出人意料、互无关联、来去匆匆，你必须在当时掌握他们的想法，否则将永不得其意。他们不善于表达。要通过翻译来表达他们就更是难上加难。④

---

① Kyn, Y. Y., *The Tragedy of Ah Qui, And Other Modern Chinese Stories*, New York: The Dial Press, 1931, p. x.
② Kyn, Y. Y., *The Tragedy of Ah Qui, And Other Modern Chinese Stories*, New York: The Dial Press, 1931, p. xi.
③ Kyn, Y. Y., *The Tragedy of Ah Qui, And Other Modern Chinese Stories*, New York: The Dial Press, 1931, p. xi.
④ Kyn, Y. Y., *The Tragedy of Ah Qui, And Other Modern Chinese Stories*, New York: The Dial Press, 1931, p. xi.

这篇新序言几乎可以看作是将中国建构成典型的东方他者的范本，如果我们再联系这部选集的所属系列的话，以上的判断就更加可信了。这部选集属于劳特里奇的"金龙图书"（Golden Dragon Library）系列，同系列的作品还有《女人的花招：土耳其故事集》（*The Wiles of Women：Turkish Stories*）、《幛子与屏风》（*The Shoji or Sliding Screen*）以及《印度奇观：阿拉伯游客故事集》（*The Book of the Marvels of India：Arabian Travelers' Tales*）。不难看出，这是一套以东方或者说亚洲为主题的系列丛书，充满异国情调的书名更是让西方对东方的猎奇心理一览无余。质言之，敬隐渔并不是为了借助这部选集来展示中国现代文学的成绩，而是将中国现代文学作品置于东方主义的框架下，借用中国文学建构中国人的"东方他者"形象，以迎合目标读者的口味。

如果说敬隐渔的选集有着迎合西方关于中国的刻板印象的意图的话，1944 年由王际真编选的《现代中国小说》（*Contemporary Chinese Stories*）则有"揭出病苦，引起疗救的注意"（鲁迅语）的目的。编者王际真在序言中用了一半的篇幅来谈这部选集的编选缘起，他说：

> 上海一所教会学校的美国老师问学生对《阿Q正传及其他》的看法时，中国学生避而不谈，似乎因为老师读了这部选集而让中国学生感到尴尬，学生很显然希望老师没有读到这"中国的另一面"。
>
> （我）这部集子里的当代中国小说可能也会让大多数养尊处优的中国人难堪，因为其中的很多小说（比如鲁迅的小说）主要是关于"中国的另一面"。之所以把它们放进来不仅仅是为了"揭丑"，而是坚信驱散黑暗的唯一方法是将真相的探照灯照向那里，我们之所以有理由对中国的未来充满信心，就是因为今天中国最有影响力的作家为人类提供了这盏探照灯的电池，而没有在让人迷惑的月光下给年老色衰的老妖婆扮舞男。此外，任何一部真正具有代表性的当代中国小说选集理应反映中国生活的另一面，因为现代中国小说从一开始就是整体改革运动的一部分……

如若过去数十年中国没有这种改革图变精神，如果中国依然是一个由自命不凡的阿Q组成的民族，对自己的弱点浑然不知，也不愿作为的话，中国可能早已屈服于日本的侵略，并自在地幻想着它早晚会以自己"优越"的文明将日本侵略者"吸收掉"，就像它过去"吸收"蒙古人和满洲人那样。①

这部选集编纂于抗战期间，虽然编者当时并不在中国，但从上面的文字来看，故国遭难的事实还是对身处异乡的他产生了影响。虽然选的都是抗战之前的作品，但编者的用意显然是在当下。面对日本侵略者，编者希望国人放弃迂腐的帝国心态，认清现实。为此，编者将能否"揭示中国的生活和问题"定为篇目选择的标准之一。

1947年，王际真的又一部选集《战时中国小说》（*Stories of China at War*）出版，该选集可以看作三年前由他编选的《现代中国小说》的续篇。《战时中国小说》共收入了端木蕻良、老舍、陈瘦竹、茅盾、张天翼、卞之琳、冰波、郭沫若、姚雪垠、杨朔、白平阶等13位作家的

---

① Wang, Chi-chen, *Contemporary Chinese Stories*, New York: Columbia University Press, 1994, p. vii.

小说 16 篇，所收作品均创作于抗张期间。16 篇作品中，9 篇由王际真专门为该选集翻译而成，其余篇目则转载自当时国内外的英文期刊，比如英国杂志《生活与文学》（*Life and Letters*）、重庆的《战时中国》（*Chinaat War*）、上海的《天下月刊》（*T'ien Hsia Monthly*）等。王际真在序言中表示，经过多年的积累，自己有足够的材料编选一部反映"战时中国各个方面生活"的集子（Wang，1947：v），① 从读者反应来看，他的这一目的似乎顺利实现了，有评论者认为，"在反映 1937 年之后处于战乱中的中国方面，这部小小的选集远远胜过大多数国共两党的官方文件"（Clyde，1947：467）。②

因此可以说，不论是敬隐渔还是王际真，抑或是斯诺和史沫特莱（后两位编者的选集我们将在第四章第二节进行详细考察），"萌发期"的中国现代小说英译选集多是在非文学的动机驱使下开始和完成的，文学本身不是该时期编者最为关注的部分。

但值得注意的是，该时期翻译出版的两部中国现代诗歌选集其编选动机与小说选集似乎大为相同，这就是《中国现代诗选》（*Modern Chinese Poetry*）和《当代中国诗选》（*Contemporary Chinese Poetry*），下面对这两部诗歌选本作一详细描述。

1936 年，由英国小说家历史学家艾克顿（Harold Acton）和他的学生陈世骧合作编译的《中国现代诗选》在伦敦达克沃斯出版社（Duckworth）出版，这是目前可考的第一部中国现代诗歌英译选集。此书有艾克顿长序，讲中国新诗的由来与发展，与古典诗有很大不同。选入了陈梦家、周作人、废名、何其芳、徐志摩、郭沫若、李广田、林庚、卞之琳、邵洵美、孙大雨、沈从文、戴望舒、闻一多、俞平伯 15 位诗人的共 96 首诗作。书后附有对每位诗人的生平介绍，另附诗论两篇：戴望舒的《诗论零札》和林庚的《关于诗歌》。入选诗作最多的是林庚，

---

① Wang Chi-chen, *Contemporary Chinese Stories*, New York: Columbia University Press, 1944, p. v.

② Clyde, P. H., Review of Stories of China at War, *Pacific Historical Review*, No. 4, 1947.

达到19首，其后是卞之琳14首，戴望舒11首，徐志摩10首。

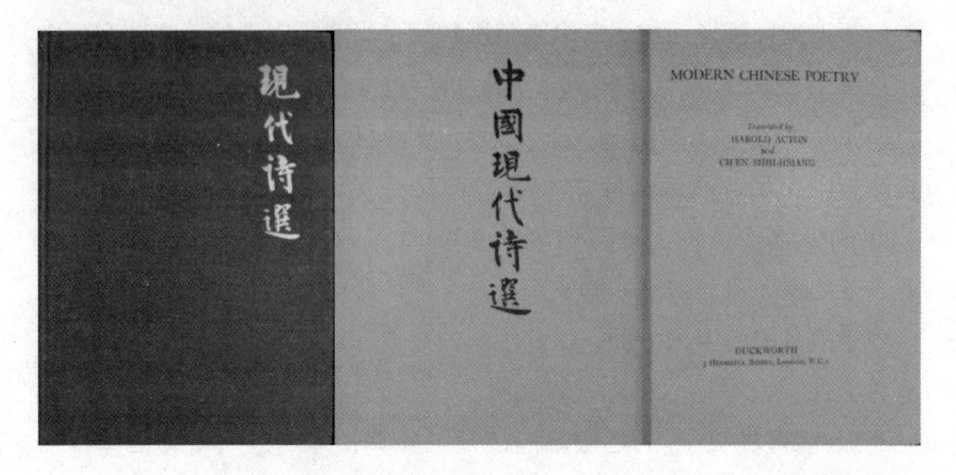

关于这个选本的编选过程和方式，目前尚无可靠资料能让我们一探究竟，对于这个问题学者们大都进行了猜测式的描述。比如夏志清曾言："陈世骧和阿克顿（即艾克顿——笔者注）合编的《中国现代诗选》（*Modern Chinese Poetry*）一九三六年伦敦出版，是第一本把中国诗歌介绍给西洋读者的书。我想情形是这样的：阿克顿当年到了北平，结识了世骧，就有了编选这本书的计划。选择工作当然阿克顿无法胜任，他至多把世骧的译稿加以润饰而已……真想知道世骧选了哪几个人，哪几首诗，译笔如何。"[①] 葛桂录也持大体相同的观点，认为是陈世骧完成的主要的编译工作："阿克顿后来更强调，正是借着陈世骧，他才进入中国现代文学的殿堂，……阿克顿不谙中文，由此可知，这本两人合译的诗选，应该是大部分由陈世骧做初步工作，包括入选诗作以及初步的翻译。"[②]

虽然具体的编选过程我们无法确知，但可以肯定的是，当时的多位中国诗人以各种方式参与了这部选集的编选。彼时，艾克顿在北大英文系任教，陈世骧就读于北大西语系，两者是师生关系。艾克顿在自己的回忆录中透露，陈世骧经常会和自己的诗人朋友一起带着他们创作的新

---

① 夏志清：《感时忧国》，广东人民出版社2015年版，第177—178页。
② 葛桂录：《论哈罗德·阿克顿小说里的中国题材》，《外国文学研究》2006年第1期。

诗去拜访艾克顿,和他探讨关于诗歌问题,一谈就是大半天。其中给艾克顿留下最深印象的是卞之琳,他回忆说:"(卞之琳的诗)不管在当时还是现在,都让我很是着迷,但他的诗歌恐怕很难翻译。他的诗极为直接,节奏自然,能恰到好处地运用一些习语。"他接着说:"受卞之琳的鼓励,我和陈世骧决定试着合作翻译一些诗歌。"① 由此看来,这部诗选的编译动机比较单纯,即希望能将中国新诗译介给域外读者。因此可以说,与前述小说选本相比,这部诗集的译介更多是出于文学的交流的目的,而非其他。而且为了能最大限度地保留原诗的韵味和诗性,两位译者字斟句酌,苦心孤诣。比如在翻译陈梦家的一首写给伤感者的诗时,光诗名的翻译,他们就花费不少工夫,在 "To a man in sorrow" 和 "To a Sentimentalist" 之间徘徊,并和其他诗人讨论更好的译法。艾克顿感叹道:"每次读自己的译本,越觉得不令人满意,但又想不出更好的版本。也许我们的读者可以,这首诗又实在太特别不能不如入选。"②

　　第二部中国新诗英译选集在整整 11 年之后才出现,这就是 1947 年由白英(Robert Payne)编译出版的《当代中国诗选》。两部诗集之所以间隔如此之久,主要是由于 1936 年抗战爆发后,受时局的影响,编译选本变得十分困难。这部诗选依次收入了徐志摩、闻一多、何其芳、冯至、卞之琳、俞铭传、臧克家、艾青和田间共 9 位诗人的 100 余首诗作。书前有白英撰写的前言和导论,扉页写有 "纪念闻一多" 的字样,书后附录了闻一多撰写的评论田间的文章《时代的鼓手》。编者并对每位作家的诗歌风格特色、代表作品做了精要介绍。有趣的是,该选集的编选与前述艾克顿的选集有一个共同之处,即都有着中国诗人的参与。因为彼时白英正在西南联大任教,所以白英并没有亲自负责翻译工作,而是让交由诗人自己或者其他当时的西南联大师生来完成翻译工作,比如卞之琳和俞铭传翻译了自己的诗作,袁可嘉译了徐志摩的诗,Ho Yung 翻译了闻一多的诗, 等等。他人翻译完之后还会交回给诗人自

---

① Acton, H., *Memoirs of an Aesthete*, London: Faber & Faser, 2008, p. 337.
② Acton, H., *Memoirs of an Aesthete*, London: Faber & Faser, 2008, p. 349.

己作必要的修改，比如闻一多和冯至就曾详细修改过别人所译的他们的诗。

关于编选这部选本的缘由，白英在前言中做了交代："自从艾克顿的选本《中国现代诗选》1936 年出版之后，再没有综合性的中国新诗选被译成英语，我曾想编一部卢沟桥事变之后、抗战爆发以来的中国新诗选，但似乎回溯到前面选集的时间线似乎更好，因为这样可以展示中国诗歌自中国的文艺复兴到今天的发展历程。"① 不难看出，白英并不想简单接续前面的选本，而是希望能让读者从中见出中国新诗发展的历史轨迹。

2. 消歇期：1948 年至 1969 年

1949 年新中国成立之后，英语世界的中国现当代文学编选活动陷入了长达二十多年的消歇期，从 1948 年至 1969 年，英语国家共出版了 4 部中国现当代文学的翻译选集，即印度第一任驻华大使潘尼迦（K. M. Panikkar）编选的《中国现代小说选》（*Modern Chinese Stories*）、柳无忌（Wu-Chi Liu）与李田意（Tien-yi Li.）编选的《现代中国文学读本》、许芥昱（Kai-yu Hsu）编选的《二十世纪中国诗歌选集》（*Twentieth Century Chinese Poetry：An Anthology*）以及翟楚（Ch'u Chai）和翟文伯（Wineberg Chai）父子编选的《学思文粹：中国文学选集》（*A Treasury of Chinese Literature*），其中翟氏父子的选集主要收录的是中国古代文学，中国现代文学只占其中很小的一部分。

中华人民共和国成立后，中国文学在英语世界的编选活动落入沉寂，这是由多种因素造成的。从中国内部来看，中国文学本身的发展在当时受到严重冲击，频繁的运动使得作家的创作空间日渐逼仄，"五四"以来的文学传统没能得以有效延续，中国文学失去了按照自身规律健康发展的条件和基础。从外部环境来看，自 1950 年代开始，分属不同意识形态阵营的中美两国进入了漫长的冷战时期。在此背景下，中

---

① Payne, R., *Contemporary Chinese Poetry*, London：John Day Company, 1947, p. 9.

Contemporary Chinese Poetry

EDITED WITH AN INTRODUCTION BY
ROBERT PAYNE

国文学失去了被译介至西方英语国家的现实土壤,中国文学选集编纂活动的消歇也就在所难免。此外,一些中华人民共和国成立前十分活跃的编者此时与中国的关系也日渐疏远,斯诺、伊罗生等曾经的国际友人与中国的蜜月期在当时已然结束。旧的编者队伍迅速萎缩,而新的编选阵容还尚未形成,这也直接导致了选集出版的惨淡状况。

在这种情况下,英美普通读者市场没有了容纳中国文学的空间,于是教育教学需要成为了编选中国文学选集的主要——甚至唯一——动机。这一时期的 3 部选集都有着鲜明的教材性质。例如,柳无忌等编选的《现代中国文学读本》1953 年由美国耶鲁大学远东语言研究所（Institute of Far Eastern Languages）出版,于 1964 年和 1978 年再版,这是自中国现当代文学在英语世界被编选以来的首部包含多种体裁作品的综合性选集,选集分为三册:第一册是诗歌与戏剧选集,第二册是小说选

集，第三册是散文选集，编者另外还编写了配套的注释本。选集序言指出，"《现代中国文学读本》是一部教材，适合经过两学期的深入学习之后掌握了中国语文知识，想要了解中国文学的学生"。① 编者还表示"在选择作品时，我们始终牢记材料要有趣、要适合教学使用，且作家须是重要作家"。② 为了帮助读者理解中国文学，编者在长篇引言中回顾了中国现代文学的发展历程，总结了中国现代文学的主要特点和历史背景，并对重要的文学社团（如"春柳社""新月社""创造社""文学研究会"等）以及重要作家（如鲁迅、胡适、曹禺、茅盾、郭沫若、丁玲等）的艺术成就和作品特色作了概括。

---

① Liu Wu-chi & Tien-yi Li. , *Readings in Contemporary Chinese Literature* , New Haven: Institute of Far Eastern Languages, Yale University, 1953, p. vii.
② Liu Wu-chi & Tien-yi Li. , *Readings in Contemporary Chinese Literature* , New Haven: Institute of Far Eastern Languages, Yale University, 1953, p. vii.

1963 年，许芥昱编选的《二十世纪中国诗歌选集》由双日出版公司（Doubleday）出版，1970 年再版。编者坦言，"这部诗集中诗人的选择受到了选集容量的限制，也受到了个人偏好的影响，同时也努力收入该时期的典型诗作"①。编者将所收的 44 位诗人按照流派分为了"先驱者""新月派""玄学派""象征派""独立派以及其他"五个板块。在回顾了中国诗的传统和演变轨迹，以及对现代诗的影响之后，编者分别介绍了几个诗歌流派的谱系和特点。不难看出，这是一部有着为中国新诗立史意图的选集。

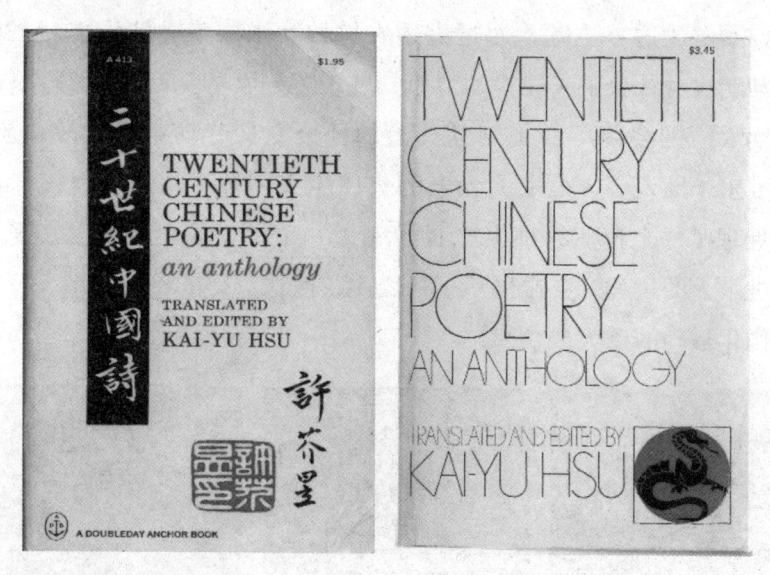

如前所述，由于受政治气候的影响，这一时期英美国家主动译介中国现当代文学的热情不高，在此情况下，中国国内开始设法主动对外译介中国文学。于是，这一时期有 4 部中国文学英译选本在北京出版，即 1956 年出版的《妇女代表》（*The Women's Representative：Three One-Act Plays*）、1957 年出版的《纱厂的星期六下午及其他作品集》（*Saturday Afternoon at the Mill, and other One-Act Plays*）、1960 年出版的《三年早知道及其他小说集》（*I Knew All Along and Other Stories*）及 1961 年出版

---

① Hsu Kai-yu., *Twentieth Century Chinese Poetry*, New York: Doubleday & Company, 1963, p. viii.

的《耕云记：中国短篇小说集》(*Sowing the Clouds: A Collection of Chinese Short Stories*)。这四部选本都聚焦1950年代创作的新作品，原作和译作之间的时间间隔相对较短，一定程度上反映了译介者急于让外界了解当时中国的迫切心理，比如《妇女代表》和《纱厂的星期六下午》的创作和翻译间隔了三年，《三年早知道》间隔两年，而《耕云记》更是隔年就被翻译成外文出版。另一个值得注意的特点是，四部选本所选的均是那些表现1953年以来社会主义改造所取得的成绩的作品。例如，孙芋的《妇女代表》发表之后引起强烈反响，被反复搬上舞台，该剧聚焦妇女解放这一主题，通过讲述农村妇女张桂荣突破传统习俗的制约，踊跃投身社会主义建设的故事，展现了妇女的觉醒和翻身。《纱厂的星期六》围绕纱厂女工刘莲英参加社会主义劳动竞赛的故事展开，颂扬了乐于助人、舍小家为大家的集体主义精神。马烽的《三年早知道》展现了一个自私的小生产者转变为一个觉悟高、有信念、爱集体的先进个人的过程，突出展示了社会主义改造取得的有效实绩，反映出了合作化运动的巨大成功。

除了在国内出版英译选集之外，该时期中国还通过外交合作的方式在域外编译介出版了一部中国现代文学选本，这就是1953年由第一任印度驻华大使潘尼迦（K. M. Panikkar）主编、在印度新德里出版的《中国现代小说选》(*Modern Chinese Stories*)。潘尼迦是印度著名学者、

历史学家，1948 年至 1952 年任驻华大使，1953 年这部选集出版时他已经在开罗出任驻埃及大使，但编选工作是他在中国时完成的。选本共收入了十位中国现代作家的十二部作品，分别是鲁迅的《狂人日记》《孔乙己》《肥皂》、郁达夫的《过去》、杨振声的《报复》、叔文的《小还的悲哀》、老舍的《月牙儿》、茅盾的《林家铺子》、丁玲的《我在霞村的时候》、邵子南的《地雷阵》以及赵树理的《李有才板话》和《小二黑结婚》。书前有潘尼迦撰写的致谢和前言，书后附有 Huang K'un 撰写的长篇论文《中国现代文学运动》。在每篇选文之前，都对原作者作了详略不等的介绍。

我们从致谢中得知，有多位中方人员参与了这部选本的编译工作，比如杨振声等北大教授参与了作品的选择和编辑，Huang K'un 负责所有

选文的翻译工作，选本中插入的木刻是由中国驻印度大使馆提供，后者还帮忙设计了选本封面。因此，可以说这是一次中印合作的编译活动，当然选本的策划主要是由潘尼迦负责。其实在此之前，中国现代文学已经通过《中国文学》杂志同印度读者见了面，并取得不错的反响，但潘尼迦的这次编选是印度首次主动译介中国文学，意义非凡。在前言中，潘尼迦讲述了这次编选活动的目的："中国的共产主义革命成功建立了中国人民政府，引来了全世界的关注。但国外对中国现实中的、活生生的中国人民知之甚少，后者的风俗习俗和观念在革命年代发生了巨大变化。因此筹备这部短篇小说集是因为我们坚信只有中国作家自己能讲清楚他们的人民曾面临什么样的问题以及这些问题是如何被解决的。之所以选择这些作品，一方面是因为其内在的魅力，但同时也是因为它们可以真实表现辛亥革命以来中国的发展进程。"不难看出，潘尼迦把透过文学了解中国社会作为此次译介活动的主要目的，他所看重的是文学作为"历史档案"的功能。选集以鲁迅开头，以赵树理结尾，而他按照这种时间先后的顺序排列作家，是希望以此展现中国不断向前、向上的历史进程。他说："鲁迅无疑为中国白话文学和中国革命的发展铺平了道路。从他到赵树理是一步巨大的跳跃，但也是逻辑的必然。鲁迅为赵树理作品所表现的成功铺好了道路。……无产阶级革命的胜利还需巩固，战斗还在继续，但随着农业改革前面发力，随着封建思潮被摒弃，随着更加合理的婚姻观念让年轻人有了对幸福的憧憬，可以说那些曾经受到禁锢、被压迫、被剥削的人民的未来一片光明。"（V-VII）[1]

潘尼迦认为，这部选本可以帮助消除外界对中国的误解，他说："为了避免中国的革命在国外被错误解读，让赵树理来做代言人吧……正如《李有才板话》中所讲得那样，地主恶霸必须被镇压；也如《小二黑结婚》所写的那样，迷信分子只能作为被耻笑的对象。而对那些拥护改革并愿意为建设新中国做好自己工作的人来说，未来充满着希望。"编

---

[1] Panikkar, K. M., *Modern Chinese Stovies*, DelHi：Ranjit Pvinters & puslishers, 1953, pp. v - vii.

者并通过依次提炼作品主体,给读者呈现了一条中国线性向前发展的链条:"不久的过去(中国)的特征是悲观寡欢,而新中国的特征是乐观。让我们对比一下:《小还的悲哀》中的小男孩无助而悲哀,《过去》中充满沮丧,《林家铺子》表现的是一种无助的抗争,《月牙儿》也让人痛苦,但《我在霞村的时候》开始让人感受到了希望,《地雷阵》让我们看到了自信和自立,赵树理的小说则让人鼓舞。"①

但需要注意的是,这部选集中有些本应入选的作家缺席,而有些名不见经传的作家意外入选。对于前一种情况,潘尼迦做了解释:"从巴金的作品中很难选出一篇小说,他毕竟是一位长篇小说家;而郭沫若是以白话诗人而闻名的,所以很遗憾没能将两位作家选入。"② 但对于后一种情况,编者并未作出说明。这部选本中选入了两位在当时中国文坛并不显眼的作家,一位是叔文(张兆和),另一位是邵子南。张兆和的入选尤其耐人寻味,这与她的特殊身份有关,张兆和是沈从文的妻子,而在文坛已确立地位的沈从文本人却缺席这部选本。当然,沈从文的缺席其实不难理解,因为编选这部选本时,沈从文因为偏离主流的文学方向而被孤立,作为驻华外交官的潘尼迦不会不知道这一背景,但问题是,为何又要选入其妻子的作品呢?有学者认为妻子的入选其实是为了不让沈从文彻底缺席,这或与潘尼迦的搭档杨振声有一定的关系,因为杨振声和沈从文私交甚好,两位都属于京派,通过这种安排是希望让沈从文实现一种"缺席的存在"。③

3. 发展期:1970 年至 1989 年

从 1970—1989 年,共有 36 部中国文学英译选集出版,达到了平均每年接近两部。其中,3 部在国内出版,其余均由国外出版社出版。

1970 年代初,中美之间长达数十年的对立和隔阂开始解冻,1972

---

① Panikkar, K. M., *Modern Chinese Stovies*, Delhi: Ranjit Pvinters & puslishers, 1953, pp. vii.
② Panikkar, K. M., *Modern Chinese Stovies*, Delhi: Ranjit Pvinters & puslishers, 1953, pp. viii.
③ Yan, jia., Susterranean Translation: The Absent Presence of Shen Congwen in K. M. Panikkar's "Modern Chinese Literature", *World Literature Studies*, No. 1, 2020.

年的尼克松访华更是在美国掀起了一股"中国热"。在中美关系日渐回暖的背景下，中国文学在美国的译介也迅速升温，美国的中国文学选集编纂活动终于结束了二十多年的沉寂期，进入了新的发展阶段。在整个1970年代和1980年代，几乎每年都有中国文学选集出版，有些年份甚至会出现多部选集，比如仅在1983年就有6部中国文学选集在美出版。中国文学选集在这一时期重又焕发生机的缘由不难理解。首先，美国读者迫切希望了解重新打开国门的中国，这是中国文学编选活动表现活跃的现实基础。其次，北美的中国现当代文学研究开始稳步发展，这是中国文学编选活动进入快车道的直接动因。再次，该时期的编者构成相比之前有了极大改观，编者队伍迅速壮大，这为文学选集的生产提供了所需的人力资源。最后，自20世纪60年代末开始，西方大学纷纷增设汉语课程，北美的许多大学也开设了"东亚文化"之类的跨文化课程，而这类课程的正常运转必然需要对应的教材用书，各大学出版社为了在这一教材市场中分得一杯羹，于是相继推出了数量可观的中国文学翻译选集。[1]

综合来看，该时期选集体现出以下特征：

首先，编者们急于尽可能多地将不同风格的作品引介过来，以让读者了解中国文学的过去和现在，似乎有着要把失去的二十年补回来的感觉。于是，有多部选集因求大求全而没有体现出明确的编选原则，这方面的典型例子是许芥昱编选的《中国文学景象：一位作家的中国之旅》（*The Chinese Literary Scene: A Writer's Visit to the People's Republic*）和《中华人民共和国文学》（*Literature of the People's Republic of China*），以及 Meserve 夫妇编选的《现代中国文学》（*Modern Literature from China*）。在《中国文学景象：一位作家的中国之旅》中，编者以自己的中国之旅为基础，介绍了中国文坛的最新动态，《中华人民共和国文学》选入了60位作家的近200篇作品，《现代中国文学》则除了收入小

---

[1] 孔慧怡：《翻译·文学·文化》，北京大学出版社1999年版，第110页。

说、戏剧、诗歌、散文之外,还收入了弹词、领导人讲话以及作家随感等。

其次,现代戏剧,尤其是样板戏首次获得编者的密集关注,出现了 5 部中国现代戏剧专集。除了耿德华编选的《二十世纪中国戏剧选集》(*Twentieth-Century Chinese Drama：An Anthology*)属综合选集之外,其他 4 部戏剧选集都聚焦样板戏,包括《共产中国现代戏剧》(*Modern Drama from Communist China*)、《舞台上的中国》(*China on Stage*)、《红色梨园：革命中国戏剧三种》(*The Red Pear Garden：Three Dramas of Revolutionary China*)和《中国共产党戏剧五种》(*Five Chinese Communist Plays*)。样板戏在此时如此受欢迎的一个重要原因是,中美关系解冻之后,两国之间的文化交流不断加强。为此,中国曾派出演出队伍在美国表演样板戏,反响巨大。因此为了迎合读者口味,出版商也纷纷将目光投向中国样板戏。

最后,新时期以来的异议文学是另一种受编者关注的作品类型。该时期有 7 部选集表现出了对异议文学的特殊偏好,那些曾经在国内引起争议的作品被反复选入。比如《新现实主义：文革后的中国作品》(*The New Realism：Writings from China after the Cultural Revolution*)收入了许多在金介甫看来"令人震惊"的作品。林培瑞编选的《倔强的野草》和

《花与刺》所选作品几乎都曾引起过或大或小的争议，编者在序言中并不是从文学角度解读所选作品，而是大篇幅讲述作家在中华人民共和国成立以来所遭受到的诸种限制和批判。在凸显异见方面，白杰明（Geremie B.）则走得更远，由他编选的《火种：中国良知之声》是一部最不像文学选集的选集。该选集中非文学文本和文学文本平分秋色，编者并收入了对部分中国学者的采访。此类选集的编选动机并非出于文学的目的。相反，非文学的因素主导着此类选集对作家作品的选择和阐释，这其中最重要的原因在于编者通常首先把文学作品看作一种供社会学研究之用的资料，而不是具有审美价值的文学艺术品。因为在当时的西方，"研究中国现当代文学好像基本上都是一种社会学角度，……觉得通过研究中国当代文学可以多了解中国社会，当时研究工作的目的不一定在于文学本身，而是在政治、社会学，文学无所谓"。[①] 由此，美国对中国现当代文学的译介和研究偏离了文学审美的轨道，而具有社会科学的特征。

4. 繁荣期：1990 年至今

1990 年代出版的英译中国文学选集达到了 21 部，年均 2.1 部，选集出版速度超过任何其他时期，中国文学选集进入了不折不扣的繁荣期。出现这一繁荣景象的原因在于中国文学自身的艺术价值有了质的提升，正如有批评家所指出的，自 1990 年代以来，"有趣而又富有新意的中国文学作品的数量和质量都表明，此刻中国文学的发展现状处于历史最佳水平。这些作品既不会为具有中国特色的'道德负担'（夏志清对早期现代中国作家的用语）所困扰，同时也显示出了对融入世界文学大潮流的浓厚兴趣（怀疑者也许认为他们看中的只是西方市场和诺贝尔奖），因此对国外读者具有新的吸引力"。另外，由于 1989 年以来中国越来越受到西方的注意，加之文化多元意识不断加强，出版商开始意识到，"中国文学在西方有了市场，尽管这个市场目前还不太广阔。当代中国文学之所以能在西方市场占有一席之地，其原因在于，无论按照

[①] 顾彬：《海外中国当代文学与文学史写作》，《山西大学学报》2014 年第 1 期。

什么标准，中国文学作品本身是很优秀的，中国文学在西方的接受气候如今也更加适宜了"。① 这也为中国文学的编选出版提供了有利条件。除了量的激增外，该时期选集在多个方面呈现了新的特点。

首先，不同体裁选集的分布更趋均衡。该时期出版的 21 部选集中，小说选集 9 部，诗歌选集 6 部，戏剧选集 3 部。各种体裁的文学作品都有编选，尤其值得关注的是，在该时期中国诗歌首次成为选家关注的焦点，这与此前诗歌的被冷落形成鲜明对比。其次，当代文学，尤其是新时期以来文学作品成为了被编选的绝对主体。除了三部综合性选集［即《哥伦比亚中国现代文学选集》《20 世纪中国短篇小说英译选集》(*Chinese Short Stories of the Twentieth Century：An Anthology in English*) 和

---

① Denton, K. A., Review of Running Wild: New Chinese Writers, *China Review International*, No. 2, 1995.

《现代汉诗选》] 收录了1949年之前的作品之外，其他选集均只收录中国当代文学作品。最后，该时期选集的"文学性"不断增强，选家在选择和阐释作品时开始普遍依循文学的标准，选集编纂中的非文学因素减少，从而对前一阶段以文学之名谈论中国社会和政治的倾向构成了有力反驳。在此背景下，文学性较强的先锋文学作品受到了选家的格外关注，王德威编选的《狂奔：中国新作家》、王晶编选的《中国先锋小说选》（*China's Avant-Garde Fiction：An Anthology*）就是这方面的明证。而在此前大受欢迎的现实批判类作品则迅速冷却，1980年代选集中的常客，如刘宾雁、沙叶新等作家，在1990年代的选集中难觅其踪。最后值得一提的是，该时期出版了自1930年代以来的唯一一部年选：徐龙（Xu Long，音译）编选的《新近中国小说：1987—1988》（*Recent Fiction from China, 1987-1988*）1990年出版，这也从一个侧面反映出了英语世界对中国文学发展的密切关注。

1995年，刘绍铭与葛浩文合编的《哥伦比亚中国现代文学选集》出版，该选集影响广泛，值得深入探讨一番。在该选集出版之前，尚未有涵盖现代和当代的综合性中国文学选集出现，该选集是第一部涵盖各种文类（除戏剧之外）、聚集全国众多作家、横跨现当代（从1918年到

1992年）的中国文学选集，具有首创之功，出版之后在学界产生较大影响。但深入选集内部，我们发现这部选集的编选依然未脱意识形态的痕迹。

该选集收入了82位作家的148篇作品，基本按照中国文学史惯用的分期方式排列，依次为"1918—1949年""1949—1976年""1976年之后"。每个时期内的作品按照"小说""诗歌""散文"的顺序排列。代表现代部分的入选作家均为文学史上公认的经典作家作品，如鲁迅的《狂人日记》、茅盾的《春蚕》、郁达夫的《沉沦》、许地山的《商人妇》、沈从文的《萧萧》等。但是代表"1949—1976年"时期中国文学的六位作家全部来自台湾：朱西宁、陈映真、白先勇、王文兴、黄春明和王祯和，由此不难看出这部选集的倾向性。刘绍铭们对该时期代表作家的选择上也许是受到了夏志清的影响，早在1971年，夏志清编选《二十世纪中国小说选》时，同样在代表中华人民共和国成立以来的中国文学部分没有大陆作家选入。虽然编者以该时期大陆文学没有延续"五四"传统为由拒绝收录大陆作品,但作为一部旨在"以选代史"的选本,长达近 30 年的中国大陆文学的缺失显然是难以服人的。如何评价"十七年"文学和"文化大革命"文学曾是困扰文学史家的重要问题。从 1980 年代中期开始,粗暴漠视这段历史时期文学的做法日渐式微,在重写"文学史"的浪潮中,史家倾向于赋予"十七年"文学和"文化大革命"文学应有的关注和地位。正如朱晓进所言,"作为文学史链条上重要一环,忽略了这一段文学史,不仅整个文学史残缺不全,而且对此前文学的归结和此后文学的根由的解释也缺少了许多重要的依据"。[①] 也许是受到批评者的诟病,该选集在 2007 年再版时,用两位新中国以来的大陆作家作品替换了一位台湾作家作品,但编者在新入选作品的选择上同样耐人寻味。用以代表新中国以来大陆文学的作品是《五分钟电影》和《延安的种子》,前者是王若望 1957 年创作的作品,后者是华彤创作的反映阶级斗争的作品,两部作品都是中国当代文坛上名不见经传的作品,就连很多中国读者恐怕也会感到很是陌生。如果再考虑到作家王若望的历史遭遇,选家迎合西方读者关于中国刻板印象的意图昭然若揭。

21 世纪以来,英语国家的中国文学编选活动继续稳定发展。但编选格局与 1990 年代略有不同,主要表现在被编选的作品范围不断扩大。这是因为,在此前的编选活动中,主流严肃文学始终占据着中心位置,在主流文学得到充分译介之后,编者的视野开始向边缘延伸,那些曾经被忽视的文坛"草泽英雄"的作品也开始进入英译选集。此外,随着全球化时代中外文学交流的加深,英语世界编者(群)对中国文学的理解也更加全面,中国文坛的各个面向都有了被展现的机会。于是我们看到,科幻小说、同性恋小说、农民工诗歌等都被纷纷编选出版。

以上的回顾表明,翻译选集的编选从来没有看上去那么简单,那么

---

① 朱晓进:《中国现代文学史研究的视域》,人民文学出版社 2008 年版,第 73 页。

无辜。翻译选集的产生和发展与原语文学自身的发展状况、编者队伍的建设、原语文学在目标语国的形象，乃至原语国与目标语国之间的关系等多种因素密切相关。同理，英译中国文学选集的变迁既关联着中国文学乃至中国的自身发展，也与他者眼中的中国和中国文学有着千丝万缕的关系。

二 选集类型

中国文学英译选集数量庞大，选家身份千差万别，选集主题各异，编排方式丰富多样，但我们还是可以对其进行一定的分类。选集分类的方式很多，这里我们根据选集的编纂特征，把中国文学英译选集大致分为"以选代史"的综合性选集、文献资料型选集、学术研究性选集和文学流派型选集四种基本类型。当然这只是一个权宜的大致分类，有些选集也许不完全属于以上任何一类，也有些选集可能兼有以上多种特点。

第一，"以选代史"的综合性选集。与欧洲汉学界不同，北美汉学界似乎并不热衷于为中国现当代文学撰史，夏志清所著《中国现代小说史》是唯一的一个例外。然而，这并不是说北美汉学界没有关于中国文学的历史意识，他们同样感到了梳理中国现当代文学发展历程的必要性和重要性，只不过采用了另一种为中国文学书写历史的方式，那就是编纂综合性选集，以达到"以选代史"的效果。几乎自中国文学选集编纂开始以来，各个时期的选集都会推出一些旨在反映中国文学演进史的综合性选集。需要指出的是，这类选集通常选择聚焦特定文类，而涵盖各种文类的通史型选集依然较为少见。比如小说方面有夏志清编《二十世纪中国小说选》《中国现代小说选》；诗歌方面有许芥昱编《二十世纪中国诗歌选集》、奚密编《现代汉诗选》；戏剧方面有耿德华编《二十世纪中国戏剧选集》（*Twentieth-Century Chinese Drama: An Anthology*）、陈小眉编《哥伦比亚现代中国戏剧选》（*The Columbia Anthology of Modern Chinese Drama*）；散文方面有韦斯勒编《20世纪中国散文翻译选》（20th Century Chinese Essays in Translation）。刘绍铭编《哥伦比亚中国现代文学选集》和黄运特编《中国现代文学大红宝书》（The Big Red Book of Modern Chinese Literature）是仅有的两部中国现当代文学通史选集。"以选代史"型选集体现着编者的中国文学史观，值得特别关注。

第二，文献资料型选集。有些选集虽然也选择了文学文本，但编者的焦点并不是文学本身，而是旨在论析中国的社会现实。这类选集通常在长篇序言中阐明自己的"中国观"，而其后的文学文本则是为了印证自己观点的正确性。在这种选集中，序言等副文本具有了正文本的地位，而文学文本则处于辅助性的地位。我们将这种把文学作品当作资料型存在的选集称为文献资料型选集。典型的例子有斯诺夫人编《舞台上的中国》（China on Stage）、许芥昱编《中国文学景象：一位作家的中国之旅》、萧凤霞编《毛泽东的收获：中国新一代的声音》（Mao's Harvest: Voices from China's New Generation）和《犁沟：农民，知识分子与国家》（Furrows: Peasants, Intellectuals, and the State），以及白杰明编《火种：中国良知之声》和《新鬼旧梦录》（New Ghosts, Old Dreams）等。文献资料型选集在二十世纪七八十年代达到高潮，1990年代随着中国现当代文学学科地位的确立，这类选集逐渐让位于"文学性"更强的选集。

第三，学术研究型选集。学术研究型选集与文献资料型选集有一定共同点，即在这两者选集中，文学文本都是一种证据性存在，所不同的是，前者不仅学术性更强，且其研究对象不是中国政治或社会，而是中国文学。比如《现代中国的创作女性》（Writing Women in Modern China: An Anthology of Women's Literature from the Early Twentieth Century）、《阅读正确文本：当代中国戏剧选》（Reading the Right Text: An Anthology of Contemporary Chinese Drama）、《曾经的铁娘子：后毛泽东时代文学女性的性别书写》（Once Iron Girls: Essays on Gender by Post-Mao Chinese Literary Women）等。与其他类型的翻译选集相比，在学术研究型选集中，编者介入的程度最深，编者宰制原文的情况相对较多，有时候，为了让所选文本能以更有说服力的方式支撑自己的研究结果，编者不惜对原文进行倾向性解读，甚至在翻译中进行改写。

第四，文学流派型。还有一类选集将镜头对准了中国文学发展过程中出现的某些文学流派。比如《新写实主义："文革"后的中国作品》《隐匿者的抒情诗》（*Lyrics from Shelters：Modern Chinese Poetry，1930 – 1950*）、《中国先锋小说选》《红色不是唯一的颜色：当代中国女同小说选》（*Red is Not the Only Color：Contemporary Chinese Fiction on Love and Sex between Women，Collected Stories*）等。

此外，还有一些编纂方式比较独特的小众选集。例如，位于加州的文旅出版社（Whereabouts Press）2008 年出版了一套"游客的文学伴侣"丛书，其中代表中国的选集《中国：游客的文学伴侣》（*China：A Traveler's Literary Companion*）由邓腾克负责编选，收入了十二位作家的作品，每一到两位作家代表一个目的地，比如鲁迅和茅盾代表浙江、阎

连科代表河南、莫言代表山东，等等。还有个别以按照地域编选的选集，比如朱虹编选的《中国西部：今日中国短篇小说》（*The Chinese Western: Short Fiction From Today's China*）。也有围绕特定作家群编选的选集，比如杨庆祥所编《成盐之声》（*The Sound of Salt Forming: Short Stories by the Post-80s Generation in China*）是一部聚焦八零后作家的选集。

三 编者队伍构成

在选集编纂活动中，编者是决定选集最终面貌的最重要主体。选与不选、选择什么、对作家如何介绍、对选文怎样阐释，都与编者的动机、评判标准和审美好尚有着密切联系。此外，选家自身的象征资本和文化资本会转化为选本的权威性，而权威选本又可能推动所选作家作品的接受甚至经典化。在中国文学史上，选家成就作家的例子就不在少数。最后，虽然面对的原材料是一样的，但不同的编者编选的选集却千差万别。有鉴于此，在选集研究中，选家研究理应是不容忽视的一部分。这一节，我们将简要梳理一下中国文学英译选集的编者队伍。

从1931年至2016年，中国文学英译选集的编者共有90人。从编者的文化身份来看，美国本土编者共34位，占比38%；华裔编者共35，占比39%；中国本土编者共15，占比17%，其他英语国家编者6位，占比6%。可以看出，美国本土编者和华裔编者构成了整个编者队伍的主体。

从编者的产出选数量来看，绝大多数编者只编选了一部选集，最多产的编者共编选了3部。具体来看，只编选了一部选集的编者有70位；编选两部选集的编者有12位：王际真（1944，1947）、梅泽夫夫妇（1970，1974）、夏志清（1971，1981）、林培瑞（1983，1984）、萧凤霞（1983，1990）、杜迈克（1985，1991）、朱虹（1988，1991）、白杰明（1988，1992）、杜林与托格森（1998，2005）、陈小眉（2003，2010）；编选3部选集的编者有1位：许芥昱（1963，1975，1980）。

从文化背景来看，"新时期"之前，英语国家本土编者是编者队伍的绝对主角,该时期的19位编者中,只有6位是华裔编者,且尚没有中国本土编者出现。其中6位华裔编者均为老一辈汉学家,是北美中国现代文学研究的拓荒者,比如王际真、柳无忌、夏志清、许芥昱等。"新时期"之后,华裔学者逐渐替代英语国家的本土编者,成为编选中国文学选集的主要力量。21世纪以来,随着中国本土编者的逐渐增多,中国文学英译选集的编者队伍严重分化,比如中国诗人王屏、张耳、陈东东、王清平、明迪、秦晓宇以及文学评论家赵毅衡、杨庆祥等在美国出版了自己编选的诗歌和小说选集。

从编者身份来看,1940年代之前的编者主要是同情中国革命的国际友人,比如美国"进步"记者斯诺和伊罗生、美国左翼作家史沫特莱等,这些编者都有中国经历,亲眼见证或参与过中国的革命,他们的有些选集就是在中国内部完成的。在经历了1950年代和1960年代的停滞期之后,从1970年代到整个1980年代,区域研究者(这里具体指中国研究者)成为了编者队伍的主力军,他们编纂的选集由于占得先机,从而为此后选集认识中国文学定下了基调,其影响甚至在今天依然没有完全散去。1990年代之后,治中国文学研究的学者主导了中国文学选集的编纂。不同职业身份的编者编选中国文学的出发点以及观看中国文学的角度不尽相同,他们的选集建构的中国文学的形象也千差万别。

表2-3   中国现当代文学英译选集的编者列表

编者	(国籍)身份	编选年份(年)
敬隐渔	(中国)留法学生	1931
埃德加·斯诺(Edgar Snow)	(美国)记者、作家	1934
史沫特莱(Agnes Smedley)	(美国)左翼作家	1934
哈罗德·艾克顿(Harold Acton)	(英国)学者	1936
哈罗德·伊罗生(Harold R. Isaacs)	(美国)新闻记者	1937
王际真(Chi-chen Wang)	(华裔)学者、翻译家	1944;1947
袁嘉华(Yüan Chia-hua); 白英(and Robert Payne)	(中国)学者;(英国)传记作家	1946
白英(and Robert Payne)	(英国)传记作家	1947

续表

编者	（国籍）身份	编选年份（年）
潘尼迦（K. M. Panikkar）	（印度）外交官	1953
李田意与柳无忌（Tien-yi Li. and Liu Wu-chi）	（华裔）中国文学学者	1953
许芥昱（Kai-yu Hsu）	（华裔）中国文学学者、翻译家	1963；1975；1980
詹纳（W. J. F. Jenner）	（英国）中国文学学者、翻译家	1970
梅泽夫夫妇（Walter J. Meserve & Ruth I. Meserve）	（美国）戏剧学者；共产主义学者	1970；1974
夏志清（C. T. Hsia）	（华裔）中国文学学者	1971；1981
洛伊斯·斯诺（Lois W. Snow）	（美国）演员（斯诺夫人）	1972
约翰·米切尔（John Mitchell）	（美国）戏剧学者	1973
马丁·艾本（Martin Ebon）	（美国）共产主义学者	1975
白志昂（John Berninghausen）；胡志德（Ted Huters）	（美国）汉学家	1976
杨有维（Winston Yang）	（华裔）中国文学学者	1979
聂华苓（Hualing Nieh）	（华裔）作家、文学评论家	1981
徐雅玲（Vivian L. Hsu）	（华裔）中国文学学者	1983
耿德华（E. Gunn）	（美国）汉学家	1983
李义（Lee Yee）	（华裔）文化研究者	1983
林培瑞（Perry Link）	（美国）中国史研究者	1983；1984
萧凤霞（Helen Siu）	（华裔）人类学家	1983；1990
王梅森（Mason Wang）	（华裔）中国研究者	1983
杜迈克（Michael S. Duke）	（美国）中国文学学者	1985；1991
罗伯茨&安吉拉（R. A. Roberts and Angela Knox）	英国（学者）	1987
朱虹（Zhu Hong）	（中国）文学批评家	1988；1991
白杰明（Geremie B.）	（澳大利亚）文化评论家	1988；1992
帕特里克（Patrick M.）；吴定柏（Wu Dingbo）	（美国）科幻作家；（中国）学者	1989
戴静（Jeanne Tai）	（华裔）中国文学学者	1989
莫宁（Edward Morin）	（美国）诗人、翻译家	1990
芬科尔（Donald Finkel）	（美国）诗人	1991

续表

编者	（国籍）身份	编选年份（年）
徐龙（Long, Xu）	无从查询	1991
叶维廉（Wai-lim Yip）	（华裔）诗人、翻译家	1992
奚宓（Michelle Yeh）	（华裔）诗评人、翻译家	1992
Chao Tang and Lee Robinson	（不详）诗人、诗评人	1992
巴尔斯通（Tony Barnstone）	（美国）诗人、诗评人	1993
赵毅衡（Henry Zhao）	（中国）文学评论家	1993
王德威（David Der-wei Wang）	（华裔）中国文学学者	1994
方志华（Zhihua Fang）	（华裔）中国文学学者	1995
葛浩文（Howard Goldblatt）	（美国）中国文学学者、翻译家	1995
刘绍铭（Joseph S. M. Lau）	（华裔）中国文学学者	1995
余孝玲（Shiao-ling Yu）	（华裔）中国文学学者	1996
张佩瑶（Cheung, Martha）；黎翠珍（Lai, Jane）	（中国）翻译研究者	1997
卡洛琳·韩（Carolyn Han）	（美国）英语教师	1997
王晶（Jing Wang）	（华裔）中国文学学者	1998
颜海平（Yan, Haiping）	（华裔）中国文学学者	1998
卡洛琳·乔（Carolyn Choa）；苏立群（David Su Li-Qun）	（华裔）戏剧从业者；（华裔）剧作家	2001
杜林（A. D. Dooling）；托格森（K. M. Torgeson）	（美国）中国文学研究者	1998；2005
王屏（Wang Ping）	（中国）诗人	1999
茨仁夏加（Tsering Wangdu Shakya）	（中国）西藏作家	2000
卜立德（David Pollard）	（美国）中国文学学者	2000
马丁·韦斯勒（Martin Woesler）	（德国）汉学家	2000
赵毅衡（Henry Y. H. Zhao）	（中国）中国文学学者	2000
赫伯特·巴特（Herbert J. Batt）	（美国）翻译家	2001
夏颂（Patricia Sieber）	（美国）中国学研究者	2001
王恕宁（Shu-ning Sciban）；爱德华兹（Fred Edwards）	（华裔）中国文学学者；（美国）中国学研究者	2003
黄宗泰（Timothy C. Wong）	（华裔）中国文学学者	2003
斯图尔特（Frank Stewart）	（美国）作家	2003

续表

编者	（国籍）身份	编选年份（年）
陈小眉（Xiaomei Chen）	（华裔）中国戏剧研究者	2003；2010
穆爱莉（Aili Mu）	（华裔）中国文学学者	2006
陶乃侃（Naikan Tao）	（中国）翻译家、评论家	
张耳（Zhang Er） 与陈东东（Dongdong Chen）	（中国）诗人	2007
祁寿华（Shouhua Qi）	（华裔）学者	2008
邓腾克（Kirk A. Denton）	（美国）中国文学学者	2008
张明晖（Julia C. Lin）	（华裔）中国文学学者	2009
Hui Wu（吴晖，音译）	（不详）中国文学学者	2010
王清平（Qingping Wang）	（中国）诗人	2011
刘鼎、卢迎华 (Liu Ding, Carol Yinghu Lu)	（中国）艺术家、评论家	2012
杨炼（Yang Lian）& W. N. Herbert	（中国）诗人；（英国）诗人	2012
陶忘机（John Balcolm）	（美国）汉学家	2013
明迪（Ming Di）	（华裔）诗人	2013
欧阳昱（Ouyang Yu）	（华裔）学者、翻译家	2013
欧宁（Ou Ning）；Austin Woerner	（中国）诗人；（美国）翻译家	2015
宋耕（Geng Song） 与杨庆祥（Qingxiang Yang）	（中国）中国文学学者	2016
秦晓宇（Qin Xiaoyu）	（中国）诗人	2016
刘宇昆（Ken Liu）	（华裔）华裔科幻作家	2016
黄运特（Yunte Huang）	（中国）中国文学学者	2016

注：有些选集会同时署上两位"编者"的名称，但有时候其中一位编者其实只负责"译"而不负责"编"。此类情况，我们只计编者。

四　出版渠道分布

翻译选集的编选工作完成之后，还需考虑后续的传播问题，毕竟只有被读者阅读之后，选集译介活动的整个过程才算真正完成，才可能实现最初的编选目的。而在现代社会，出版社是图书进入流通渠道，走向读者的重要路径之一，对选集来说更是如此。出版社本身会在一定程度上影响读者对选集的接受,因为不同性质的出版社意味着不同的传播路径、流通范围、目标市场和潜在影响。下面我们对中国文学英译选集的出版渠道分布情况作一简要梳理。

在英语世界,参与出版中国现当代文学选集的出版社共 61 家。从出版数量来看,哥伦比亚大学出版社(Columbia University Press)出版的中国文学选集最多,达到 12 部。其次是夏威夷大学出版社(University of Hawaii Press),共 7 部。再次是夏普出版社(M. E. Sharpe),共 5 部。此外,印第安纳大学出版社(Indiana University Press)和牛津大学出版社(New York: Oxford U. P.)分别出版 4 部和 3 部。出版两部的出版社有:纽约大学出版社(New York University Press)、兰登书屋(Random House)、兰登书屋旗下的古典书局(Vintage Books)和巴兰坦出版社(Ballantine)、埃德温·梅伦出版社(Edwin Mellen Press)、加兰出版公司(Garland Pub.)以及罗曼和利特菲尔德出版社(Rowman & Littlefield)。其余出版社各出版 1 部。

根据统计结果,15 家大学出版社共出版中国文学选集 38 部;5 家学术出版社共出版 11 部;16 家文艺出版社出版 17 部;其他类型出版社共出版 34 部。从出版社分布可以看出,大学出版社和学术出版社出版的选集占据了总数的将近一半,这主要是由翻译选集的性质决定的,因为翻译选集编选通常是一种学术活动,编者大多是学者出身,且选集最终也是流向学术界,在学术场传播。而在大学出版社当中,哥伦比亚大学出版社最为多产,时间跨度最长,从 1944 年到 2010 年横跨近 70 年,这主要是因为在美国,哥伦比亚大学是中国文学研究的重镇,从王际真到夏志清再到王德威,这里走出了一代又一代北美中国新文学研究者的领军式人物,学术底蕴深厚。并且他们与中国国内学者多有交往,双方在学术方面有多种合作,合作出版学术论著、文学选集既是一种常见的合作方式,也为哥伦比亚大学出版中国文学选集提供了适宜的条件。加之,夏志清、王德威等人积累起来的象征资本额外赋予了哥伦比亚大学出版社一定权威性,该社出版论著选本也更受海内外中国文学研究界的重视。

　　文艺出版社也出版了数量不少的选集,需要注意的是,大多出版中国文学选集的文艺类出版社要么是重点出版翻译文学的出版社[比如西风出版社(Zephyr Press)、大卫 R. 戈丁出版社(David R. Godine)、希波克林图书(Hippocrene Books)、白松出版社(White Pine Press)],要么是专注东亚文艺的出版社[如雷纳尔·希区柯克(Reynal & Hitchcock)、石桥出版社(Stone Bridge Press)、佳作书局(Paragon Book Gallery)]。

　　除了以上三种出版大户之外,还有一些专业化的、非学术或非文艺性质的出版社也会出版中国文学选集。这里所谓专业化出版社是指聚焦特定领域——比如历史、政治、旅游等——的出版社。这类出版社出版中国文学选集的主题是和出版社的自身定位相契合的,这也从一个侧面说明了有些所谓文学选集背后的"非文学性"动机。比如出版史沫特莱所编的《中国小说选》的纽约国际出版社(International Publishers)是一家具有左翼背景的出版社。白杰明编选的中国异见文学选集《火种:中国良知之声》的出版社 Hill & Wang 就是一家专注世界史和政治的出版社。另一部异见文学选集《毛主席会不开心》则由专门出版争议性图书的格罗夫出版公司(Grove Press)出版,如阎连科的《受活》(*Lenin's Kisses*)、《四书》(*Four Books*)、《丁庄梦》(*Dream of Ding Village*)等也是由该出版社出版。邓腾克编选的《中国:旅客的文学伴侣》由文旅出版社(Whereabouts Press)出版,该出版社专注旅游图画出版,与传统的旅游图书出版社不同,该出版社主要出版文学家撰写的旅游图书。参与出版中国文学选集的商业出版社相对较少,截至目前只有双日出版社(Doubleday)、企鹅出版社(Penguin Books)、兰登书屋(Random House)三家出版社出版了共 5 部选集。

　　总体来看,中国文学英译选集的主要流通渠道是学术出版社(这里包括大学出版社和专门的学术出版机构),学术出版社有其自身的独特优势,它们出版的图书更容易进入学术圈,受到同行的关注,出版社也可以凭借其与学者建立起来的关系网络,及时推介自己的出版物。而且，学术出版社，尤其是有一定知名度的学术出版社是图书馆采购图书的重要渠道，因此，由学术出版社推出的选集往往能被海外图书馆收藏，进而在师生之间展开传播。但是，由于商业出版社对出版中国文学选集热情不高，由此导致的结果是，中国文学选集在普通读者之间的传阅率不会太高。但需要注意的是，在海外，掌握着中国文学解释权的正是这些相关领域的专家学者，他们的中国文学观会以在媒体上发表书评或访谈的方式最终抵达普通大众读者。因此，学术出版社在传播中国文学中发挥的作用和可能产生的影响不可低估。

表2-4　　中国现当代文学英译选集的出版社列表

序号	出版社	出版数（部）	年份（年）
1	New York：The Dial Press	1	1931
2	New York：International Publishers	1	1934
3	London：Duckworth	1	1936
4	New York：Reynal & Hitchcock	1	1937
5	New York：Columbia University Press	12	1944；1947；1971；1981；1981；1994；1995；1998；2000；2005；2006；2010
6	New York：N. Carrington	1	1946
7	London：Routledge	1	1947
8	New Haven：Institute of Far Eastern Languages, Yale University	1	1953
9	Delhi：Ranjit Printers & Publishers	1	1953
10	New York：Doubleday	1	1963
11	New York：Oxford U. P.	3	1970；1983；1997
12	New York：New York University Press	2	1970；1974
13	New York：Random House	2	1972；1989
14	Boston, Mass.：David R. Godine	1	1973
15	Cambridge：MIT Press	1	1974
16	New York：The John Day Co.	1	1975
17	New York：Vintage Books	2	1975；2001

续表

序号	出版社	出版数（部）	年份（年）
18	New York：M. E. Sharpe	5	1976；1985；1991；1998；2009
19	New York：Paragon Book Gallery	1	1979
20	Bloomington：Indiana University Press	4	1980；1983；1983；1983
21	New York：Hippocrene Books	1	1983
22	Berkely：University of California Press	1	1984
23	Ascot Vale，Vic.：Red Rooster Press	1	1985
24	London：Heinemann	1	1987
25	New York：Ballantine	2	1988；1991
26	New York：Hill and Wang	1	1988
27	New York：Praeger	1	1989
28	London：Allison & Busby	1	1989
29	Calif.：Stanford University Press	1	1990
30	Honolulu：University of Hawaii Press	7	1990；1997；2000；2003；2003；2003；2016
31	San Francisco：North Point Pr.	1	1991
32	Lewiston：Edwin Mellen Press	2	1991；1996
33	New York：Times Books	1	1992
34	Toronto：Mangajin Books	1	1992
35	New York：Garland Pub.	2	1992；1995
36	New Haven：Yale University Press	1	1992
37	Hanover：UP of New England	1	1993
38	London：Wellsweep	1	1993
39	New York：Grove Press	1	1995
40	Durham：Duke UP	1	1998
41	London：Picador	1	1998
42	New York：Hanging Loose Press	1	1999
43	Bochum：Bochum UP	1	2000
44	Brookline, MA：Zephyr Press	1	2000

续表

序号	出版社	出版数（部）	年份（年）
45	Lanham/New York：Rowman & Littlefield Publishers	2	2001；2001
46	Ithaca：Cornell East Asia Series	1	2003
47	Sydney：Wild Peony Press	1	2006
48	JNJ：Talisman House Publishers	1	2007
49	Berkeley, CA：Stone Bridge Press	1	2008
50	Berkeley：Whereabouts Press	1	2008
51	Lanham：Lexington Books	1	2010
52	Port Townsend, WA：Copper Canyon Press	1	2011
53	Manchester, UK：Comma Press	1	2012
54	Highgreen, UK：Bloodaxe Books	1	2012
55	New York：Penguin Books	1	2013
56	North Adams, MA：Tupelo Press	1	2013
57	Melbourne：Five Islands Press	1	2013
58	Norman：Oklahoma University Press	1	2015
59	New York：White Pine Press	1	2016
60	New York：Tor Books	1	2016
61	New York：W. W. Norton & Company	1	2016

本章对中国现当代文学英译选集的发展历程、选集类型、编者队伍和出版格局作了总体梳理。具体来说，中国现当代文学在英语世界的编译活动有低谷也有高潮，但总的趋势是一路向好，随着时间的推移，无论是选集数量还是质量都有了较大提升。中国文学英译选集的类型多样，其中具有代表性的是"以选代史"型、"文献资料"型、"学术研究"型和"文学流派"型。中国文学英译选集的编者队伍呈现出了历时变化，不同时期编者队伍的构成不尽相同，总地来说，海外的中国研究者和中国文学研究者是这支队伍的主体。在出版格局方面，学术出版社是中国文学翻译选集的主要传播渠道，商业出版社参与度并不高，这意味着学术圈（包括学校）是中国文学选集的主要流通领域。

第三章　翻译选集与经典重构

"文学经典"从来吸引着学者的关注，是一个常谈常新的话题。随着时间的推移，人们对文学经典的认识不断深化，大体上经历了从"实体性"到"功能性"的转变。具体来说，在过去很长一段时间，文学经典的经典性被认为是内生于文本本身，学者试图找到文学经典的最大公约数，提炼出文学经典所共享的某些特质。但人们渐渐地意识到，这种对文学经典"本质"的寻求似乎收获不多，甚至并不可行。随着解构主义、新历史主义等思潮的蔓延，文学经典内生的经典性开始受到质疑，人们转而开始关注作品走向经典的过程，作品的经典性不再被认为天然地内含于文本之内，而是文本内外多种因素交织博弈的结果，是一种建构物。例如，佛克马认为："所有的经典都是由一组知名的文本构成——一些在一个机构或者一群有影响的个人支持下而选出的文本。这些文本的选择是建立在由特定的世界观、哲学观和社会政治实践而产生的未必言明的评价标准的基础上的。"[①] 余宝琳也认为，"经典，一如所有的文化产物，从不是一种对被认为或据称是最好的作品的单纯选择；更确切地说，它是那些看上去能最好地传达与维系占主导地位的社会秩序的特定的语言产品的体

[①]　[美] 杜卫·佛克马：《所有的经典都是平等的，但有一些比其他更平等》，载《文学经典的建构、解构和重构》，北京大学出版社2007年版，第17页。

制化"。① 总之，经典并不是自然形成的，也不是中立的，而是体现着建构者的意志。

文学经典的建构性意味着作家作品也许不会永久享有其经典地位，随着历史文化语境的改变，文学的经典序列也会随之发生变化，原来的文学经典就有了被解构，继而被重构的可能。经典重构既可能发生在某一文化内部，也可能发生在不同文化之间，我们将后者可以看作"跨文化经典重构"。

有学者认为，所谓跨文化经典重构，是指目标语国家"将外国的原语文学经典转换到中国文化语境中的一项再创造活动，它包括筛选、再创作、阐释等形式"。② 这一定义指出了跨文化经典重构的主要方式，即"筛选、再创作、阐释"，但对重构对象的表述不够全面，因为被重构的除了原语文学中的经典作品之外，还有非经典作品。换句话说，正是由于原语文学中非经典作品在目标语国获得经典地位，才导致原语文学经典在目标语国家丧失了经典地位，这是同一个过程的两面，经典重构既意味着旧经典的退出，也意味着新经典的确立。

翻译是跨文化经典建构的必经之路，作为一种跨文化活动，翻译意味着文本要脱离原来的文化环境而进入一个新的、异质的文化环境。一部作品被译介到一个新的文化环境之后，既可能延续、也可能失去其经典地位，一些曾被奉为经典的作品可能跌落神坛，一些曾籍籍无名的作品则可能被重新"发现"，大放异彩。

在各种建构经典的方式中，选本的重要意义已经得到了学者的充分关注和论证，有学者指出，"选本活动本身即是一个经典化，去经典化与再经典化的过程"。③ 更有学者认为，在文学经典的建构方面，"选本的影响力是最大的"。④ 至于选本建构文学经典的背后逻辑，有学者作

---

① 余宝琳：《诗歌的定位——早期中国文学的选集与经典》，载《北美中国古典文学研究名家十年文选》，江苏人民出版社1996年版，第276页。
② 肖四新：《跨文化经典重构的合法性》，《当代文坛》2009年第6期。
③ 杨春忠：《选本活动论题的张力及其研究》，《聊城大学学报》2008年第1期。
④ 王兆鹏、郁玉英：《宋词经典名篇的定量考察》，《文学评论》2008年第6期。

过恰切总结：

> 选本，作为一种暗含批评意识和选择意识的重要的文学活动，不仅关涉到文本的保存和传播，同时在很大意义上对文学作品的经典与否进行了价值评估。凭借其选择、批评和传播功能及其自身的某些质数，选本强有力地参与到文学教育、文化建设乃至文学史的运作之中。很多时候，选本在出版商、选家、批评家与读者之间形成一个复杂的关联，借由选家、批评家的选择和评判，给读者指明阅读的范本。①

当然，文学的经典化有着多重向度，选本只是其中之一，不能无限度夸大选本的作用，但透过选本考察经典序列无疑是可行的，其结果也是可信的。

鉴此，本章将运用定量分析的方法，通过数据统计来衡定被选入次数最多的作家作品，揭示美编翻译选集建构的中国现当代文学的经典序列，并尝试分析背后的原因。

在进行具体论析之前，有两个问题需要说明。其一，在对于中国现当代文学的译介和接受倾向方面，英语世界并非铁板一块，不同国家对中国文学的择取和阐释不尽相同，其所出版的选集建构起来的经典序列也会各有不同。因此恰当的做法应该是就不同英语国家出版的选本所建构的经典序列分而述之，但是由于绝大多数的中国文学英译选集是在美国出版发行，在其他英语国家出版的中国现当代文学选集数量极其有限。而仅凭几本选集就总结出一套经典序列，其取样范围明显不足，由此得出的结论也站不住脚。因此，本章主要围绕美国选本展开讨论，必要时也会兼及其他英语国家的选本。其二，既然是"重构"，必然是就某个参照物而言的。本书的主要参照对象是由中国

---

① 王蕾：《选本与现当代小说经典的建构》，《三峡大学学报》2014年第4期。

具有代表性的文学史著作所建构的并受到广泛接受的经典序列,也就是说,我们将比较美国编译的中国现当代文学选集所建构的经典序列与国内文学史所建构的经典序列之间的异同。当然,最为可靠的办法是以中国自己编选的原语文学选集作为参照,然而,这显然超出了本书的论述范围,也在客观上难以实现。但一般来讲,一位作家在文学史中的位置与他被选入文学选集的频次是成正比的,[①] 所以文学史著中呈现的经典序列应该是一个比较可信可靠的参照物。

一　中国现当代小说的经典重构

在美国出版的中国现当代文学选集中,收录小说的选集有 59 部。这其中既有专收小说的选集,也有收入各类体裁作品的综合性选集。在统计数据时,我们对这 59 部选集做了一定的取舍,剔除掉了科幻文学选集(2 部)、民间故事选集(2 部)、微小说选集(2 部)以及少数民族文学选集(3 部)。这一取舍主要基于以下两方面的考虑:其一,以上几类选集均聚焦类型文学,类型文学选集数量较少,且类型文学选集中的作家作品很少被其他综合性选集收录,因此类型文学作家作品的入选频次普遍较低,而且作家作品之间的入选频次没有明显的差异。其二,国内的文学史著通常对以上所列举的各类文学着墨不多,因此我们无法就这类作家作品的经典序列进行有效的比对。所以,本节的数据统计共涉及 50 部选集(见附录一)。

另外需要说明的是,由于中国现代文学和当代文学之间的时间差,收有现代作家作品的选集数量必然多于当代文学选集,所以现代作家被选入的机会也相应地要大于当代作家。如若将现当代作家放在一起来比较的话显然是不科学的,其结果的可信度也会大打折扣,因此,我们将分而论述现代和当代小说作家作品的经典序列(第二节新

[①] 王兆鹏、孙凯云:《寻找经典——唐诗百首名篇的定量分析》,《文学遗产》2008 年第 2 期。

诗部分也采取这一做法)。在现代作家和当代作家的分期上,我们按照文学史惯例,以1949年为界。但对于一些跨代作家,即在1949年前后均有作品问世的作家,我们依据作家的主要创作所属的时期来决定作家的分期,比如丁玲在中华人民共和国成立后之后创作了长篇小说《太阳照在桑干河上》,但由于其创作生涯主要集中在建国之前,我们将其归于现代作家之列。

在显示统计结果时,被收录2次以上(包括2次)的作家均会在表格中予以展示,而在仅被收录1次的作家中,我们只在表格中显示那些在中国文学史上具有一定地位的作家,其他作家则只能从略,这样做的原因除了篇幅的限制之外,还在于既然这些作家无论在国内还是国外均处于边缘,文学名声没有明显变化,说明这里可挖掘的空间不足,学术价值有限。而那些在中国文学史上占有一席的作家在国外却遭受冷遇这一现象则是值得特别关注的,因为对这种现象的研究可能为我们揭示影响文学跨文化接受的某些重要因素。

1. 中国现代小说的经典重构

通过对50部符合要求的选集进行完全统计,中国现代小说家的入选频次如表3-1所示。

表3-1　　　　　　　　中国现代小说家入选频次

作家	选次(次)	年份(年)	篇数(次)
鲁迅	16	1931;1934;1937;1944;1946;1953;1965;1970;1972;1974;1981;1990;1995;1995;2008;2016	41(《孔乙己》9,《祝福》5,《狂人日记》4,《故乡》4,《药》3,《阿Q正传》2,《风波》2)
茅盾	16	1931;1934;1937;1944;1947;1953;1965;1970;1972;1974;1976;1981;1990;1995;2008;2016	20(《春蚕》8)
丁玲	11	1934;1934;1937;1953;1976;1980;1981;1981;1995;1998;2016	14(《莎菲女士的日记》《我在霞村的时候》《某夜》《太阳照在桑干河上》各2次)
张天翼	11	1934;1937;1944;1946;1947;1953;1970;1971;1976;1981;1995	15

第三章 翻译选集与经典重构

续表

作家	选次（次）	年份（年）	篇数（次）
老舍	11	1944；1946；1947；1953；1965；1970；1974；1981；1983；1995；2016	17（《骆驼祥子》《黑白李》各2次）
郁达夫	10	1931；1934；1934；1937；1953；1965；1971；1981；1995；2016	10（《春风沉醉的晚上》5，《沉沦》3）
沈从文	10	1937；1944；1946；1953；1965；1971；1975；1981；1995；2008	15（《龙珠》《柏子》《萧萧》各2次）
巴金	6	1937；1944；1953；1981；1995；2016	9
凌叔华	6	1944；1981；1983；1995；1998；2003	8（《绣枕》《中秋晚》各2次）
赵树理	6	1953；1965；1970；1981；1990；2016	6（《小二黑结婚》2）
张爱玲	6	1971；1972；1981；1995；2003；2008	6（《金锁记》《封锁》各2次）
萧红	6	1981；1983；1995；1998；2008；2016	8（《手》《牛车》各2次）
柔石	5	1934；1934；1937；1970；1981	6（《为奴隶的母亲》5）
郭沫若	5	1934；1937；1947；1953；1970	5
叶绍钧	5	1934；1944；1953；1981；1995	10（《遗腹子》2）
冰心	4	1931；1953；1983；1998	5
许地山	4	1931；1981；1995；1995	5（《商人妇》2）
周立波	4	1974；1976；1980；2001	4（《山那边的人》2）
艾芜	4	1970；1980；1983；1990	4
吴祖缃	4	1971；1981；1990；1995	7（《樊家铺子》2）
姚雪垠	3	1946；1947；1980	3（《差半车麦秸》2）
端木蕻良	3	1946；1947；1981	6
老向	2	1944；1953	1
蒋光慈	1	1934；	1
应修人	1	1934；	1
孙犁	1	1970	1
叶圣陶	1	1976	1
钱钟书	1	1981	2

注：作家顺序首先按照入选次数排列，入选次数相同的作家之间，入选时间较早的作家排在前面，入选次数和入选时间均相同的作家之间，入选篇目较多的作家排在前面。"篇数"一栏括号外的数字是作家在所有选集中被收录作品的总数，对入选多部选集的同一作品进行了重复计算，具体被重复的作品及重复次数在括号内做了说明。本章第二和第三节的作家作品入选频次表均遵循该表排列方式，除特殊情况外，不再另作说明。

从统计结果来看，美编中国文学选集呈现的中国现代小说家经典序列与国内文学史所建构的经典序列有着较大差异。在国内的中国现代文学史著中,"鲁郭茅巴老曹"已作为不可撼动的经典序列而深入人心,但美编中国文学选集中的作家座次安排却呈现出了另一番景象,一些中国文学史上的经典作家未能在美编选本中保持其经典地位,而一些曾在中国文学史上长期缺席或座次靠后的作家则跃居前列。

如表3-1所示,按照作家入选频次,排名前十的作家依次是鲁迅(16次)、茅盾(16次)、丁玲(11次)、张天翼(11次)、老舍(11次)、郁达夫(10次)、沈从文(10次)、巴金(6次)、凌淑华(6次)、赵树理(6次)、张爱玲(6次)、萧红(6次)。

入选频次最高的现代作家是鲁迅和茅盾,二者均入选16次。乍一看,茅盾似乎达到了与鲁迅同等重要的文学史地位,但从他们入选的作品数以及选家对他们的评语来看,茅盾的地位显然是不及鲁迅的,鲁迅依然稳稳占据着中国现代文学史的"头把交椅"。

首先,从入选作品的数量来看,鲁迅以41篇次遥遥领先,其后的茅盾只有20篇次。鲁迅的多篇作品被反复选入,比如《孔乙己》入选多达9次,《祝福》5次、《狂人日记》和《故乡》各4次、《药》3次、《阿Q正传》和《风波》各2次。反观茅盾的作品,只有《春蚕》被8部不同的选集收录。由此可见,在选家看来,鲁迅创作的经典作品数量要远超茅盾。此外,鲁迅几乎是所有选本的开篇作家,更有选家会将鲁迅的作品与其他作家的作品分开排列,鲁迅也是唯一一个作品会被单独列出的现代作家,这种做法更加凸显了鲁迅在文学史上的独特地位。比如《活的中国》将所选作品分为了两部分,"鲁迅的小说"(Stories BY LU HSUN)为第一部分,收入了鲁迅的7篇作品。第二部分为其他作家的作品,编者并在鲁迅作品前附有长达8页的"鲁迅传"(Biograph of Lu Hsun)。此外,从对选集的命名中,也可以看出鲁迅的特殊地位。比如敬隐渔编选的《阿Q的悲剧及其他》,是直接以鲁迅的作品命名的一部收入了多位作家作品的选集。

除了入选作品数以及对作品的独特编排方式之外,我们从选家对鲁迅和茅盾的评语中也可以见出鲁迅不可动摇的文学史地位。比如，在斯诺看来，"鲁迅——他在中国的社会和政治地位极像高尔基之于俄国，他的作品使他获得'中国的契诃夫'之称；茅盾大概是中国最知名的长篇小说家"。① 伊罗生也认为，"鲁迅是文学革命的创始人之一，杰出而富有创造性的作家；他的青年朋友和同行茅盾当时被公认为继鲁迅之后最重要的作家"②，他进一步指出，"鲁迅初期创作的小说使他始终占据卓尔超群的位置，不论是在他生前还是逝世之后，还没有哪位作家能接近他的高度"③，而茅盾是"当时年轻作家中最有天赋也最有前途的，仅次于鲁迅，后者是茅盾的朋友兼导师"。④ 柳无忌则表示，"在当代中国作家中，最杰出的当然是鲁迅"。"在中国文学界，鲁迅是耸立与他人之上的孤独巨人"。⑤ 詹纳也认为，"无论生前还是死后，鲁迅都是中国文学高塔式的存在"。⑥ 不难看出，各个时期的选家始终把鲁迅放在中国现代文学史第一人的位置，而茅盾则被认为"仅次于鲁迅"。

在鲁迅与茅盾之后，有三位作家均被选入11次，他们是丁玲、张天翼和老舍。如果说老舍的地位在被译介的过程中没有发生太大变化的话，丁玲和张天翼能达到与老舍大体相当的入选频次则是一个意料之外的现象，因为必须承认，丁玲和张天翼在中国文学史著中的地位显然是不及老舍的。入选频次仅次于以上三位作家的是均被选入10次的沈从文和郁达夫，再接下来的五位作家的入选频次骤降到6次，他们是巴

---

① Snow Edgar ed., *Living China: Modern Chinese Short Stories*, New York: Reynal & Hitchcock, 1937, p. 14.

② Issacs Harold ed., *Straw Sandals: Chinese Shont Stories 1918—1933*, Massachusettes: The MIT Press, 1974, p. xi.

③ Issacs Harold ed., *Straw Sandals: Chinese Shont Stories 1918—1933*, Massachusettes: The MIT Press, 1974, p. li.

④ Issacs Harold ed., *Straw Sandals: Chinese Shont Stories 1918—1933*, Massachusettes: The MIT Press, 1974, p. lxiv.

⑤ Liu Wu-chi & Tien-yi Li., *Readings in Contemporary Chinese Literature*, New Haven: Institute of Far Eastern Languages, Yale University, 1953, pp. x – xi.

⑥ Jenner ed., *Modern Chinese Stories*, London: Oxford University Press, 1970, p. 14.

金、凌叔华、赵树理、张爱玲、萧红,如若与国内"鲁茅巴老"[①]的经典序列相比照,这其中座次变化最为悬殊的当数巴金。其实,经典序列的变化无外乎"新人"的成功逆袭和"旧人"的地位跌落,两者是互为因果的,"新人"的加入必然意味着"旧人"地位的变化,因此,对"新人"何以能逆袭这一问题的回答也就同时揭示了"旧人"走下神坛的原因。从上面的梳理可以看出,"鲁郭茅巴老曹"这一经典序列之所以在美编文学选集中遭受冲击,主要是由于丁玲、沈从文、张天翼、郁达夫四位作家上升到了一个较高的位置,所以接下来,我们将考察这四位作家能反复入选的原因。

首先,我们之所以对某些作家能位居前列感到意外,其前提条件是他们在原语文学史中的位置并不算高,甚至长期缺席,或者虽被纳入文学史叙述,但评价不高或位置不稳定,否则也就不会有"逆袭"之说。而前述四位作家在中国现代文学史上均有过并不风顺的文学史经历。丁玲以《莎菲女士的日记》轰动文坛,但在新时期之前的文学史中,文学史家常常从政治角度对莎菲多有贬责,认为"作者带着极大的同情所描写的人物,是一个虚无的个人主义者的形象";[②]"作者对莎菲怀着深深的同情,反映出明显的思想局限性";[③]《莎菲》"反映了作者自己的离社会的、绝望的、个人主义的无政府倾向"。[④]而到了 1990 年代,随着政治对文学的松绑,那些曾经维持着丁玲文学史地位的作品(如《太阳照在桑干河上》)不断遭到贬斥,丁玲的文学史地位有了明显下降。相比丁玲,沈从文的文学史经历更加坎坷。在左翼话语占据主流的时期,沈从文被指认为"没有思想的作家""空虚的作家"(韩侍桁 1931)。1950 年代的代表性文学史著要么完全漠视沈从文的存在(如刘

[①] 本来应该是"鲁郭茅巴老曹",但由于郭沫若是以诗歌、曹禺是以戏剧奠定了各自的文学史地位,他们在本节关注的小说方面成就并不突出,所以我们这里没有将其列入,而是留到了后面的章节。

[②] 刘绶松:《中国新文学史初稿》,作家出版社 1956 年版,第 243 页。

[③] 九院校编写组:《中国现代文学史》,江苏人民出版社 1979 年版,第 474 页。

[④] 田仲济、孙昌熙:《中国现代文学史》,山东人民出版社 1979 年版,第 489 页。

绥松编《中国新文学史初稿》和张毕来编《中国新文学史纲》），要么把他作为反面教材加以论述，比如《中国新文学史稿》认为沈从文"虽然产量极多，而空虚浮泛之病是难免的"。① 丁易则干脆将沈从文归入"没落的资产阶级文学流派"。② 同样，在非文学因素深度影响文学史书写、以非文学标准评价作家的五六十年代，郁达夫因为其情欲描写而受到褒贬不一的评价，直到新时期，文学史家才能以开放宽容的态度肯认他的文学史意义。张天翼在中国文学史上始终处于不温不火的状态，很难给人留下深刻印象。早在1980年代，刘再复就认为"解放后对他的作品的评论、研究很不够"，并疾呼要"高度评价立下文学丰碑的现代优秀作家张天翼"（刘再复，1987：133）。③ 但他的呼吁似乎没有收到积极响应，有学者用"寂寞与冷清"来总结张天翼1980年以来的研究现状（杨春风，2010）。④ 至新世纪，夏志清对此依然感到不解："现在大家都只说前面的三位，可张天翼却没有人反应，这样优秀的小说家，为什么得不到大家的关注呢？"（季进，2005：30）⑤

综合来看，以上四位作家文学史地位的沉浮主要受制于他们的作品与主流意识形态之间的距离，文学史家很难完全基于作品的艺术特色来为作家定位，作品内容是否符合主流意识形态是左右国内史家评价的重要一端。但当这些作品被译介到一个异质文化之后，原语文学场的评价体系将不再有效，而目标语国家的评价体系成为了决定作家们在异域的文学名声的重要因素。从选家对这类"逆袭"作家的评价可以看出，"作品有没有特色"是决定作家能否入选的重要因素。这里我们以张天翼和沈从文为例予以说明。

在国内一向不受重视的张天翼，在美国却很受选家的青睐，而吸引

---

① 王瑶：《中国新文学史稿（上）》，文艺出版社1953年版，第236页。
② 丁易：《中国现代文学史略》，作家出版社1955年版，第289页。
③ 刘再复：《高度评价立下文学丰碑的现代优秀作家张天翼》，《中国现代文学研究丛刊》1987年第1期。
④ 杨春风：《寂寞与冷清——20年来张天翼小说研究评述》，《河南社会科学》2010年第1期。
⑤ 季进：《对优美作品的发现与批评，永远是我的首要工作——夏志清先生访谈录》，《当代作家评论》2005年第4期。

选家眼球的正是他与众不同的写作方式。王际真在《现代中国短篇小说》中选入了4篇张天翼的小说，仅次于5篇的老舍，他认为"张天翼是该选集中技术最成熟的。他直截了当的、戏剧性的开头、他对对话的独特运用以及他简短明快的段落与中国古代小说的娓娓道来形成鲜明对比。他笔下的人物——乞丐、小偷、机会主义者、革命和内战的小暴君、工人、农民、士兵——以现实生活中的方式交谈（或咒骂），而不是像传统小说中的人物那样进行说教或说一些人尽皆知的话"。① 王际真更是将张天翼的作品排在了所有作家的最前面，足见编者对张天翼小说的推崇。袁嘉华与白英编选的《现代中国短篇小说》则认为，张天翼虽然"常常被视为一位讽刺作家，但由于他深深植根于中国土壤，所以他无法仅仅满足于讽刺。没有哪位现代中国作家能如此生动而又如此富于同情地描写暴力"。不仅如此，张天翼还"可以将中国乡村的全部色彩和感觉带给你。他对感觉的传递有一种现场感，这种现场感是那些更为经典的作家也完全没有的"。② 柳无忌尤其强调张天翼作品区别于其他左翼作家口号式写作的特点，认为"张天翼的作品可以说是小说写作的范本。尽管不如我们前面讨论的作家那么知名和有影响力，但张天翼是当代中国最有才华的小说家。和其他作家一样，他的作品也多有对地主和资产阶级的谴责，但他似乎并没有像左翼作家一样采用口号的方式。在这方面，他更接近老舍和沈从文，而且像后者一样，也是一位真正的艺术家"。③ 詹纳持有与柳无忌类似的观点，认为张天翼是"1930年代最有才华的短篇小说艺术大师。他的文风和语言有着在当时并不常见的新鲜感和洗练感"。④ 夏志清在自己的选集中，对前述张天翼作品的讽刺艺术、语言的洗练感以及与左翼作家的区别作了总结：

---

① Wang Chi-chen, *Contemporary Chinese Stories*, New York: Columbia University Press, 1944, p. 237.

② Yüan & Payne ed., *Contemporary Chinese Short Stories*, New York: N. Carrington, 1946, p. 10.

③ Liu Wu-chi & Tien-yi Li, *Readings in Contemporary Chinese Literature*, New Haven: Institute of Far Eastern Languages, Yale University, 1953, p. xvi.

④ Jenner ed., *Modern Chinese Stories*, London: Oxford University Press, 1970, p. 101.

"张天翼是 1930 年代最杰出的短篇小说家，在那个天赋异禀的小说家不断涌现的十年，无人能在喜剧作品的洗练和讽刺性表达的深广度上比得上他。乡绅阶层、资产阶级、无产阶级都是他讽刺的对象。他对人性的自私本质和不同社会阶级之间深深的敌意的把握令人称奇。"他"尽管是一位马克思主义者兼左联成员，但张天翼更被当时社会的丑陋形象所吸引，以致在他最优秀的小说中他无法遵守左翼作家被要求的写作模式"。①

与张天翼一样，沈从文能被反复选入也要归因于他区别于同时代作家的独特书写风格，尤其是他的地方风格。比如有编者认为"沈从文早期的小说可以比肩高尔基的作品。这些作品中洋溢着欢欣鼓舞的气氛。像张天翼一样，他可以将一个地方的色彩、气味、声音直接呈现在你的眼前"。② 柳无忌则强调说，"他的写作有一种明显的地方风格，这让他与其他作家与众不同。"他"喜欢讲述儿童故事、佛教传说以及浪漫故事，在这些故事中，读者被带到一个未受文明侵袭的、满是土著人物的奇异世界。沈从文写出优美的散文风格，尤其在那些浪漫故事中，他的语言上升到了乐曲般的高度"。③ 夏志清将沈从文视为"中国现代作家中的独特存在"，因为他"既非自由主义者也非马克思主义者"，且始终"坚守农村价值观"。他"逐渐形成了一种独特文风，尤其擅长轻而易举地描写风景，并能以多种手段唤起人们的微妙感觉"。许芥昱则指出，虽然"欧洲和苏联文学的涌入对他有所影响，但他能努力使用自己的语言，摸索自己的风格，最终这二者他都找到了"。④

需要指出的是，学界一般认为沈从文文学史经典地位的获得要归功

---

① Hsia, Chi-ching ed., *Twentieth Century Chinese Stories*, New York: Columbia University Press, 1971, p. 62.

② Yüan & Payne ed., *Contemporary Chinese Short Stories*, New York: N. Carrington, 1946, p. 11.

③ Liu Wu-chi & Tien-yi Li., *Readings in Contemporary Chinese Literature*, New Haven: Institute of Far Eastern Languages, Yale University, 1953, p. xvi.

④ Lau Joseph ed., *Modern Chinese Stories and Novellas: 1919 – 1949*, New York: Columbia University Press, 1981, p. 220.

于夏志清的《中国现代小说史》，夏志清也因此被看作沈从文的"发现人"，但至少从美编中国文学选集中来看，在《小说史》出版之前，沈从文的作品一直以来都是入选的热门，与其他中国现代作家相比，沈从文作品在美国的能见度并不低。因此这种"发现"之说在中国语境下也许是成立的（因为国内1980年代的"沈从文热"确与《小说史》对他的推崇有关），但在美国语境之内则并不完全成立，因为在《小说史》面世之前，沈从文作品在美国已经传播很广了，他的一直都在那里。

综上，美编中国文学选集呈现的经典序列之所以区别于国内文学史建构的经典序列，主要在于双方对作家作品遵循着不同的评价尺度。国内文学史家在关注作品形式的同时，更要兼顾作品内容与主流意识形态话语的吻合与否，因此，他们对那些写作技术有创新但内容不合要求的作家会作出有所保留的评价。而海外的选家在编选翻译选集时，更多坚持的是"好文主义"，他们更看重作家的写作特色，至于作品是否符合原语国的意识形态则不是他们主要考虑的。此外，钱钟书的例子表明，我们不宜夸大个别权威批评家对作家文学名声的影响。

如果我们拉长视线，将前述经典作家之外的其他作家也纳入视野的话，我们会发现，有的作家从三十年代至今的各个时期选本中都能占有一席，而有些作家在一定时期之后就不再被选入，与此相对，有些作家虽然入选得较晚，却能后来居上，这与达姆罗什所提出的"三层次"经典说颇为相似。达姆罗什认为原先的经典与非经典二元模式无法很好地解释作家地位的历时变化，进而提出由三层次构成的经典系统：超经典、反经典和影子经典。[①]"超经典"指那些始终占据主流的老牌作家，他们总能"气定神闲地守住自己的领地"；"反经典"指那些以"破坏者"的姿态闯入经典序列，与老牌作家比邻而居的新作家；"影子经典"则指那些从原来的经典序列中退隐出来的作家。如若以此来观照美编选本中的中国现代作家，鲁迅、茅盾、丁玲、老舍、郁达夫、沈从

---

① ［美］大卫·达姆罗什：《后经典、超经典时代的世界文学》，汪小玲译，《中国比较文学》2007年第1期。

文等无疑属于"超经典",从 1930 年代一直到 21 世纪的选本中一直有他们的身影。巴金、郭沫若、姚雪垠、端木蕻良、艾芜、柔石等作家则属于"影子经典",随着新作家的加入,他们的入选频次有了很大变化,有的作家更是被选家逐渐遗忘,比如姚雪垠、端木蕻良、柔石等 1980 年代之后没有入选过任何选本。张爱玲、萧红则属于"反经典":虽然她们首次入选的时间较晚,但此后始终能保持较高的入选率。张爱玲、萧红的后来居上主要得益于 1980 年代以来北美中国文学研究界对他们的关注不断上升,比如葛浩文对萧红的研究和夏志清、李欧梵、王德威对张爱玲的推崇。

2. 中国当代小说的经典重构

通过对 50 部符合要求的选集进行完全统计,中国当代小说家的入选频次如表 3-2 所示。

表 3-2　　　　　　中国当代小说家入选频次表

作家	选次(次)	年份(年)	篇数(次)
王蒙	9	1980;1981;1983;1984;1988;1995;1995;2001;2016	9(《组织部新来的青年人》3,《夜的眼》2)
史铁生	7	1983;1985;1989;1991;1995;2000;2001	9(《命若琴弦》2)
莫言	7	1989;1991;1994;1995;1995;2008;2016	7
苏童	7	1994;1995;1995;1998;2001;2003;2016	10(《舒家兄弟》2)
余华	6	1994;1995;1995;1998;2003;2016	8(《十八岁出门远行》2)
王安忆	5	1989;2001;2001;2003;2003	7
残雪	5	1991;1995;1995;1998;2003	5(《山上的小屋》3)
韩少功	5	1989;1990;1991;1995;2000	5
刘心武	4	1983;1988;1995;2001	4(《黑墙》2)
浩然	4	1975;1976;1980;1990	4
高晓声	4	1983;1983;1990;1995	4(《李顺大造屋》3)
阿城	4	1989;1990;1992;1994	5

续表

作家	选次（次）	年份（年）	篇数（次）
郑万龙	3	1975；1989；1991	3
刘宾雁	3	1980；1981；1983	3
蒋子龙	3	1983；1983；1983	3（《基础》2）
张弦	3	1983；1983；1985	3（《被爱情遗忘的角落》2）
谌容	3	1983；1984；1985	3（《人到中年》2）
张洁	3	1983；1984；2001	4（《爱，是不能忘记的》3）
铁凝	3	1995；1995；2013	3（《哦，香雪》2）
格非	3	1995；1998；2003	6（《追忆乌攸先生》2）
杨沫	2	1975；1980	2（《青春之歌》2）
秦兆阳	2	1976；1980	2
茹志鹃	2	1980；1983	2
王若望	2	1981；1983	2
刘庆邦	2	1983；1984	2
宗璞	2	1983；1991	2
贾平凹	2	1988；1990	3
张承志	2	1989；1991	2
毕飞宇	2	1995；2013	2（《祖宗》2）
戴晴	1	1984	1
张贤亮	1	1988	3
冯骥才	1	1992	1

从表 3-2 的统计结果来看，入选频次较高的都是一些读者熟悉的作家，与国内文学史的经典序列差异不大。笔者认为，这主要是由于中国当代文学史的书写是在"新时期"以来较为自由的氛围中展开的，此时，政治意识形态对文学史书写的钳制已大大减弱，中外学者都能以作品为本对作家进行定位。此外，中国当代文学研究者与海外学者之间的交往互动更加频繁，史家著述常常也会参考海外的中国当代文学研究成果。不仅如此，在海外获得赞誉的作家也会反过来影响国内文学史家对他们的品评。在此背景下，中外对中国当代重要作家认定上的日渐趋同也就不难理解了。

即便如此，统计结果依然反映出了一些有待解释的现象：王蒙为何能够高居榜首？前十位作家中间，先锋文学作家为何能够占据一半以上？在国内呼声很高的贾平凹为什么会位居倒数？接下来我们就这三个较为突出的问题作一分析。

首先，关于王蒙。通过梳理选择王蒙作品的选本，我们发现王蒙创作生涯的丰富性是他能被频繁选入的主要原因。关于王蒙作品库的丰富性，陈思和曾有过这样一段话：

> 在50年代和文化大革命后两个时期的文学史上，几乎没有一个作家能够像他那样——无论是昙花一现的青春时期还是宝刀不老的重放时期——在创作上保持了经久不衰的新意。……流动的水在不同地形的河床里不断变换着它的姿势，谁也无法预料王蒙在今后的创作里还会翻出什么新的花样来。①

王蒙作品在主题、风格和体裁上的丰富性使得他能够满足多个时期选家的不同需求。例如，在1980年代上半叶，美国出版了多部异议文学选集，王蒙的《组织部新来的青年人》和《夜的眼》被多部此类选集收录，因为这种控诉型作品很符合异议文学选集的口味。以《夜的眼》为例。这篇作品可以看作作者的自传，讲述了主人公——作家陈杲从被流放到归来的故事，这与王蒙自身的遭遇十分吻合：1957年因为小说《组织部新来的青年人》而被划为"右派"，随后被开除党籍，下放门头沟进行劳动锻炼，后来又远走新疆，改革开放后重又回到北京。林培瑞在自己编选的《花与刺》中就认为，"《夜的眼》表明作者坚持要把批判和道德之光照进最黑暗的角落"。② 李义在《新现实主义》中选入《夜的眼》也是为了反映特殊历史时期中国知识分子的遭遇。

---

① 陈思和：《关于乌托邦语言的一点感想》，《文艺争鸣》1994年第2期。
② Link, Perry ed., *Roses and Thorns: The Second Blooming of the Hundred Flowers in Chinese Fiction*, Berkely: University of California Press, 1984, p.44.

到了1990年代，随着选家将目光从社会控诉型作品移开，而转向富于艺术创新的作品时，那些在异见文学选集流行的1980年代很受欢迎的作家已不再具有吸引力，比如刘宾雁、蒋子龙、秦兆阳、王若望等作家只出现在1980年代的选本中，但王蒙则因其具有意识流特点的作品和语言实验性很强的作品而继续出现在1990年代的选本中。比如葛浩文编于1995年的《毛主席会不高兴》聚焦"新时期"以来积极借鉴西方现代主义文学，在写作方式上偏离"毛语体"的作品，王蒙实验性很强的《选择的历程》就被收入其中，同时被收录的还有余华、莫言、残雪、苏童等作家。

如果说王蒙能够获得较高的入选频次是由于他作品的丰富性的话，先锋作家从1990年代前后开始集体"受宠"则在于选家编选倾向的转变。1980年代中国文学选集的编者队伍主要由区域研究者构成，他们希望能从文学作品中了解中国的现实，因此那些直接介入现实的作品在该时期更受欢迎。到了1990年代，美编中国文学选集的编者队伍构成发生了重要变化，文学研究者取代区域研究者成为编者队伍的主体，选家开始关注作品的文学性，实验性更强的先锋作家于是成为了被争相入选的对象。受此影响，从1980年代末开始，美国出版了多部聚焦中国先锋作品的选集。例如，1989年兰登书屋出版的《春竹：当代中国短篇小说集》收入了韩少功、莫言、王安忆等作家的作品，编者认为选集中的作品表明中国文坛"不仅出现了一种新的文学风格，而且正在彻底摆脱中国文学数十年之久的现实主义传统"。[①] 1991年杜迈克编选的《中国当代小说大观》几乎可以看作先锋文学专集，编者指出，"随着创作和出版越来越自由，文学艺术的创新也不断增多，……许多作家，尤其是四十岁以下的作家开始真正关心结构和语言的艺术性。他们在努力创造新的文学表达方式"。[②] 1994年王德威编选的《狂奔：中国新作

[①] Jeanne Tai ed., *Spring Bamboo: A Collection of Contemporary Chinese Short Stories*, New York: Random House, 1989, p. xi.

[②] Duke, Michael ed., *Worlds of Modern Chinese Fiction*, New York: M. E. Sharpe, 1991, pp. ix - x.

家》和 1995 年葛浩文编选了《毛主席会不高兴》所选作家也均是在主题和表现手法上与此前的现实主义文学大异其趣的作家作品。1998 年王晶编选的《中国先锋小说选》仅从选集名称便可判断其编选标准。在这股编选热潮的带动下，余华、苏童、残雪等作家的作品能见度迅速提升，至今仍保持着较高的入选率。

与王蒙和先锋作家的"受宠"不同，贾平凹在美编中国文学选集中的收录情况只能用"惨淡"来形容。对每个熟悉中国当代文学史的人来说，这种落差感不能不让人感到意外。贾平凹在中国当代文坛的呼声很高，并且正在不断走向经典化。比如，在推举中国当代文学的"鲁郭茅巴老曹"时，程光炜认为具备这一资格的作家分别是贾平凹、莫言、王安忆和余华。① 郜元宝也认为"贾平凹是当代中国风格独特、创作力旺盛、具有世界影响的作家"。② 我们无法得知这位学者是根据什么标准判断出贾平凹是"具有世界影响的作家"，这种影响力到底有多大？当然要回答这个问题并不容易。但至少从我们对选本的统计数据来看，在程光炜推举的四位作家中，贾平凹的入选频次最低，且与其他三位作家之间的差距很大，贾平凹的世界影响力似乎并不乐观。

贾平凹第一次入选是在 1988 年，该年出版的《中国西部小说选》收录了贾平凹的小说《人极》和《木碗世家》，这也是贾平凹的作品首次在英语世界面世。这部选集收入的作品要么出自西部作家要么以西部为主题，贾平凹的入选显然与他的地域性有关。两年之后的 1990 年，萧凤霞编选的《犁沟：农民、知识分子与国家》收录了贾平凹的《水意》，编者认为这篇小说表现了"陕西农村两代人之间的日常冲突"。③ 不难看出，贾平凹的再次入选是因为他的乡土书写。此后，贾平凹再没能出现在美编中国文学选集中。

---

① 程光炜：《当代文学中的"鲁郭茅巴老曹"》，《南方文坛》2013 年第 5 期。
② 郜元宝：《序》，载《中国当代作家研究资料丛书·贾平凹研究资料》，天津人民出版社 2005 年版。
③ Helen F. Siu ed., *Furrows: Peasanfs, Intellectuals, and the State*, California: Stanford University Press, 1990, p. 162.

研究发现，贾平凹之所以入选频次较低，主要原因在于——用他自己的话说——他与"潮流不大合拍"。1980年代之后，美编选集多为非综合性选集，而非综合性选集总是按照特定的逻辑编选而成的，这里的逻辑可以是作品的主题、作品风格、作家的出生地，甚至作家的性别等等。这其中，围绕作品风格或作家流派编选的选本最多，选本似乎有记录创作思潮的意思。在这种情况下，那些难以归类的作家常常会被漏掉，而贾平凹正是这种难以归类的作家。在接受采访时，他曾说：

> 我的写作似乎老同一些潮流不大合拍，老错位着呢，不是比别人慢半拍，就是比别人早半拍。人家写"伤痕"的时候，我写的不是"伤痕"，"伤痕"风过去了，我却写，别人不写改革那一段吧，我去写了，等人家都写开了，我就坚决不写了，写到《废都》那儿去了。……所以，这几十年，你说受文坛关注也一直在受关注，你说什么时候特别火爆，也没火爆，反正就这么走了过来，……当别人写"伤痕"类的作品，我写了《满月儿》，当别人写改革类的时候，我写了《商州初录》，似乎老赶不上潮流。①

正是由于贾平凹与大潮流的不合拍，或者说由于他的文学世界难以归类，面目不够清晰，从而导致他无法进入更多选家的视野，而在他有限的入选经历中，其中一次就要归功于他的西部作家身份——这一最容易识别的标签。

综上，美编选集呈现的中国现代小说家经典序列与国内文学史差异较大，这主要是因为中国的文学史家和美国编者对中国现代文学持有不同的评价尺度，如果说中国现代文学史家曾长期坚持"好人主义"，同时兼顾"好文主义"的话，美国编者则更加倾向于"好文主义"的原则。其结果是，一些作品有特色但身份暧昧的作家在国内文学史中多居

---

① 贾平凹、黄平：《贾平凹与新时期文学三十年》，《南方文坛》2007年第6期。

第三章 翻译选集与经典重构

于边缘外置,在美编选集中则跃居前列,沈从文、张天翼、丁玲便是典型代表。美编选集中的中国当代小说经典序列与国内文学史并没有太大不同,这源于 1990 年代以来中外学术界之间互动的不断深入,双方对中国当代小说重要作家的认定渐趋一致。但依然呈现出三个突出特征:王蒙以其丰富的文学世界独占鳌头;先锋文学集体受到选家青睐;在国内呼声很高的贾平凹由于总是与写作主潮"不合拍",导致其在美编选集中表现不佳。

二 中国新诗经典重构

美编中国新诗选集的出现要晚于小说选集,早在 1931 年,第一部中国小说选集就面世美国,但直到二十多年之后,美国才编选了第一部中国新诗选集:1953 年,柳无忌和李田意合编的《现代中国文学读本》第一卷"戏剧与诗歌"卷由耶鲁大学远东出版部发行。截至目前,美国共出版收录中国新诗的选集 22 部,其中收录各类体裁作品的综合性选集 9 部,只收录新诗的专集 13 部(见附录二)。出于时间差的考虑,对新诗经典序列的考察也将分为现代和当代两部分分别展开论述。

1. 中国现代诗歌的经典重构

通过对 22 部收录新诗的选集进行完全统计,中国现代诗人的入选频次如表 3-3 所示。

表 3-3　　　　　　　　中国现代诗人入选频次表

诗人	选次(次)	年份(年)	首数(次)
艾青	10	1953;1963;1972;1974;1980;1981;1990;1992;1995;2016	39(《北方》3;《雪落在中国的土地上》《大堰河》2)
卞之琳	8	1953;1963;1980;1981;1992;1992;1995;2016	43(《断章》3;《圆宝盒》《距离的组织》《候鸟问题》2)
冯至	7	1953;1963;1972;1980;1992;1992;1995	29(《十四行诗·27》4;《十四行诗·1》《十四行诗·16》3)
何其芳	6	1953;1963;1980;1992;1992;1995	28(《秋天》3;《云》《预言》2)

续表

诗人	选次（次）	年份（年）	首数（次）
闻一多	6	1953；1963；1972；1992；1995；2016	25（《死水》4；《忏悔》2）
徐志摩	6	1953；1963；1972；1992；1995；2016	29（《再别康桥》4；《偶然》《雪花的快乐》2）
郑敏	5	1963；1990；1992；1992；1995	19（《晚会》2）
戴望舒	5	1963；1992；1992；1995；2016	22（《雨巷》4；《我用残损的手掌》3；《我的记忆》2）
穆旦	5	1981；1988；1992；1992；1995	19（《我》3；《智慧之歌》2）
胡适	4	1953；1963；1992；2016	10（《一笑》2；《梦与诗》2）
冰心	4	1953；1963；1980；2016	5（《繁星》2）
郭沫若	4	1953；1963；1980；2016	7
李金发	4	1963；1992；1995；2016	10（《弃妇》3）
毛泽东	4	1963；1974；1980；2016	11（《沁园春·雪》3；《沁园春·长沙》2）
臧克家	3	1963；1980；1992	7
辛笛	2	1992；1992	14（《航》《秋天的下午》2）
刘半农	2	1953；2016	2（《教我如何不想她》）
李广田	2	1953；1963	2
杜运燮	2	1963；1992	8
田间	2	1963；1980	3
袁水拍	2	1963；1974	4
陈敬容	2	1992；1992	9
邹荻帆	2	1963；1980	8
冯雪峰	1	1963	3
胡风	1	1963	4
王统照	1	1963	2
郁达夫	1	1963	3
刘大白	1	1963	4
朱自清	1	1963	2
俞平伯	1	1963	3
田汉	1	1963	5
汪静之	1	1963	5

续表

诗人	选次（次）	年份（年）	首数（次）
朱湘	1	1963	3
饶孟侃	1	1963	4
陈梦家	1	1963	3
孙毓棠	1	1963	4
邵洵美	1	1963	5
方玮德	1	1963	4
穆木天	1	1963	5
王独清	1	1963	3
李季	1	1980	4
曾卓	1	1988	1
牛汉	1	1988	1
杭约赫	1	1992	6
唐祈	1	1992	3
唐湜	1	1992	6
袁可嘉	1	1992	5
吴兴华	1	1992	3
绿原	1	1992	1

按照诗人的入选频次，排名前十的诗人依次是艾青（10次）、卞之琳（8次）、冯至（7次）、何其芳（6次）、闻一多（6次）、徐志摩（6次）、郑敏（5次）、戴望舒（5次）、穆旦（5次），胡适、冰心、郭沫若、李金发、毛泽东（4次）。总体来看，统计结果为我们揭示了以下几个值得注意的特点：第一，艾青是最受选家青睐的现代诗人；第二，现代主义诗人集体"受宠"，而现实主义诗人集体遇冷；第三，美编中国文学选集中的郭沫若与中国文学史上的郭沫若地位差异很大。下面我们就这三个方面作一探讨。

（1）艾青何以能高居榜首

统计结果显示，排名靠前的诗人都是在中国新诗史上确立了经典地位的诗人，但艾青又要比其他同时期诗人更受选家欢迎，这表明除了艾青在原语文学史上的经典地位之外，他的脱颖而出也许还有其他原因。

耙梳收录艾青的选本可以发现，艾青之所以能比同时期的其他经典诗人获得更高的入选率，主要是由于两方面的原因：1）诗作风格丰富；2）创作生涯持续较长。

艾青的诗人形象变动不居，现代主义诗人、现实主义诗人、共和国诗人等都曾是艾青身上的标签，这不尽相同的诗人形象必然是以他的诗作为基础的，换句话说，读者是从他变动不居的诗作风格中读出了不一样的艾青，我们只需要简要回顾一下艾青的创作生涯就不难理解艾青形象的驳杂。1932年回国后，深受西方现代艺术熏陶的艾青创作了不少的象征主义诗歌，如《芦笛》《黎明》《巴黎》等，且这些诗作多发表在《现代》和《新诗》上，而这两家刊物是"现代派"诗人的主要阵地。因此，艾青曾被"现代派"诗人们引为同道。从三十年代末开始，艾青的诗风有所转变，尤其随着抗战的深入，艾青放下了芦笛，拿起了号角，创作了不少脍炙人口的现实主义诗歌，如《吹号者》《雪落在中国的土地上》《手推车》《北方》等，有学者认为"艾青是中国新诗中杰出的现实主义诗人。在艾青的创作中，现实主义诗歌得到了最高体现"[①]。中华人民共和国成立后，艾青又一次调整自己的创作倾向，写出了一部分政治诗歌，典型的有《吴满有》《抓得好》《打得好》等。总之，艾青总是能够及时贴近时代认可的命题，并创作出能被时代接纳的佳作，他的诗歌世界也因此变得更加丰富。所以，不同的选家总能在艾青那里找到他们需要的诗歌类型。比如，在入选频次排名前十的诗人中，只有艾青入选了1974年梅泽夫夫妇编选的《中国现代文学》。该选集所收的均是以慷慨激昂的笔调歌唱新生活、歌颂革命英雄和人民大众的诗歌，而艾青是为数不多的在中华人民共和国成立后依然保持旺盛创作力，且诗作符合主旋律的现代诗人之一，选集内收入的艾青诗歌是具有政治抒情性质的《保卫和平》，同时收入的还有贺敬之的《三门峡歌》、宋庆龄的《无名烈士》、毛泽东的《七律·送瘟神》和《七律·

---

① 龙泉明：《中国新诗流变论》，人民文学出版社1997年版，第559页。

长征》。再比如,叶维廉在《防空洞里的抒情诗:现代中国诗歌1930—1950》中收入了其他选集从未收录过的《病监》,编者的理由是"《病监》是艾青诗歌中最具有现代主义意味的作品"。①

除了诗作风格丰富之外,艾青较长的创作生涯也是他能被反复入选的原因之一。从三十年代开始,艾青的创作生涯持续了五十余年,这是他同时代的诗人如何其芳、卞之琳、戴望舒等人所无法比的,虽然"文革"期间曾一度停止创作,但从边疆返京之后,艾青重又拿起了诗笔,并于1980年出版了自己的又一部诗集《归来者的歌》。1990年,爱德华·莫兰编选的《红杜鹃:"文革"以来的中国诗歌》出版,从题目便可知,该选集所收诗歌均创作与"文化大革命"之后,照此标准,早期的现代诗人中,只有艾青和郑敏得以入选,艾青是24位被选诗人中年纪最大的,且是该选集的开篇诗人,收入了他的《城市》《天鹅湖》《梦》《盆景》《希望》《伞》《花样滑冰》《液体》和《回声》。

(2)"现代主义"受宠,"现实主义"遇冷

从统计结果可以看出,入选率靠前的诗人几乎是清一色的现代主义诗人,如卞之琳、何其芳、冯至、闻一多、徐志摩、戴望舒、穆旦等。与现代主义诗人的"受宠"形成鲜明对比的是现实主义诗人的集体遇冷,中国现代诗歌史上重要的现实主义流派均未能被充分编选,比如田间(2次)是唯一被选入的晋察冀诗派(有时也称"延安诗派")诗人,七月诗派的代表诗人绿原、牛汉、曾卓均只入选过1次,穆木天(1次)是唯一被选入的中国诗歌会成员,李季(1次)成为了民歌体叙事诗派的唯一代表,作为中国现代诗歌史上绕不过去的重要诗人,臧克家仅被收录3次,而臧克家已经是现实主义诗人群体中表现最好的了。

现实主义诗人在美编中国新诗选集中的遇冷既与中国现实主义新诗本身的美学特征有关,也与选集编者的身份有密切关系。就前者而言,由于诗歌有着迥异于小说、散文等其他文类的美学特征,诗歌强调朦胧、

---

① 北塔:《艾青诗歌的英文翻译》,《中国现代文学研究丛刊》2010年第5期。

写意、凝练、抽象，重在抒发情感，即便是受现实驱动而创作的诗，也是诗人个体通过对自我内心世界的揭示间接地反映社会现实，而不是对现实的客观再现或镜像反映。然而，中国现实主义新诗从一开始"就背上了沉重的思想意识形态使命而远离文艺美学的纯粹，其创作对客观真实的过分倚重也使现实主义新诗缺少诗情、流于机械僵化"。① 这种受政治意识形态宰制的诗作，其接受命运高度依赖特定的历史环境。换句话说，这种诗作不是纯粹依凭自身的艺术魅力而进入文学史的，其接受命运容易受到接受环境变化的影响。当它们被译介到一个新的时空语境中时，能否得到与初被创作时同样的接受热潮就很难保证了。

另外，与小说和戏剧选集不同的是，诗歌专集的编者要么是学者兼诗人，如许芥昱、叶维廉、奚密；要么本身就是诗人，如爱德华·莫兰（Edward Morin）、唐飞鸿（Donald Finkel）、托尼·巴尔斯通（Tony Barnstone）、王屏、张耳、陈东东、明迪等。他们的诗人身份一定程度上决定了他们的审美取向，可以想见，他们对诗作的选择和阐释所依循的必然是今天的审美观，从后见之明出发，那些曾经因为非文学原因而走红的诗作将风光不再，而诗味更浓的现代主义诗歌则更合诗人编者的胃口。比如，叶维廉所编《防空洞里的抒情诗：现代中国诗歌1930—1950》虽然没有明确标明为"现代主义诗集"，但编者在正文前所附的三篇导读性长文却为我们透露了其选择标准："跨文化语境下的现代主义""1930年到1950年代诗歌的语言策略和历史意义""中国诗歌的文学现代性"。不难看出，三篇文章都围绕着中国诗歌中的现代主义展开，力求帮助读者找到进入中国现代主义诗歌的正确方式，该选集收录的诗人绝大多数也确为现代主义诗人，如"九叶派"的所有九位诗人以及冯至、戴望舒、卞之琳等。奚密《现代汉诗选》选择从新诗开创者胡适至第三代诗人共66位诗人的300余首诗作，其中徐志摩、卞之琳、戴望舒入选的作品最多，达到了10首。有评论者就指出，奚密的

---

① 高蔚：《中国新诗现实主义发展思考》，《新疆师范大学学报》2001年第3期。

选本"选择范围十分广泛,但编者似乎侧重于现代主义诗歌,尤其是台湾的现代主义诗歌。在各种声音中,奚密明显认为中国的主流现代主义诗歌是最吸引人的"。① 而我们前面提到的现实主义诗人则无一入选,臧克家亦不例外。

除了诗作选择上偏向现代主义之外,诗集编者在评价中国新诗流派时,对现实主义流派要么完全漠视,即使偶尔提及也多是遗憾叹息之声。奚密为自己所编《现代汉诗选》撰写了题为"来自边缘"(From the Margin)的引言,认为诗人只有甘于身处边缘,才能与中心进行对话,诗人要永远将"表达自我"作为不变的信条,正如欧阳桢所看到的,"如果说这部选本有什么贯穿始终的线的话,那就是对'自我'的反复强调"。② 序言通篇在回顾中国现代主义新诗的特征以及历史命运,而对现实主义则不置一词。柳无忌在《现代中国文学读本·戏剧与诗歌卷》中虽然没有直接表达对现实主义诗歌的看法,但是从他对田间的评价来看,相比现实主义诗歌,他显然更加看好现代主义诗歌。他说:

  田间诗歌的主题既不浪漫也不伤感,相反,他的诗是现实主义的,是脚踏实地的。他的诗闻起来有泥土和火药的味道,高喊着现代的战斗口号。他写的是真正的革命诗歌,一种情感失控的诗歌,那震耳欲聋的呐喊让人心神不安。当然,田间也许可以被称作"时代的鼓手",因为他在努力唤醒精神慵懒的人。但他持续不断的鼓声不大可能成为诗歌交响乐中的强音。③

---

 ① Allen, J., Review of Anthology of Modern Chinese Poetry, *Journal of the American Oriental Society*, No. 2, 1994.
 ② Eugene Chen Eoyang, Review of Anthology of Modern Chinese Poetry, *Journal of Asian Studies*, No. 1, 1994.
 ③ Liu Wu-chi & Tien-yi Li., *Readings in Contemporary Chinese Literature*, New Haven: Institute of Far Eastern Languages, Yale University, 1953, p. xix.

在此背景下，只有那些在文本选择上兼顾作品"文学史意义"的选集才可能将现实主义诗作作为一种记录历史的材料而选录其中。比如前述被收录的现实主义诗人多出现在《二十世纪中国诗歌选集》和《中华人民共和国文学》这两部具有文学史或诗歌史性质的选集中。

与其他现实主义诗人相比，臧克家在选本中的冷遇是值得再次审视的。臧克家共被三部选集收录。首次是被收录在1963年许芥昱所编《二十世纪中国诗歌选集》，这是一部兼容性较强的选集，编者表示"该选集对诗人的选择既受到了选集容量的限制，也有选家的个人偏好，同时也兼顾到作品的一定代表性"。[1] 编者对代表性的兼顾也许是臧克家入选的原因之一。1980年许芥昱在自己编的《中华人民共和国文学》中又一次收录了臧克家，这次收录只是为了说明归来后的臧克家依然在创作，只收了他的一首短诗。臧克家最后一次被收录是在叶维廉编的《防空洞里的抒情诗：现代中国诗歌1930—1950》，前曾述及，这部选集所收绝大多数为现代主义诗人，臧克家的入选似与选集总的风格不够和谐，但从编者对臧克家的介绍中可以看出，臧克家的入选恰在他与其他现实主义诗人之间的重要区别：

> 臧克家通常被看作农民诗人的代表，他最初是闻一多的追随者，后者特别强调诗歌要有建筑的美。臧克家曾将作诗比作将要爆炸的火山，是爆发前最富于想象的时刻，而且他十分关注诗的措词、诗行以及诗的推进……正是这一艺术追求使他区别于其他说教的、口号式的诗人。[2]

叶维廉以追溯师承关系的方式将臧克家和其他现实主义诗人区别了

---

[1] Kai Yu Hsu, Preface, in *Twentieth Century Chinese Poetry: An Anthology*, New York: Doubleday, 1963.

[2] Wai-lim Yip, *Lyrics from Shelfers: Modern Chine Poery, 1930–1950*, New York: Carland Pub., 1992, p. 210.

开来，他对臧克家诗风的把握是准确的。臧克家一方面"讨厌神秘派的诗"，① 并表示"蒲风等同志搞的'中国诗歌会'，鲜明地标出：新诗要树起反帝、反封建的大旗，诗歌应该大众化，民族化。我是举双手赞成的，因为与我的主张正同"。② 另一方面他又很注意从"新月派"和"现代派"那里借鉴一些优长，以使自己作品在形式上有所改进。③ 这也为他赢得了更多的读者，从而在现实主义诗人中间脱颖而出，比如许芥昱就曾表示"他的用词要比他的同类诗人更加考究"。④

即便如此，臧克家在选本中的收录情况与他在中国文学史上的地位是很不相符的，这突出表现为臧克家在一些重要的综合性选集中的缺席。用作教材的《现代中国文学读本》没有收录臧克家，编者对他的介绍也是一笔带过："臧克家因为《自我的写照》而闻名，这是一首长达一千行的自传诗。"⑤《现代汉诗选》被认为"对任何涉及二十世纪中国诗歌这一难题的中国文学课程都至关重要。它必然会取代许芥昱编选的、但已过时且绝版的《二十世纪中国诗歌选集》"。⑥ 对该选集的包容性，该学者也赞许有加："如果说有些（中国新诗）选集的优点在于比较聚焦（如爱德华·莫兰的《红杜鹃》）或者比较优雅（如唐飞鸿的《破碎的镜子》）的话，奚密的选本的优点在于它的选择范围很广"。但就是这么一部"选择范围很广"的选本依然没有臧克家的位置，刘绍铭等编《哥伦比亚中国现代文学选集》和黄运特编《中国现代文学大红宝书》亦复如此。

笔者以为，卜立德在评奚密诗选时的一番话是比较中肯的："在编

---

① 臧克家:《论新诗》,《文学》1934 年第 1 期。
② 臧克家:《我与"新月派"》,《人民文学》1984 年第 10 期。
③ 蔡清富:《臧克家与三十年代的诗歌流派》,《中国现代文学研究丛刊》1986 年第 4 期。
④ Kai Yu Hsu ed., *Twentieth Century Chinese Poetry: An Anthology*, New York: Doubleday, 1963, p. 260.
⑤ Liu, Wu-chi & Tien-yi Li. ed., *Readings in Contemporary Chinese Literature*, New Haven: Institute of Far Eastern Languages, Yale University, 1953, p. xviii.
⑥ Allen, J., Review of Anthology of Modern Chinese Poetry, *Journal of the American Oriental Society*, No. 2, 1994.

· 115 ·

辑诗选时，公众的口味不易度量，但也不容忽视。即使编者有权沉溺于个人的批评口味，但如果他的选择与公众的口味无法哪怕在一定程度上合拍的话，也显得有些奇怪。"因为"待选的作品库时间上离我们越近，就越难以喜好来选择，毕竟喜爱是与熟悉相连的，而熟悉一样东西是需要时间的。在翻译选集中谈喜好就更有问题了，因为目标受众对原语文学了解近乎空白"。[1]

(3) "失宠"的郭沫若

郭沫若既是诗人、戏剧家、文艺评论家、翻译家，又写过小说。他在文学创作上的多面开花使他在我们的统计结果中表现的比较特殊，说他特殊，是因为他是唯一一位在小说和诗歌选本排行榜上都占有一席的作家。在本章第一节考察小说经典序列的时候，我们没有将郭沫若纳入其中，原因在于"郭沫若在文学史上的地位，主要是由《女神》所奠定的"。[2] 鉴此，我们在本节对作为诗人的郭沫若在翻译选集中的收录情况展开研究。

从表 3-3 可以看出，郭沫若共被收录 4 次，与李金发、冰心、毛泽东的入选次数相当，远低于卞之琳、冯至、闻一多等诗人。如果我们再拿国内文学史建构的"鲁郭茅巴老曹"经典序列来对照的话，郭沫若在翻译选本中地位的下降是十分明显的。即使作为小说家的郭沫若在小说选本中的表现也与他在国内文学史中的位置相去甚远：在小说选本中，郭沫若排在第 15 位，排名甚至低于凌叔华、萧红、柔石等作家。郭沫若为何在"走出去"之后显得有些"水土不服"呢？

其实，早期的选家对郭沫若还是很看好的，比如斯诺就认为"单凭他诸多方面的才艺，就足以使他在中国新文艺运动中获得显赫的地位了。他的作品写得很出色，从而使他的地位也很稳固"。[3] 但从我们的

---

[1] David E. Pollard, *Review of Anthology of Modern Chinese Poetry*, Bulletin of the School of Crienyal and Afvican Studies, No. 3, 1994.

[2] 温儒敏：《浅议有关郭沫若的两极阅读现象》，《中国文化研究》2001 年第 1 期。

[3] Snow Edgar ed., *Living China: Modern Chinese Short Stories*, New York: Reynal & Hitchcock, 1937, p. 297.

统计结果来看,郭沫若的地位并不稳固。翻译选集中的郭沫若处在一个十分尴尬的位置:在新诗开创性的贡献方面,郭沫若被认为不及胡适;在诗作的审美价值上,郭沫若的诗作由于时代性太强从而被认为不如他的后来者。其结果是,选家在选择新诗开创者时,胡适往往是必选项,而郭沫若则不一定是;在展示新诗实绩时,"新月派""现代派"的诗人常常是必选项,而郭沫若常常不是,这种"两不搭"的现象正是导致在翻译选集中郭沫若的地位滑坡的重要原因。下面我们结合具体的选本,就以上两种情况展开论述。

需要为新诗确定开创期的代表时,所有的选集将胡适作为新诗的"鼻祖",似乎胡适对新诗有着毋庸置疑的"发明权",对于郭沫若在新诗开创方面的贡献,多数选家还是予以认可的,但若二选一的话,郭沫若则是可以被舍弃的那个,比如奚密编《现代汉诗选》中只选胡适,不选郭沫若,甚至在引言中对郭沫若没有只言片语。而在二者同时入选的选本中,选家对胡适似乎也要更厚待些,比如柳无忌在《现代中国文学读本》中用整整一页的篇幅谈论胡适对新诗的开创性贡献,而郭沫若则只是在介绍创造社时被顺带提及。在许芥昱编《二十世纪中国诗歌选集》中,胡适和郭沫若被分在"先驱者"(pioneers)一组,但在8位"先驱者"中,胡适位列第一,郭沫若则在倒数第二。黄运特编《中国现代文学大红宝书》也是胡适在前,郭沫若在后,且前者有四首诗作入选,后者则是三首。

再看选家对郭沫若诗作的审美价值的判断。先驱者毕竟是如胡适所说的"尝试者",诗歌技巧不够纯熟,显得稚嫩,这原是不难理解的,比如郭沫若的成名作《女神》在今天看来毕竟是比较粗糙的,太散漫、太直、太袒露。选家柳无忌就认为郭沫若的诗"代表着一个不愿被约束的、躁动不安的灵魂的慷慨激昂的吐露。他不是平静地追忆自己的情感,而是肆意表达自己满溢的情绪,以致淹没了理性的防堤,成为了洪水般的泛滥"。[①] 而

---

① Liu Wu-chi & Tien-yi Li., *Readings in Contemporary Chinese Literature*, New Haven: Institute of Far Eastern Languages, Yale University, 1953, p. xvi.

《女神》之所以能为郭沫若在中国文学史上赢得如此高的地位，是于当时的时代气氛分不开的，正如温儒敏所言，"《女神》是与'五四'式的阅读风气结合，才最终达致其狂飙突进的艺术胜境的。《女神》魔力的产生离不开特定历史氛围中的读者反应。《女神》作为经典是由诗人郭沫若和众多'五四'热血青年所共同完成的"。① 换句话说，郭沫若的诗具有很强的时代性。但当这种特定的时代底色被抹去之后，当今天的选家纯粹以诗歌的标准来衡量的话，《女神》显然是不及后来更加成熟的新诗的。因此，郭沫若诗歌的价值主要是文学史意义上的，而非文学意义上的，这一点也是多位选家的共识，比如柳无忌认为"大多数早期的实验者留下的诗集之所以为人所铭记，重要在于其历史意义而非内在价值"。② 伊罗生1974年为自己编选于1934年的《草鞋脚》重新撰写序言时也指出，"郭沫若的许多作品似乎被认为其历史价值胜过文学价值，"所谓的历史价值是指"郭沫若丰富的作品——诗歌、戏剧、小说、散文、传记——始终存在有浪漫主义气息，他正是为中国现代文学打开浪漫主义之门的人，他也总是被和浪漫主义联系在一起。作为一个作家，郭沫若冲破了传统中国文学的许多死板和拘谨之处，为作家们大胆涉猎男女关系、个人爱恨、追求个人梦想、实现自我等主题，扮演了开路先锋的角色"。③ 此外，必须承认，郭沫若的政治身份也是他能在文学史上占据一席的重要支撑。对此，伊罗生也曾有过委婉的表达："如果说郭沫若没能成为他那一代最为重要的文学人物的话，他却因自己的适应性、灵活性以及无论大的方针政策走向哪里，他始终能追随而去的能力，而成为了最为重要的文学政客。"④ 但"政治身份"这一保护伞在异域选家那里势必会失去曾经的效力。

---

① 温儒敏：《浅议有关郭沫若的两极阅读现象》，《中国文化研究》2001年第1期。
② Liu Wu-chi & Tien-yi Li., *Readings in Contemporary Chinese Literature*, New Haven: Institute of Far Eastern Languages, Yale University, 1953, p. xvi.
③ Harold Issacs ed., *Straw Sandals: Chinese Short Stories 1918–1933*, Massachusettes: The MIT Press, 1974, p. liii.
④ Harold Issacs ed., *Straw Sandals: Chinese Short Stories 1918–1933*, Massachusettes: The MIT Press, 1974, p. liii.

最后，郭沫若的遇冷也与权威批评家对他的文学史定位不无关系。仅就与本书相关的美国而言，夏志清影响深远的《中国现代小说史》对郭沫若的评价颇为负面："至于文名所系的创作，实在说来，也不过尔尔。民国以来所公认为头号作家之间，郭沫若作品传世的希望最微。到后来，大家只会记得，他不过是在他那个时代一个多彩多姿的人物，领导过许多文学与政治的活动而已"。具体到《女神》，夏志清认为"这种诗看似雄浑，其实骨子里并没有真正内在的感情：节奏的刻板，惊叹句的滥用，都显示缺乏诗才"。① 不知是否是因为受此影响，由夏志清及其弟子（如刘绍铭、李欧梵等）所编的选集均未收入郭沫若的作品。

2. 中国当代诗歌的经典重构

通过对22部收录新诗的选集进行完全统计，中国当代诗人的入选频次如表3-4所示。

表3-4　　　　　　　　中国当代诗人入选频次

诗人	选次（次）	年份（年）	首数（次）
顾城	11	1983; 1983; 1985; 1988; 1990; 1991; 1992; 1993; 1995; 2011; 2016	74（《一代人》5；《我是个任性的孩子》3；《无名的小花》2）
北岛	9	1983; 1985; 1988; 1990; 1991; 1993; 1995; 2000; 2016	83（《回答》6；《古寺》《宣告》4；《履历》《一切》3；《橘子熟了》《太阳城札记》2）
舒婷	9	1983; 1983; 1985; 1988; 1990; 1991; 1993; 1995; 2011	48（《流水线》4；《啊，母亲》3；《致橡树》《路遇》2）
杨炼	8	1988; 1990; 1991; 1992; 1993; 1995; 2000; 2016	30（《朗日诺》3）
西川	5	1993; 1999; 2000; 2011; 2016	17
芒克	4	1988; 1991; 1993; 2011	16（《葡萄园》2）
多多	4	1991; 1993; 2000; 2013	30（《这些岛》《依旧是》《从死亡的方向看》《当人民从奶酪上站起》2）

---

① ［美］夏志清：《中国现代小说史》，刘绍铭等译，复旦大学出版社2005年版，第70页。

续表

诗人	选次（次）	年份（年）	首数（次）
陈东东	4	1999；2000；2007；2011	13
张枣	4	2000；2007；2011；2016	13
江河	3	1988；1991；1993	8（《没有写完的诗》2）
王小龙	3	1990；1992；1995	10
于坚	3	1990；1999；2011	12
张真	3	1999；2000；2007	11
王家新	3	1999；2011；2013	8
翟永明	3	1999；2011；2016	8
宋琳	3	2000；2011；2013	7
韩东	3	2000；2007；2011	15
吕德安	3	2000；2007；2013	12
胡续冬	3	2007；2011；2013	11
姜涛	3	2007；2011；2013	9
臧棣	3	2007；2011；2013	20
贺敬之	2	1974；1980	6
蔡其矫	2	1981；1990	18
流沙河	2	1981；1990	9
邵燕祥	2	1981；1990	9
柏桦	2	2011；2013	5
桑克	2	2007；2011	7
张错	2	1992；1995	5
唐亚平	2	1993；1999	10
莫非	2	1999；2007	15
张耳	2	1999；2007	9
伊沙	2	1999；2011	8
车前子	2	1999；2016	5
黄灿然	2	2007；2011	12
王小妮	2	2011；2013	3
兰兰	2	2011；2013	2
海子	2	2011；2016	6
郭小川	1	1980	2

续表

诗人	选次（次）	年份（年）	首数（次）
周平	1	1993	8
赵琼	1	1999	3
郑单衣	1	1999	2
邹静之	1	1999	7
贺中	1	1999	11
贾薇	1	1999	3
梁晓明	1	1999	3
刘漫流	1	1999	4
孟浪	1	1999	4
默默	1	1999	3
王屏	1	1999	4
维色	1	1999	2
雪迪	1	1999	3
严力	1	1999	1
欧阳江河	1	2000	1
蓝蓝	1	2007	13
马兰	1	2007	7
清平	1	2007	7
曹疏影	1	2007	5
韩博	1	2007	6
王清平	1	2011	3
郭路生	1	2011	2
哑石	1	2013	4

表3-4的统计结果表明，美编选集中的中国当代诗歌经典序列存在明显分野："朦胧派"诗人集体被推至经典地位，而"第三代诗人"（或曰"后朦胧派"诗人）与"朦胧派"之间存在很大差距，但在"第三代诗人"内部，相互之间的差距又非常之小。

（1）"朦胧派"一枝独秀

诗人西川曾对中国当代诗歌在英语世界的接受现状有过这样的描述："按说有了这些译本（指在英语世界出版的中国新诗选集和收录诗

歌新诗的综合性中国文学选集——引者注），中文诗歌至少应该给英语世界留下点印象了，可惜除了朦胧诗，竟然没能给别人留下什么印象。"① 从这段话中我们可以推知以下三个方面的信息：第一，中国新诗的英译已经有一段时间了；第二，中国当代诗歌在英语世界的接受情况并不乐观；第三，"朦胧诗"在英语世界的表现要好于其他诗派。从我们的统计结果来看，西川的表述是比较准确的，"朦胧诗"的确是在英语世界接受最为充分的中国当代诗歌，入选频次排名的前几位均为"朦胧派"诗人，比如顾城（11次）、北岛（9次，注意：北岛的诗作因为版权问题没能选入奚密的选本）、舒婷（9次）、杨炼（8次）、芒克（4次）、多多（4次）、江河（3次）等。通过考察选本对"朦胧诗"的选择和阐释，可以发现"朦胧诗"在政治上的反叛姿态是其在西方大受欢迎的最主要原因，这具体表现在两个方面：其一，"朦胧诗"除了入选诗歌专集之外，还被多次选入异见文学选集；其二，选家多是从政治角度阐释"朦胧诗"，不厌其烦地叙述"朦胧诗"与中国政治的纠葛。

　　异见文学选集是美编中国文学选集群中的特殊存在，主要收录那些与主流意识形态对立的作品。在中国当代诗歌中，"朦胧诗"是最容易被选入这类选集的。比如《火种》这部声称旨在"考问中国良知"的选集就收录了北岛、顾城、舒婷、杨炼、江河、芒克的诗作，同时收入的还有异见作家马建、刘宾雁、王若望等的作品以及对异议人士刘晓波、方励之等的采访；《毛泽东的收获》也收录的北岛、顾城、舒婷的诗作；毋庸讳言，"朦胧诗"之所以能被选入这类意义文学选集，显然是由于其中的政治元素。

　　再来看选家对"朦胧诗"的阐释框架。唐飞鸿（Donald Finkel）编选的《破碎的镜子：中国民主运动诗歌选》（*A Splintered Mirror: Chinese Poetry from the Democracy Movement*）几乎可以看作"朦胧诗"专集。选集序言伊始引用了顾城的诗《感觉》，编者继而指出，"1980年，顾城

---

① 西川：《大河拐大弯：一种探求可能性的诗歌思想》，北京大学出版社2012年版，第36页。

发表这首短诗之后，一位官方批评家称它为'朦胧'的"。编者认为官方之所以反应如此强烈，是因为"这位批评家也许是从朦胧中看到了不祥的东西"，因为"从社会主义现实主义的修辞角度来看，顾城的诗的确是有点晦涩的"。紧接着，编者又将"朦胧诗"与天安门事件联系了起来："朦胧诗也许起源于《天安门诗抄》，这部诗集源自1976年为纪念周恩来、反对'四人帮'而在天安门广场上进行的大游行。1989年，虽然游行被驱散了，但这部诗集却秘密地保存了下来。"最后编者以中美对比的方式，来凸显政治与中国当代诗歌创作的关系："美国读者也许很难将顾城这种温和的表达看作是政治评论。"但在"文化大革命"后的中国，"即使一首简单的情诗在官方批评家那里也可能引起强烈反应"。[1] 而且，在编者看来，政治与文学的这种关系在1990年代依然未见好转。整篇序言紧紧围绕"朦胧诗"与政治的关系展开，而关于"朦胧诗"艺术特色的讨论则少之又少。

两年后美国诗人巴尔斯通编选的《冲出的风暴：中国新诗歌》出版，所收录的诗人以"朦胧诗派"为主，同时也收录了七位美国诗歌读者不太熟悉的年轻诗人，有学者也因此认为"巴尔斯通的选集是一部重要的过渡性选集，绘制出了当代中国诗歌从熟悉的'朦胧派'到不那么熟悉的中国新一代诗人"。[2] 编者明确表示，"在介绍选集中的诗人时，我选择突出他们作品的政治面向以及审美立场，尽管他们写了很多在本质上并不具有政治性的作品"，尽管深知"由于我们这里的讨论聚焦中国的文艺审查，我对中国的描述也许是片面的"。但这种片面的描述"却是必需的，如果要想理解中国新诗中反复出现的社会崩溃和救赎的主题、要想理解这种诗歌的创新意义的话"（Barnstone，1993：2）。[3]

---

[1] Donald Finkel ed., *A Splintered Mirror: Chinese Poetry from the Democracy Morement*, San Francisco: Moth Point Press, 1991, pp. xi – xii.

[2] Schwartz, L., Review of Out of the Howling Storm: The New Chinese Poetry by Tony Barnstone, *Manoa*, No. 1, 1995.

[3] Tony Barnstone ed., *Out of the Houling Storn: The New Chinese Poctry*, Hanoller: University Press of New England, 1993, p. 2.

编者这种自相矛盾的表述既表明仅从政治视角阐释中国当代诗歌是很困难的，同时也暴露出了编者对中国当代诗歌进行政治性解读的执着，美国诗人兼诗评人伦纳德·施瓦茨（Schwartz，1995：260）就指出"巴尔斯通的编选方式似乎让人觉得他关心政治胜过关心文学"。[1]

荷兰汉学家柯雷（Maghiel van Crevel）曾对以上选本过于注重政治因素的做法提出批评，认为这种选集带有"内容歧视"（contentbias），会让那些无法阅读汉语原作的读者误以为政治是中国当代诗歌永恒的主题（Crevel，2008）。[2] 旅美诗人明迪在考察了中国当代诗歌在英语世界的接受情况之后一针见血地指出，"中国当代诗如果要引起西方的重视，必须带一些政治方面的因素"。西方受众的这种接受期待会反过来影响译介主体包装和宣传中国当代诗歌的策略，因为不论是出版社还是译者，甚至作者本人都希望能吸引读者的关注，所以为了满足目标受众的接受期待，东西方意识形态上的差异是最容易利用的，于是"'文化大革命'和'1989'永远是噱头，甚至连'男权社会'和'女性主义'也成了噱头"。[3] 前述两部选集就是最好的例证。

总之，"朦胧诗"能在选集中获得较高的入选率，能引起西方的注意，很大一部分原因在于其对体制的对抗。我们不禁想知道，中国当代诗歌何时才能以诗歌本身的美学魅力得到他人的重视？

（2）尚未完成经典化的"第三代诗歌"

从表3-4可以看出，一方面，"朦胧诗"之后的诗人入选频次与"朦胧诗人"之间有较大差距；另一方面，被选录的"非朦胧派"诗人除了郭小川和贺敬之之外，几乎都为"第三代诗人"，且数量庞大。但"第三代诗人"之间的入选频次差距非常小，有12位诗人入选3次，15

---

[1] Tony Barnstone ed., *Out of the Houling Storn: The New Chinese Poetry*, Hanoller: University Press of New England, 1993, p.2.

[2] Crevel, V. M., *Chinese Poetry in Times of Mind, Mayhem and Money*, Leiden and Boston: Brill, 2008.

[3] 明迪：《影响与焦虑：中国当代诗歌在美国的译介状况》，载《他者的眼光与海外视角》，北京大学出版社2015年版，第70页。

位诗人入选2次(除去贺敬之),23位诗人入选1次(除去郭小川)。因此,这为我们提出了两个需要解释的问题:为什么"第三代诗人"和"朦胧诗人"在选本中的地位悬殊?又为什么"第三代诗人"内部之间的入选频次庶几没有差异?

关于第一个问题。如前所述,由于"朦胧派"的写作立场很符合西方对中国文学的接受心理,"朦胧诗"在西方有了被顺利接受的条件,不论是从选本统计结果还是从诗人(如西川、明迪等)的现实经验来看,在海外,"朦胧诗"已经牢牢占据了中国当代诗歌的舞台中央,将聚光灯吸引到了自己身上,而在这"聚光灯照耀下,其他流派和诗人必处于暗处",[①]"第三代诗人"想要冲击"朦胧诗"的中心地位并不容易,可以说,"第三代诗人"在国内诗坛感受到的"迟到感"已经延续到了国外。此外,"第三代诗歌"政治元素的稀薄也是其接受命运远逊于"朦胧诗"的原因。与"朦胧诗"不同,"第三代诗歌"不再被用作政治或社会工具,"第三代诗人"选择了从社会和文化中撤退,比如有编者就注意到,"1990年代,一些曾经雄心勃勃的诗人开始远离文化和社会的喧嚣,将自己埋在诗歌本身的冥想和发现之中……他们克服了想要写出吸引注意的诗作的强烈渴望"。[②] 考虑到西方对中国文学的接受偏好,政治含量稀薄的"第三代诗歌"对西方的吸引力是不及"朦胧诗"的。

另外一个需要指出的原因是,"第三代诗歌"很少以流派的集体形象出现在英译选本中。"第三代诗人"虽然在"反叛'朦胧派'"这一点上是一致的,但至于"怎样反叛"却并没有形成共识,他们创作的诗歌缺乏群体特征,很难指认其诗风,就连他们的名字也是五花八门:"第三代""新生代""后朦胧派"等,名称的五花八门本身表明了他们难以归类,难以形成识别度较高或区别于其他诗派的标签,

---

[①] 明迪:《影响与焦虑:中国当代诗歌在美国的译介状况》,载《他者的眼光与海外视角》,北京大学出版社2015年版,第73页。

[②] Qingping Wang ed., Push Open the Window: Contemproy Poetry from China, *Port Tounsend*, WA: Copper Canyon Press, 2011, p. xvii.

他们甚至"不是一个群体，有各种流派和各自的群体宣言，有各种不同的主张"。① 不仅在翻译选集中是如此，就是在国内的选本中同样存在这一问题。

特别值得一提的是，有当代诗歌翻译选集的编者把"第三代诗歌"的困境归结于国内的政治气候：

> 1989 年天安门事件之前的数年，编辑和出版是在相对开放的环境下进行的，但当下（该选集出版于 1999 年——引者注）的这一代实验诗人却是在极度压抑的政治气候下写作的。因此，尽管早期的实验诗人常常能创造 15000 多册的印数，而现在这一代诗人出版渠道更少，要获得相当数量的读者也不太可能。1989 事件之前，顾城、北岛等不仅可以通过写诗谋生，他们还可以在国外获得名声。而这部诗集中的诗人生活在一个压抑的社会，被他们的同胞和外国人阅读的希望很渺茫。②

这段论述听来有点时代错置的感觉，因为无论如何，在 1990 年代末，政治恐怕已经不再是当代诗歌面临的最大掣肘。其实，在消费主义盛行的今天，诗歌的边缘化早已在各国——而不仅是在中国——成为现实，美国诗人施瓦茨就指出，"中国当代诗歌面临的更大的威胁是具有资本主义性质的自由贸易手段和心理，因为它们——正如我们美国人自己的经验告诉我们的一样——会让诗歌（以及其他难以商业化的艺术形式）贬值"。③

关于第二个问题，即"第三代诗人"之间的入选频次为何差距较小。这一问题的最根本原因在于"第三代诗人"内部尚未完成经典化，

---

① 徐勇：《选本编纂与"第三代诗"的发生学考察》，《南方文坛》2018 年第 6 期。
② Ping Wang ed., *New Generation: Poems From China Today*, New York: Hanging Loose Press, 1999，p. 12.
③ Schwartz, L., Review of Out of the Howling Storm: The New Chinese Poetry, *Mānoa*, No. 1, 1995.

各个选家心目中的"第三代诗人"差异较大,"第三代诗人"不如"朦胧诗人"那样面目清晰,这就导致入选的诗人总数庞大,但某一诗人及其诗作被重复选入的几率不高。这与国内选本中"第三代诗人"情况颇为相似:"就诗歌选本的编选实践而言,在朦胧诗选的各种版本中,有关朦胧诗代表诗人和代表诗作的选择上,基本上没有什么大的差异。"但"在对第三代代表诗人的认定上,不管是当时还是在今天,都存在较大的分歧和争议。很少有选本在诗人诗作的选择上有趋同现象,彼此差异较大"。[1] 如果我们一定要推出翻译选集中"第三代诗人"的经典序列的话,目前来看大致如下(依次):西川、陈东东、张枣、王小龙、于坚、张真、王家新、翟永明、宋琳、韩东、吕德安、胡续冬、姜涛、臧棣。在 7 部收录第三代诗歌的选本中,以上诗人被选择 3 次或以上。

"第三代"及其之后的当代诗歌在海外传播中面临的困境已引起了学界的重视,中国官方并开始与学界共同致力于这一问题的解决。值得一提的是,他们所采取的方式也是编选中国当代诗歌翻译选集。2011年,王清平编《推开窗户:当代中国诗歌》在美国知名的铜峡谷出版社出版。这是一部官方选本,不仅受到国家赞助,而且作为交换,人民文学出版社也出版了《当代美国诗选》。在推广策略上也很下功夫,邀请西川和周瓒作为入选诗人代表赴美朗诵。翻译工作由葛浩文夫妇翻译组织,共有 40 多位译者参与其中。在引言中,编者首先坦诚回顾了海外关于中国诗歌的刻板印象:

> 中国诗歌在过去二十多年取得的成就可以说一直遭到忽视。在相当大的范围内——始终在全球范围内,如果允许我有所夸大的话——大多数文学批评家和相当数量的读者都在谈论或者只听说过中国小说。在有些国家,"中国诗歌"只是唐诗宋词的"同义语"。尤其令人不安的事实是,对中国新近诗歌(尤其是最近二十年的

---

[1] 徐勇:《选本编纂与"第三代诗"的发生学考察》,《南方文坛》2018 年第 6 期。

诗歌）的陌生和不了解在中国读者中间同样存在。由于中国庞大的人口数量，中国诗人、读诗的人以及评诗的人的数量应该是很庞大的。遗憾的是，大多数人对欣赏中国最优秀诗人的作品（几乎）没有兴趣。该选集中的诗作将会让中美两国的读者——读惯了惠特曼、斯蒂文森、弗罗斯特的美国读者和读惯了屈原、杜甫、艾青的中国读者——对当代中国优秀诗歌的真正特质有所了解。①

编者提到了中国当代诗歌取得的成绩："二十多年来，越来越多的诗人写出了优秀的作品，今天最优秀的中国诗歌和最优秀的世界诗歌之间几乎不存在差距。事实上，一些中国诗人在最近几年的作品已将自己提升到了世界诗歌的前列。"同时也指出了面临的困难："遗憾的是，在诗歌界，太多人——包括读者、诗人、批评家——依然被那些落后的观念所局限，习惯性地沉溺于二十年前，甚至更早的诗歌理想。"最后在解释编选原则的同时重申了中国当代诗歌的价值：

> 从历史的角度来看，所谓"伟大诗人"和"伟大作品"中的"伟大"在时间和空间上都是相对的。在为该选集选择诗人时，我们兼顾了年龄、流派、地域、风格的平衡。诚然，即使"平衡的选择"也无法完全避免选家的偏见和局限。作为编辑，我想指出的是，尽管这部选集也许无法绝对准确的反映中国诗界的现状，但我敢说（不怕自相矛盾）这里被选的诗人和诗作，无论绝对地看还是相对地看，都是中国最优秀的。②

不难看出，改变中国当代诗歌在海外的形象是出版这部选集的重

---

① Qing Ping Wang ed., Push Open the Window: Contemporary Poetry from China, *Pont Townsend*, WA: Copper Canyon Press, 2011, p. xvii.
② Qing Ping Wang ed., Push Open the Window: Contemporary Poetry from China, *Pont Townsend*, WA: Copper Canyon Press, 2011, p. xviii.

要动机。

三　中国现当代戏剧的经典重构

收录中国现当代戏剧的选集有两大类，即综合性中国文学选集和中国现当代戏剧专集。其中，收录戏剧的综合性选集有 7 部，最后一部收录中国现当代戏剧的选集是出版于 1981 年的《百花文学》。自此之后，中国现当代戏剧再未能进入综合性中国文学选集。由此可见，与小说和诗歌相比，戏剧在综合性翻译选集中的"存在感"要弱很多，当编者需要在各门类之间作出取舍时，戏剧常常是最容易被牺牲的那一个。这里面有多方面的原因。首先，与诗歌、小说相比，戏剧在原语文学史中通常是一种边缘性存在，很少有国家的文学史将戏剧作为其主要的叙述对象，这势必会影响译介者的判断和选择。其次，由于翻译选集的编者对象一般为中国文学的研究者，而海外专门研究中国现当代戏剧的学者相对较少，综合性翻译选集的编者以研究中国小说的学者居多（如夏志清、王德威、刘绍铭、葛浩文等），小说自然是综合性选集中的大户。而与诗歌相比，戏剧要更占篇幅，受选集容量的限制，在三者之间，戏剧就成了最常被舍弃的一种文学门类。因此，戏剧专集成为了中国现当代戏剧被译介和传播的主要形式。

截至 2018 年，美国共出版中国现当代戏剧专集 10 部，第一部是出版于 1970 年的《共产中国现代戏剧》，最近的一部是出版于 2010 年的《哥伦比亚中国现代戏剧选》。从时间分布来看，1970 年代是中国戏剧在美译介的黄金期，该时期共出版 4 部中国戏剧选集。其后的 1980 年代，中国戏剧选集的出版势头明显减弱，整个 1980 年代只有 1 部出版。这一状况直到 1990 年代后期才有所改观，从 1996 到 1998 每年出版 1 部。进入 21 世纪，中国戏剧选集的出版陷入了又一个漫长的消歇期——从 1998 年至 2018 年只有 2 部出版。

通过对收有中国现当代戏剧的 17 部选集（见附录三）进行统计，

被收录作家作品的频次如表 3-5 所示。

表 3-5　　　　　　　　中国现当代戏剧入选频次

作者	作品	选次（次）	年份（年）
集体创作	红灯记	6	1970；1972；1975；1980；1983；2010
高行健	车站（3）；绝对信号；彼岸	4	1996；1997；1998；2010
丁西林	压迫（3）；一只马蜂	3	1953；1983；2010
胡适	终身大事	3	1953；1983；2010
欧阳予倩	回家以后（2）；潘金莲	3	1953；1983；2010
曹禺	雷雨	3	1965；1974；2010
老舍	龙须沟；茶馆（2）	3	1970；1980；2010
集体创作	智取威虎山	3	1972；1973；1975
田汉	关汉卿（3）；获虎之夜	3	1980；1983；2010
沙叶新	假如我是真的；江青和她的丈夫们	3	1983；1983；2003
贺敬之、丁毅	白毛女	2	1970；1975
集体创作	红色娘子军	2	1972；1975
洪深	赵阎王	2	1983；2010
夏衍	上海屋檐下	2	1983；2010
李健吾	青春；这不过是春天	2	1983；2010
刘锦云	狗儿爷涅槃	2	1996；1997
魏明伦	潘金莲	2	1996；1998
王培公	WM（我们）	2	1996；1998
何冀平	天下第一楼	2	1996；2003
杨利民	黑色的石头；地质师	2	2003；2010
熊佛西	艺术家	1	1953
鲁迅	过客	1	1970
孙瑜	妇女代表	1	1970
常宝华	昨天（相声）	1	1970
任德耀	魔鬼面壳	1	1970
沙色、傅铎、马融、李其煌	南方来信	1	1970

第三章 翻译选集与经典重构

续表

作者	作品	选次（次）	年份（年）
集体创作	沙家浜	1	1972
姚莘农	清宫怨	1	1972
集体创作	白蛇传	1	1973
集体创作	野猪林	1	1973
集体创作	杜鹃山	1	1975
马可	夫妻识字	1	1976
陈白尘	乱世男女	1	1983
杨绛	风絮	1	1983
杨履方	布谷鸟又叫了	1	1983
宗福先	于无声处	1	1983
周惟波	炮兵司令的儿子	1	1983
郭大宇、习志淦	徐九经升官记	1	1996
梁秉坤	谁是强者	1	1997
马中骏	老风流镇	1	1997
徐频莉	老林	1	1997
过士行	鸟人	1	1997
陈子度、杨健、朱晓平	桑树坪纪事	1	1998
郑义	老井	1	1998
刘树纲	一个死者对生者的访问	1	2003
张明媛	野草	1	2003
白薇	打出幽灵塔	1	2010
吴祖光	风雪夜归人	1	2010
陈耘	年轻的一代	1	2010
李龙云	荒原与人	1	2010
黄纪苏	切·格瓦拉	1	2010

谈到中国现代戏剧，绝大多数中国读者首先想到的恐怕是曹禺、老舍以及他们的经典作品《雷雨》和《茶馆》，但美编选集中却呈现出了一副完全不同的景象。从表 3-5 的统计结果可以看出，在所有现代戏剧中，《红灯记》以 6 次高居榜首，紧随其后的是被入选 4 次的高行健，

而中国现代戏剧的标志性人物曹禺和老舍则只被入选三次，他们的入选次数与丁西林、胡适、欧阳予倩、田汉、沙叶新等剧作家相当，曹禺和胡适夹杂在这些对普通读者来说较为陌生的作家中间，并不那么显眼，他们在中国文学史上享受的突出地位在异国他乡已然不再。由此可见，美编翻译选集中呈现的中国戏剧经典序列与中国文学史大异其趣，两种经典序列的差异可以总结为以下三个方面：（1）以《红灯记》为代表的红色剧目在1970年代的走红；（2）以高行健作品为代表的争议剧目备受青睐；（3）以曹禺为代表的中国经典剧作家失去厚待。

1. 七十年代："样板戏"的独奏

如表3-5所示，不仅《红灯记》独占鳌头，其他一些"红色"经典剧目，如《智取威虎山》（3次）、《红色娘子军》（2次）、沙家浜（1次）、《杜鹃山》（1次）、《野猪林》（1次）等均有被收录，"红色"话剧俨然成为了选家的香饽饽。我们不禁要问，"红色"剧目是在何种背景下进入了选家的视野？选家选择"红色"剧目时遵循着怎样的标准？又对这类剧目有着怎样的阐释？这是我们接下来试图回答的问题。

1970年代初，随着中美关系的回暖，两国之间的人文交流渐次展开，而文艺交流则是其中的重要组成部分。比如，尼克松总统1972年访华时，就曾被邀请观看了芭蕾舞剧《红色娘子军》。次年，美国广播公司还播放了根据《红色娘子军》改编的电影。不仅如此，美国多家剧院也曾将中国剧目搬上舞台，中国现代戏剧在美国掀起了一股热潮，一时传为佳话。在这股热潮的带动下，嗅觉灵敏的出版商也不甘其后，也许是受到逐利的驱动，1970年代美国出版了4部中国现代戏剧选集，这是1970年代之前不曾有过的，由此形成了第一次，也是唯一一次中国现代戏剧在美译介的小高潮。而1970年代的4部选集都将目光聚焦在了中国的"革命样板戏"。但由于编者学术背景和编选动机的不同，"革命样板戏"在不同选集中呈现出截然不同的面貌，由此也形成了他们迥异的中国戏剧观。

1970年,由梅泽夫夫妇(The Meserves)编选的《共产中国现代戏剧》(*Modern Drama from Communist China*)在纽约出版。编者在引言中开门见山地指出,这些戏剧,"情景通常毫无艺术可言的、是贫瘠的,没有深度,没有现实,也没有真实"。① 对此,我们不免会有这样的疑问:既然"毫无艺术可言",编者编选这部选集的意义何在呢?研读通篇序言和编者的选文标准,这一问题就不难回答。在序言中,编者用大量篇幅介绍的不是中国的戏剧,而是中华人民共和国成立以来中国的政治风波。编者的论述以中国政治气候的变化为主线,而戏剧作品之所以被提及,是因为它们可以"印证"编者的"中国政治"观。比如,在论证

---

① Walter J. Meserve & Ruth I. Meserve ed., *Modern Drama form Communist China*, New York: New York University Press, 1970, p.1.

中国政治气候的变化时,编者指出,"一部在今年可以被接受的剧目在明年也许就会不被允许;因此为了能让自己的剧作与观众见面,剧作家必须要在意识形态上保持敏捷",编者并以该选集的开篇作品《六月雪》为例说:"虽然该剧的作者关汉卿在文学史家看来是一位愤愤不平的剧作家,但他却被颂扬为富有战斗精神的剧作家",并推测说"北京外文出版社的译本也许根据政策方针对原作进行了修改。"①

除了政治色彩浓厚的序言之外,编者对具体文本的选择也很是出人意料又耐人寻味。比如编者选择的中国现代戏剧初创期的代表作不是胡适的《终身大事》或丁西林的《压迫》,而是鲁迅散文诗集《野草》中的《过客》。至于如此选择的原因,则是编者从《过客》中读出了"露骨的宣传",进而印证了编者关于鲁迅文学思想的论断,即"鲁迅从文学革命一开始就提出了被乐于接受的文学理论:文学必须要从属于革命政治"。② 不难看出,选择《过客》的背后逻辑与前述《六月雪》如出一辙,均被作为编者中国政治观的证据材料。可见,虽然编者在小引中表示该选集旨在"展示从 1919 年至整个'文革'时期中国戏剧文学和政治的发展历程",③ 但显然后者(也即"政治")更为编者所关注。

然而,梅泽夫夫妇的编选原则在 20 世纪 70 年代并非个例,1975 年马丁·艾本(Martin Ebon)编选的《中国共产党戏剧五种》(*Five Chinese Communist Plays*)沿袭了大致相同的编选方式。首先,在选集命名上,与梅泽夫夫妇一样,艾本也选择用"Communist"指称所选文本(虽然两部选集所选文本的重合度极低),这种命名方式无疑会引导读者的阅读期待。其次,艾本的选集同样是出于反映"文革"时期中国政治现实的动机。在以"最明亮的太阳,最黑暗的影子"为题的引言

---

① Walter J. Meserve & Ruth I. Meserve ed., *Modern Drama form Communist China*, New York: New York University Press, 1970, pp. 3 – 4.

② Walter J. Meserve & Ruth I. Meserve ed; *Modern Drama form Communist China*, New York: New York University Press, 1970, p. 5.

③ Walter J. Meserve & Ruth I. Meserve ed; *Modern Drama form Communist China*, New York: New York University Press, 1970, p. 5.

中，编者对具体选文的分析少之又少，而且不厌其烦地描述了"文革"时期中国的矛盾冲突。在编者看来，选集中的每部戏剧都是政治斗争的产物。比如，《杜鹃山》中的温其久在编者看来是在影射当时的重要政治人物林彪，他甚至在副标题中直接点明了这一点，而《杜鹃山》的版本变迁在编者那里也是有所指的，即这对应了林江之间的矛盾的发展过程。《智取威虎山》被认为是不同派系对中国道路的不同构想引起的争端，即一方旨在通过此剧宣扬"回归资本主义"，另一方则希望延续以阶级论人的方式。① 就连《白毛女》也被认为大有深意的，因为它在编者看来反映的不是地主和农民，而是不同派系之间的冲突。

质言之，《共产中国现代戏剧》和《中国共产党戏剧五种》的编选是以图解中国政治为目的的，中国现代戏剧之所以能引起编者的关注，主要在于这类剧目中的政治元素，至于其中所蕴含的戏剧艺术，或中国戏剧的发展史显然不是他们关注的焦点。

何以如此？其实，这与编者的学术背景有着深刻联系。梅泽夫的研究领域是中国历史，而其夫人则专注于中国共产主义研究。有学者在评论梅泽夫夫妇的选集时就指出，他们"主要是透过共产主义的棱镜，而不是戏剧艺术的棱镜，来评判现当代中国戏剧的"。② 同样，德裔美国学者马丁·艾本也主要研究世界共产主义，出版过多部关于共产主义的专著，比如《今日的世界共产主义》（*World Communism Today*，1948）、《马林科夫：斯大林的继任者》（*Malenkov: Stalin's Successor*，1953）、《林彪：中国新统治者的生平和创作》（*Lin Pao: The Life and Writings of China's New Ruler*，1970）等。因此，以上两位编者自身的前结构和阅读期待在很大程度上决定了他们选择和阐释中国戏剧的方式，"政治性"压倒"文学性"成为了他们的主要编选标准。另外，由于他们对中国

---

① Martin Ebon ed., *Five Chinese Communist Plays*, New York: The Jhon Day Company, 1975, p. 155.

② Siyuan Liu, The Brightest Sun, The Darkest Shadow: Ideology and the Study of Chinese Theatre in the West During the Cold War, *Theatre Survey*, No. 1, 2013.

政治持有总体上较为负面的看法，所以他们对中国现代戏剧也给予了较低的评价，甚至在具体文本的选择上也不够严肃。总之，脱胎于冷战思维的唯意识形态论依然主导着他们对中国现当代戏剧的选择和阐释，他们很难以平和的态度，对特殊时代的中国戏剧以同情之理解。

与前两位编者相比，斯诺夫人洛伊斯（Lois Wheeler Snow）编选的《舞台上的中国：革命样板戏》（*China on Stage*）则采取了完全不同的编选方式和阐释立场。该时期的四位编者中，洛伊斯与"样板戏"之间的心理和物理距离都是最近的。作为中国人民的好朋友，洛伊斯曾随丈夫斯诺一起久居中国，对中国怀有深厚的感情。1970年，为了缓和同美国的关系，我国曾邀请斯诺参加当年的国庆庆典，斯诺夫人也随同参加，他们与毛泽东等国家领导人在天安门城楼上一天观看阅兵式的照片是中美外交中的一个见证。洛伊斯正是借这次访问的机会，在观看了中国样板戏之后决定编选一部中国样板戏选集。加之洛伊斯本身是演员出身，对戏剧有天生的兴趣和理解力。此外，美国朋友也曾鼓励洛伊斯引介中国戏剧。所有这些因素共同促成了这部选集的诞生。鉴于洛伊斯的身份以及与中国的深厚感情，其在编选中国戏剧时也多少受到影响。与此前编者热衷于以戏剧揭露中国的政治斗争不同，洛伊斯则是以中国国内评价样板戏的主流话语为自己的阐释框架。在绪论中，她并没有去谈论中国的政治现实，而是对毛泽东多有赞美之词。在对具体剧目的分析中，洛伊斯也是以正面评价为主，并对一些虽然没有入选但在当时产生较大影响的作品也进行了评说介绍，如《武训传》《白毛女》等。

然而，"样板戏"似乎很不符合演员出身的洛伊斯对戏剧的理解，洛伊斯在序言中记录了自己关于中国现代戏剧的经验，从她的叙述中我们能明显感到其矛盾心理。她深知"样板戏"对英雄和土匪的绝对化处理是有违戏剧原则的，因为"要在舞台上成功刻画完全的好人和彻底的坏人是很难的"，"完全的好人是令人厌倦的"，结果可能适得其反，即"坏人常常要比英雄"表现得更成功。但她马上提醒自己，认为自己"西方资本主义演员的眼睛"所看到的是不正确的，自己的感受是和被土匪践踏过的中国无产阶级观众相差十万八千里的。[1] 我们能够明显感觉到她在调和自己的艺术尺度和"样板戏"在艺术上的缺陷时遭遇了难题。

以上三部选集虽然在编者的阐释框架上不尽相同，却有着一个重要的共同点：三部选集的译文均直接转自《中国文学》期刊英文版。考虑到当时的编选条件，这一做法其实并不难解释。首先，中华人民共和国成立以来，自中美关系破裂之后，中国文学在美国的译介迅速降温，中国文学出版社（Chinese Literature Press）等中国官方机构几乎成为了中国文学走出国门的唯一渠道，美国译介中国文学的动力不足，渠道有限。

---

[1] Lois W. Snow ed., *China on Stage: An American Actress in the People's Republic*, New York: Random House, 1972, pp. 33–34.

当1970年代译介中国文学的动力重又上升的时候，编者们发现自己国家的存货不足，中国官方的译作成为了当时最易得的资料。其次，中美关系的解冻使得美国上下迫切想要了解中国发生的一切，出版商也希望能第一时间将中国文学引进来，以占得市场先机，在此背景下，重新组织翻译显然不是他们的第一选择。最后，也是最重要的，如前所述，当时中国文学之所以引起美国知识界的关注，主要不是因为其独特的美学风格，而是由于其在反映中国社会现实方面的认识价值，所以译文的文学质量并不是他们主要考虑的。而那些追求学术性或文学性的译介活动才会对译文提出更高的要求，1973年出版的《红色梨园：革命中国戏剧三种》（*The Red Pear Garden：Three Dramas of Revolutionary China*）就是典型的例子。

1973年，由约翰·米歇尔（John Mitchell）编选的《红色梨园：革命中国戏剧三种》在美国出版。编者米歇尔是纽约戏剧学院的主任，之所以编选这部选集,是为了将它们搬上美国舞台。在他的指导下,选集里收录的作品都曾在该校上演。由于要供演员演出使用,《中国文学》出版社过于忠实原文而较少考虑目标读者的译文显然无法令演出人员满意,因此,为了更符合西方戏剧的话语习惯,编者对所选剧目全部进行了重新翻译,这也成为了 1970 年代唯一一部重译的选集。

这部选集在其他多个方面也与此前的选集大有不同。首先,米歇尔为自己的选集的命名方式十分特别。众所周知,"梨园"是中国古代对戏剧的称谓,而"红色梨园"则属于编者的首创,再联系后面的"革命",不难看出,该选集也是一部专门聚焦"红色"剧目的选集,所收三部作品为《智取威虎山》《野猪林》《白蛇传》。其次,该选集的引言并非出自编者,而是由宣立敦(Richard E. Strassberg)撰写。宣立敦是加州大学东亚语言文化系教授,主要研究中国戏剧,尤其是昆曲。邀请一位熟悉中国戏剧发展史的专家写序,一方面可以帮助读者理解所选剧目,另一方面,也有助于选集的传播和经典化。最后,该选集对中国戏剧的阐释是从戏剧本身出发,而不是在编者自身偏见的支配下展开的,联系前述几部选集的编选方式,这在当时是难能可贵的一种做法。因此,读者既能见出"样板戏"在艺术上的缺陷,也能客观看待它在中国戏剧发展史上的重要意义,评价立场中立,评语客观,虽然仍有一些细节是可以商榷的(比如笔者对《野猪林》和《白蛇传》创作时间的表述并不准确)。总之,《红色梨园:革命中国戏剧三种》是 1970 年代唯一一部以戏剧本身为编选标准、以排演为目的的中国"红色"剧目选集。

综上,1970 年代,中美关系的回暖使"红色"剧目成了被译介最充分的戏剧种类,"样板戏"成为了译介舞台上的唯一"演员",这也是为什么《红灯记》能高居榜首、"样板戏"被反复选入的重要原因。但深入选集内部,我们发现,囿于自身的学术背景和文化立场,编者对同样的"样板戏"会作出截然不同的评价,具体表现为梅泽夫夫妇对"样板戏"艺术价值的彻底否定和斯诺夫人的谨慎褒扬,虽然他们的最终结论差异较大,但在以政治框架框定中国戏剧上双方又是一致的。米

歇尔是唯一坚持以"戏剧为本"的编者,但遗憾的是,这种编选方式在当时并不是主流。

2. 九十年代:"争议剧"的狂欢

经过1970年代的小高潮之后,中国戏剧在美国的译介进入了漫长的沉寂期。整个1980年代,由耿德华(Edward Gunn)编选的《二十世纪中国戏剧选集》是唯一一部在美国出版中国现当代戏剧专集,直到1990年代中后期,这种冷清状态才有所转变,1996年至1998年的三年间,余孝玲编选的《"文革"后中国戏剧选:1979—1989》、张佩瑶编选的《牛津中国当代戏剧选集》和颜海平编选的《戏剧与社会:中国当代戏剧选》分别出版。

将以上4部戏剧选集与1970年代的选集相比,我们发现,编者的译介旨趣发生的彻底转变。在1970年代大受青睐的"革命样板戏"风光不再,《红灯记》成了该时期选集中"样板戏"的唯一代表,新一代编者的文本选择倾向发生了集体转向。如果说1970年代的戏剧选集呈现鲜明的"红色"的话，其后20多年的中国现代戏剧选集则呈现一片"黑色"：揭露社会黑暗、控诉社会不公与主流意识形态对抗的剧目成为了新一代编者的共同选择。这一编选倾向将《假如我是真的》《WM我们》《狗儿爷涅槃》《彼岸》等在当时引起过巨大争议的作品推向前台，《车站》更是成为了每部选集的保留剧目，高行健的入选频次能够力压曹禺、老舍等老牌作家，显然与该时期选集的编选特征密不可分。下面我们进入选集内部，通过选集对文本的选择和副文本的阐释来解密该时期选集对中国现当代戏剧经典序列的重构所产生的影响。

1983年出版的《二十世纪中国戏剧选集》是第一部中国现代戏剧的通史类翻译选集，收录了创作于1919年到1979年的16部剧目，其中15部来自大陆，1部来自台湾。说来难以置信，这部具有为中国现代戏剧撰史性质的选集却没有选入一些在今天看来必选的作家，这其中曹禺和老舍的缺席是最为醒目的，我们因此也不禁对编者的选择标准感到好奇。编者虽然没有直陈自己的编选标准，但透过所选剧目的特点以及编者的解读方式，我们并不难发现选集背后的编选逻辑。

在引言中，编者首先简要回顾了中国现代戏剧发展过程中的理论问题，在具体介绍所选剧目之前，编者直言，"说到底，最值得作进一步介绍的是一些剧目被公认的历史意义，以及其他一些剧作不那么被公认的艺术优点"。[1] 由此推之，相比艺术价值，中国现代戏剧反映社会的功能显然是选家更为看重的，而接下来编者对具体剧目的解读也印证了这一判断。还可以进一步指出的是，编者尤其青睐那些具有"揭黑幕"性质的剧目。比如，之所以选入洪深的《赵阎王》，是因为该剧"是二十世纪中国改编西方戏剧以揭示社会不公的代表作品"；[2] 陈白尘的剧

---

[1] Edward Gunn ed., *Twentieth-Century Chinese Drama: An Anthology*, Bloomingfon: Indiona University Press, 1983, p. xii.

[2] Edward Gunn ed., *Twentieth-Century Chinese Drama: An Anthology*, Bloomingfon: Indiana University Press, 1983, p. xiii.

作"是对现代中国最生动的社会讽刺",虽然他"那种更纯粹的讽刺形式没有被资质平平的官方批评家所领会"①;而到了"1950年代末和1960年代初,虽然并不缺少为当时的新社会唱赞歌的戏剧,但以借古讽今为目的的剧目开始出现了,田汉的《谢瑶环》、老舍的《茶馆》以及吴晗的《海瑞罢官》均可作如是观"。最终,编者并没有选择更为著名的《茶馆》,而选择了《海瑞罢官》,因为后者更具话题性:"姚文元对吴晗这一剧本的抨击使得《海瑞罢官》成为了最为惹人注意的社会批判剧。"②《炮兵司令的儿子》和《假如我是真的》"达到了讽刺文学

---

① Edward Gunn ed. , *Twentieth-Century Chinese Drama*: *An Anthology*, Bloomington: Indiana University Press, 1983, pp. xiv – xv.

② Edward Gunn ed. , *Twentieth-Century Chinese Drama*: *An Anthology*, Bloomington: Indiana University Press, 1983, p. xvii.

的极限，这种文学深受新一代大学时代的喜爱，但在官方领域显然是不受欢迎的"。① 至此，我们似乎可以作出如下结论：《二十世纪中国戏剧选集》有为中国现代戏剧撰史的意识，学术性也更强（书后附有原文出处以及译者简介，这是此前的选集所没有的），并且拓展了中国戏剧的地理版图（首次将中国大陆之外的戏剧也纳入其中），在这些方面，该选集无疑具有开创之功。但遗憾的是，编者在文本选择上似乎更倾向于那些具有话题性和争议性的剧目，从而使得一些在中国文学史上已确立了经典地位的剧作家，由于其作品争议性不足而未能入选，取而代之的是一些不以戏剧见长的作家，也因此在一定程度上构成了对中国戏剧经典的重构。

时间来到 1990 年代，耿氏青睐异议剧目的编选方式非但没能被扭转，反而大有愈演愈烈之势，《"文革"后中国戏剧选：1979—1989》和《戏剧与社会：中国当代戏剧选》就是典型例子。《"文革"后中国戏剧选：1979—1989》共收入 7 部剧目：郭大宇、习志淦创作的《徐九经升官记》、魏明伦的《潘金莲》、高行健的《绝对信号》和《车站》、王培公的《WM 我们》、刘锦云的《狗儿爷涅槃》以及何冀平的《天下第一楼》。

两年后出版的《戏剧与社会：中国当代戏剧选》的编选逻辑与《"文革"后中国戏剧选：1979—1989》如出一辙，前者共收入了 5 部剧目，而其中的三部（即《车站》《WM 我们》《潘金莲》）都曾被后者收录，至于选择的标准，在于这里选入的 5 个文本"曾引起过全国性的激烈讨论、争议和对抗"（Yan，1998：ix）。前者对所选剧目的解读也与后者大同小异。

简言之，从 1980 年代到 1990 年代，控诉社会不公、批判社会沉疴的"揭黑幕"剧目被大量编选，具有争议性的作品成为了选集中的常客。于是，高行健等异议作家一跃成为该时期选集的绝对主角，以批判者的姿态进入中国现代戏剧的经典序列。

---

① Edward Gunn ed., *Twentieth-Century Chinese Drama: An Anthology*, Bloomington: Indiona University Press, 1983, p. xviii.

3. 经典剧作家的"遇冷"

与"红色"剧目和异议剧目在各自时代的大放异彩形成鲜明对比的是，一些已在中国文学史上确立了经典地位的剧作家，却不受美国编者的青睐，老舍和曹禺即是这类"失宠"剧作家的典型代表。如果说老舍在一些戏剧选集中的缺席是由于他主要是以小说——而非戏剧——确立了自己的文学地位的话，曹禺的缺席显然是这种说法所无法解释的，因为曹禺无疑是以剧作家的身份进入中国文学史经典序列的。因此，接下来我们将对曹禺在美编中国文学选集中的收录情况进行考察，尝试揭示其在美国编者那里遇冷的缘由。

1950 年代之前的美编中国文学选集均为小说选集，曹禺作为剧作家自然是不能入选的。1953 年柳无忌和李田意合编的《现代中国文学读本》是第一套收录中国现代戏剧的选集。该选集共分三卷，第一卷为小说选,第二卷为戏剧和诗歌选,第三卷为散文选。这是一套专门为教学而编制的选本,编者力图展现中国现代文学各门类自 1917 至 1949 年的发展历程。按理说,这类具有文学史性质的选集应该选入每个时期具有重要代表意义的作家作品,但令人不解的是,编者并没有将中国现代戏剧的标志性人物曹禺选入戏剧卷。该卷共收录了 4 部戏剧作品,依次为丁西林的《压迫》、胡适的《终身大事》、熊佛西的《艺术家》以及欧阳予倩的《回家以后》。编者在引言中回顾中国戏剧发展史时一直谈到了抗战时期的戏剧,但所选文本均创作于 1928 年之前,1930 年及其后的作品无一入选,曹禺也未能幸免。更让人不解的是,编者没有选择曹禺的作品,却在引言中高度评价了曹禺的代表作《雷雨》,强调了曹禺重要的文学史意义。编者认为,"曹禺是以他的第一部剧作《雷雨》而闻名的……该剧曾被中国旅行剧团在全国巡演,在该团的所有演出剧目中,作为一部充满激情和力量的优秀剧作,《雷雨》是最受欢迎的。曹禺之前的作家曾创作过社会喜剧,但在《雷雨》以及后期的《日出》《原野》《北京人》等作品中,曹禺首次熟练运用了悲剧的艺术。他的这些作品无疑表明,经过数年的实验和借鉴,中国人终于成功地创作出了自己的民族戏剧"。[①] 这里对曹禺的评价不可谓不高,但对曹禺的"叫好"和给曹禺作品"不留座"之间多少有点自相矛盾,该选本是不是能很好地展现中国戏剧发展史也是需要打上问号的,其实我们的这种怀疑不无道理,比如,该选本中的所选剧目并没有按照创作时间排列,而是把创作于 1925 年的《压迫》和 1928 年的《艺术家》排在了创作于 1919 年的《终身大事》和创作于 1922 年的《回家以后》之前,这种排列方式显然有违展示文学史的目的。

十年后的 1965 年,曹禺才首次被收入中国文学选集。该年出版的《学思文粹:中国文学选集》收录的唯一一部中国现代戏剧便是曹禺的《雷雨》。由于该选本以中国古代文学为主,现代文学只占其中很小的

[①] Liu Wu-chi & Tien-yi Li., *Readings in Contemporary Chinese Literature*, New Haven: Institute of Far Eastern Languages, Yale University, 1953, p. xii.

一部分，编者并未展开论述曹禺之于中国现代戏剧的意义。曹禺再一次进入美编中国文学选集是在1974年，是年出版的《中国现代文学》收录了《雷雨》。编者在引言中并未单就《雷雨》作详细解读，只是在回顾中国现代戏剧史时指出，"在战争年代（1931—1949），戏剧成为了宣传新的政治理念的有力武器。但也有例外，曹禺创作于1930年代的作品就值得关注，（这部作品）艺术上有特色，虽然也可以见出埃斯库罗斯、莎士比亚、易卜生、奥尼尔的影响"。① 曹禺第三次（也是最后一次）被收录则已经到了2010年，该年出版的《哥伦比亚中国现代戏剧选集》是目前唯一一部较为完整地展现中国现代戏剧史的选集。入选剧目上自1919年，下迄2000年，中国现代戏剧史上的主要剧种如"样板戏""探索剧"等都得到了呈现。《雷雨》作为1930年代的代表性作品得以入选，编者并认为《雷雨》"开启了中国现代戏剧的黄金时代"。②

从以上的回顾中可以发现，收录曹禺的三部选集均为综合性选集，而围绕特定主题编选的选集均没有收入曹禺的作品。同时，另一些综合性选集对曹禺作品选择了"叫好不叫座"的处理方式，即编者会在副文本中高度评价曹禺的文学史意义，却不会选择他的作品，除了上述柳无忌等编的选集之外，耿德华编选的《二十世纪中国戏剧选集》也选择延续了这一做法。编者认为，曹禺"成功地将佳构剧的技巧和更加复杂的情节以及应时的主题相结合，他早期的作品如《雷雨》《日出》等，吸引前所未有的观众将目光转向了话剧，并帮助成立了首家职业话剧公司"③。编者也许意识到曹禺的缺席是需要交代一番的，于是说"一些知名剧作家如曹禺、老舍、郭沫若、姚克等的作品没有被收入，

---

① Walter J. Meserve ed., *Modern Literature from China*, New York: New York University Press, 1974, p. 18.

② Xiaomei Chen ed., *The Columbia Anthology of Modern Chinese Drama*, New York: Columbia University Press, 2010, p. 11.

③ Edward Gunn ed., *Twentieth-Century Chinese Drama: An Anthology*, Bloomington: Indiana University Press, 1983, p. xiii.

如果不是因为这些作品有了译文的话,我们也许会将它们选入其中"。①但这一说法显然是不能成立的,因为该选集中收录的《压迫》、《红灯记》等作品,在此之前已被反复编选到了翻译选集中,后者更是被选入了4次之多。显然,曹禺的缺席另有原因。笔者以为,耿氏之所以不选入曹禺,主要在于他的作品缺乏争议性和话题性,因为如前所述,耿氏的选目标准明显倾向于与主流意识形态相对抗的作品,而"他(即曹禺——引者注)的戏剧如《雷雨》和《日出》是和官方的一些主题相一致的"。②

曹禺在美编中国文学选集中的遇冷似乎表明,与作者在原语文学史上的地位相比,编者自身的审美好尚、学术背景和编选动机更能左右编者的选择和阐释。

合而观之,1970年代开始,中国现当代戏剧开始被引介到美国,这一译介活动的发生与当时中美关系的回暖有着密切关系。在此背景下,1970年代在美国出版的中国戏剧选集大都选择聚焦"革命样板戏",《智取威虎山》、《红灯记》等红色戏剧经典成为了反复被入选的对象。这是因为,"革命样板戏"不仅是当时唯一被支持的剧种,且从选材可得性来说,更易操作。但是,由于当时的编者队伍主要是由研究共产主义的学者构成,这也决定了他们并不是从文学的角度选择和阐释"样板戏",编者多抱有从剧目中了解中国政治现实的目的。从1980至整个1990年代,随着中国现当代戏剧自身的发展,以《车站》为代表的"探索剧"开始进入编者的视野。但是随着当时中国在美国的形象由1970年代的一片叫好变为了猛烈抨击,编者热衷于编选那些曾经引起过巨大争议的戏剧。换句话说,虽然选择的对象与1970年代有了很大不同,但编选背后的动机和阐释框架与1970年代并没有本

---

① Edward Gunn ed., *Twentieth-Century Chinese Drama: An Anthology*, Bloomington: Indiana University Press, 1983, p. xx.
② Edward Gunn ed., *Twentieth-Century Chinese Drama: An Anthology*, Bloomington: Indiana University Press, 1983, p. xiv.

质区别。1990年代开始，编者开始了以选集为中国现当代戏剧撰史的尝试，出现了多部通史类选集。这类选集力图以选本的形式展现中国戏剧的发展历程。但研究发现，由于受到编者审美好尚的影响，不同的编者建构的中国戏剧形象和经典序列相差较大。早期，一些并不能算作严格意义的剧目被过分拔高，而曹禺等剧坛"老人"则旁落。新世纪，随着历史距离的拉开，编者可以更客观地来审视中国戏剧，一些有着主要文学史地位的剧作家得到了应有的关注，但编者的解读偏好，如陈小眉的女性主义解读法无疑让一些选集所呈现的经典序列发生了偏离。

第四章　翻译选集与形象建构

什么是"形象"？有学者从三个维度（或层次）解释"形象"：首先是人的面貌或物体的外部形状；其次是能对人的感官产生作用，进而给人们留下印象的东西；最后是指物质和观念、具体和抽象的统一。① 法国著名学者巴柔（Daniel-Henri Pageaux）认为，形象"并非现实的复制品（或相似物）；它是按照注视者文化中的模式、程序而重组、重写的"。②

换言之，形象不会凭空产生，而必须要基于一定的客观事物，没有客观事实作为根基，形象建构就无从谈起。但同时，形象也不是客体自然所有，形象的形成还需要建构主体的参与。主体在特定的语境中，带着自己所有的前理解对客体进行"观察"，最终通过话语建构起某种形象。因此，形象是基于客观事物的一种话语建构物，客观和主观相结合的产物。需要注意的是，主体的形象建构行为不能看作对客观事物镜像式的描摹，而是融入了主体的判断和"观看之道"，由于主体的动机或观看角度的不同，对同一个客体，不同的主体可能会建构出不同的形象。换句话说，形象的建构既部分地基于客体的实际情况，也渗透着主体的认知和想象。

---

① 秦启文、周永康：《形象学导论》，社会科学文献出版社2004年版，第2页。
② ［法］巴柔：《形象》，载《比较文学形象学》，北京大学出版社2001年版，第157页。

翻译选集是建构形象的有效方式，这种有效性主要来源于翻译选集固有的提喻性和选集副文本中的"成见"（也译"套话"）（stéréotype）。

首先，翻译选集具有提喻性。由于自身的局限，即使最具雄心的翻译选集（群）也无法反映一国文学的全貌。选集归根到底"是从广阔的作品库（相关潜在作品的总和）中筛选出来的一个次级作品库，而这一次级作品库与（它原本所属的——引者注）更为广阔的作品库呈提喻关系"。[1] 原语文学作品库中的部分成了整体的代表，备受选家青睐而频繁入选的作品成了一国文学的"形象代言人"。其次，翻译选集的目标读者对原语国文学的知识储备相对有限，因此，翻译选集会有效组织目标读者对一国文学的态度，读者也更容易"就范"。某一类选集在短时间内的集中出现，更会让这种建立在有限认知上的形象深入人心。比如，20世纪五六十年代，为了改变与日本的关系，美国采取的一个重要手段便是出版翻译选集，通过精心挑选作家，集中译介少数符合标准的作品，塑造了"雅致"的日本文学形象，也借此扭转了美国读者曾经熟悉的"好斗黩武"的日本形象。[2] 同样，勒菲弗尔研究发现，非洲诗歌形象在美国的建构和递嬗也是兰斯顿·休斯（Langston Hughes）等借助翻译选集完成的。[3] 翻译选集正是凭借这种提喻性，而成为建构异国作家、文学、国家形象的有效手段。

其次，翻译选集建构形象的有效性还借重于渗透在副文本中的"成见"。"成见"是文学形象学的术语，是建构形象的一种重要话语方式。巴柔将"成见"看作"在一个社会和一个被简化了的文化表述之间建立起异质性关系的东西：次要的部分、标语被提高到本质的部位"，是对一种文化"本质"的提炼，使得"从特殊到一般、从个别到

---

[1] Frank, Anthologies of Translation, in Routledge Encyclopedia of Translation Studies, Shanghai: Shanghai Foreign Language Education Press, 2004, p. 14.

[2] Edward Fouler, Rendeving Words, Traversing Calfures: on the Art and Politics of Translating Modern Japanese Fiction, The Journal of Japanese Studies, No. 1, 1992.

[3] Andve Lefeveve, Translation, Rewriting and the Manipulation of Literary Fame, Shanghai: Shanghai Foreign Language Education Press, 2004, pp. 124 – 137.

集体的不断外推成为可能"。① 之所以需要对"成见"保持警惕，是因为"成见"总是以真知的权威面貌出现，而掩匿了得出结论的过程，"他显示出的是它原本应该证明的"。② 此外，"成见"具有高度的多语境性，可以在相当长的历史时期保持其有效性。翻译选集副文本中，有关原语国文学的某些惯性表述便具有"成见"的性质。正如我们将会看到的，不同时期的选家，即使所选作品风格各异，但他们对中国现当代文学的有些评价却惊人的相似，某些著名选家的论断被反复引征，似乎成了无须证明的"知识"，这也正是我们从"成见"视角审视翻译选集副文本的重要依据。

最后，翻译选集建构形象主要借助于"无声的选择"和"有声的阐释"。选家根据特定的"议题设置"选择作家和作品，按照一定的顺序加以排列，让读者通过入选作品的风格和副文本的阐释，潜移默化地接受所建构的作家、文学或国家形象。

本章我们将分别考察美编翻译选集对中国作家形象（以丁玲为例）、中国文学的形象和中国国家形象的建构，并分析选家建构特定形象的深层原因。

一　翻译选集与作家形象的建构——以选集中的丁玲为例

常常，我们会听到这样的说法：马克·吐温是讽刺作家，拜伦是浪漫主义诗人，老舍是幽默作家，等等。这里的"讽刺""浪漫主义""幽默"，其实是作家在读者脑海中留下的印象，并不能等同于现实中作家的"庐山真面目"。换句话说，现实中的马克·吐温是否真的是喜欢讽刺他人的？现实中的老舍是不是真的很幽默？对大多数读者来说恐怕永远是不得而知的。作家在读者那里的形象，是读者通过阅读作家的作品而得来的，这一建立在作品阅读上的形象是否与作家的真实形象相

---

① ［法］巴柔：《形象》，载《比较文学形象学》，北京大学出版社2001年版，第159—160页。
② ［法］巴柔：《形象》，载《比较文学形象学》，北京大学出版社2001年版，第161页。

符合，其实并不重要，因为用法国文论家朗松（GustaveLanson，1857—1934）的话说：

> 作家并不是通过他这个人而是通过他的书产生影响的："这本书的效用并不取决于作者（他的意志总不会左右一切）……而是公众（实指读者——笔者注）在他们的书中读到的东西，是公众以他们的名义所要求的东西。"所以"每一代人都在笛卡尔和卢梭作品中读到他们自己，都按照自己的形象和为自己的需要而塑造一个笛卡尔和卢梭"。①

从朗松的论述中我们至少可以得到两方面的启示：1）作家形象是读者依据作家作品以及自身的需要而塑造出来的；2）一部作品产生之后，真正产生影响的将不再是作家本人的真实形象（如果真的有所谓"真实形象"的话），而是读者（也即朗松所说的公众）心目中的作家形象。

质言之，当我们说某位作家是怎样的作家的时候，我们谈论的其实是我们脑海中关于某位作家的形象。读者脑海中的作家形象并不是他们与作家在日常相处中，通过直接观察现实中的作家本人得来的。相反，作家形象是一种间接接受（或曰建构）的结果，读者往往是通过阅读一位作家的作品而建立起对她或他的印象。

值得注意的是，一般来讲，作家的形象往往并不是单一的，而是有着复杂的多个面向。但是常常，作家形象的某个侧面会被放大，以致遮蔽其他侧面而作为作家的整体形象为人所识。导致作家形象的某一侧面被放大的根本原因是，一位作家的某类作品的传播力（或曰"曝光率"）盖过他或她的其他类型作品。一方面，一位作家创作的所有作品，其传播力并不均衡，读者对同一作家不同（风格）作品的熟识度并不一致。而作家的形象无疑是建立在那些最为读者所熟悉的作品上的，作家形象

---

① ［法］朗松：《朗松文论选》，徐继曾译，百花文艺出版社2009年版，第53页。

的片面性也就在所难免。另一方面，一位作家不同类型作品的传播力有时候会随着时空语境的变化而变化，甚至会有较大起伏，某类作品在某个历史时期也许有着强劲的传播力，但当历史语境发生变化后，这类作品的传播力也许会随之减弱，相反，曾经被冷落的作品可能会随着历史语境的转变而重新浮出水面；同样，一位作家的某类作品在原语文化中也许能获得较高的接受度，但在被译介到新的文化中之后，也许不会再享有这种待遇。反之，一些在原语文化中默默无闻的作品在译介到新的文化之后可能会风光无限。正是作家不同类型作品传播力的变化使得作家的形象变动不居，同一位作家在不同时空语境中可能呈现不尽相同的形象，对于那些创作生涯发生过巨大转变的作家来说尤其如此。

衡量作品"曝光率"的指标有很多种，这其中最为重要的包括作品的出版次数、转载次数和范围、入选文学选集的频率、在文学批评界的活跃度以及作品是否被纳入文学史叙述。而与作家在本土的形象建构相比，作家形象的海外建构会受到多一层的限制，因为很少有作家的全部作品会被整个地译介出去，目标语国对一位作家作品的译介常常是具有选择性的，翻译选材本身就构成了一层过滤，而且是最重要的一层过滤，因为不被译介的作品就失去了与目标读者见面的机会，在目标语国家的传播力更是无从谈起。这第一层屏障对作家在目标文化中的形象建构影响巨大，因为目标读者脑海中的作家形象只能建立在被译介的作品上，而无从参照作家的整个作品库。比如，虽然《骆驼祥子》《茶馆》和《猫城记》在国内的传播力有一定差异，但国内读者毕竟知道老舍除了创作小说之外，也创作戏剧和科幻作品，因此在国内读者那里，老舍首先是小说家，也创作其他类型的作品。但是，假若只将老舍的《猫城记》译介出去，那么在目标读者那里，老舍无疑只是一位科幻作家。对于那些成功跨过第一层屏障，即那些被译介到另一文化中的作品而言，它们的传播深广度同样会有差异，其在目标语文化中的传播力同样取决于前述再版次数、入选文学选集的频率、在文学评论界的活跃度等因素。

本节我们将以丁玲为个案，通过历时爬梳美国出版的文学选集对丁玲作品的选择和阐释，来考察由此建构的丁玲形象，并分析丁玲形象演变背后的深层原因。在深入选集内部之前，需要说明两个问题：其一，为什么选择丁玲？选择丁玲进行个案研究主要基于以下两方面的考虑：首先，在二十世纪中国文学史上，丁玲无疑占据了重要位置，是最具影响力的中国现代作家之一。发生过巨大转折的丁玲文学生涯充满张力，她与官方之间的曲折关系以及她女性作家身份本身，为后来的文学史家留下了广阔的阐释空间，丁玲在中国文学史上的形象也变动不居。那么，丁玲在海外的形象是否也如在国内一样经历了曲折变化是很值得探究的课题。其次，虽然英语世界对丁玲的译介与她在中国文学史上的地位并不相符，且缺乏系统性。但与其他中国现当代女性作家相比，丁玲无疑是在英语世界被译介最为充分的作家之一，丁玲是入选美编中国文学选集次数最多的中国女性作家。不仅如此，英语世界还出版了多部丁玲小说个人专集，比如由我国外交官龚普生翻译的《我在霞村的时候及其他小说》（When I was in Sha Chuan and Other Stories）于1945年在印度普纳库塔伯出版社（Kutub Publishers）出版。由丁玲自己负责选目、詹纳尔（W. J. F. Jenner）负责翻译的《莎菲女士的日记及其他小说》（Miss Sophie's Diary and Other Stories）作为熊猫丛书的一种1985年由中国文学出版社出版。四年之后的1989年，美国灯塔出版社（Beacon Press）出版了美国学者白露（Tani E. Barlow）编译的丁玲小说专集《我自己是女人》（I Myself Am a Woman: Selected Writings of Ding Ling）。因此，翻译选集中丁玲作品的丰富多样为我们提供了研究上的便利。

其二，为什么选择选集视角？之所以选择从选集视角切入，一方面是由于丁玲小说在美国主要是以选集形式存在的，截至目前，由著名翻译家杨宪益、戴乃迭夫妇翻译、外文出版社1984年出版的《太阳照在桑干河上》（The Sun Shines Over the Sanggan River）是唯一一部丁玲作品的单行英译本。另外，选集是建构作家形象十分常见且有效的方式。关于选本对作家形象塑造的重要影响，鲁迅在《且介亭杂文二集·题未定草》中有过精当表述。他说选家的"眼光愈锐利，见识愈深广，选本固然愈准确。但可惜的是大抵眼光如豆，抹杀了作者真相的居多。这才是一个'文人浩劫'。例如蔡邕，选家大抵只选他的碑文，于是读者仅觉得他是典重文章的推手，必须看见《蔡中郎集》里的《述行赋》的句子，才相信他并非单单的老学究，也是一个有血性的人……又如被选家录取了《归去来辞》和《桃花源记》，被论客赞赏着'采菊东篱下，悠然见南山'的陶潜先生，在后人的心目中，实在飘逸的太久了，但在全集里，他却有时很摩登。"①

1. "革命战士"丁玲

众所周知，丁玲是以《莎菲女士的日记》、《梦珂》等大胆袒露女性个体欲望的作品登上文坛的，且出手不凡，刚一露面便引来了热烈关注。对此，茅盾曾有过这样的记述："自从她的处女作《梦珂》、《莎菲女士的日记》、《暑假中》、《阿毛姑娘》等在《小说月报》上接连地发表之后，便好似在这死寂的文坛上，抛下一颗炸弹一样，大家都不免为她的天才所震惊了。"② 然而，丁玲的这一创作倾向并没有持续太久，仅仅三年之后的1931年，丁玲就完成了创作道路的"向左转"。在丁玲的整个创作生涯中，1931年有着重要的意义，可视作其文学生涯的分水岭。1931年之前，丁玲文学创作的主调是"个性思想"，作为个体的女性命运是其作品的主要关注点，我们可以将1929年之前的丁玲创作时段称为"莎菲"时期。从1929年年底开始，丁玲的创作思想已经显露出了偏离此前创作轨道的迹象，1930年更是直接成为了"左联"的一员。但此时的丁玲依旧秉持"自由地写作，比跑到一个集体里面去，更好一些"的态度，③ 也没有深度介入"左联"。丁玲这种与"左联"保持距离的状态在1931年胡也频牺牲之后发生了急速转变，对集体的态度从此前的半推半就转变为热情拥抱，并迅速成为了组织内的积极分子。而思想上的巨

---

① 鲁迅：《鲁迅全集·第6卷》，人民文学出版社2005年版，第436页。
② 毅真：《几位当代中国女小说家》，载《当代中国女作家论》，中华书局1933年版，第30—31页。
③ 丁玲：《丁玲全集·第6卷》，河北人民出版社2001年版，第268页。

变也及时地反映在了自己的创作中,其作品中的"革命"成分不断增加。概言之,1930 年代初,丁玲有了自觉的"革命意识",其文学道路完成了从"小我"到"大我"、从"我"到"我们"的根本转变,无论在人物设置、题材选择还是主题预设等方面,均显现了功利性的革命诉求。[①]

从以上的回顾中可以看出,丁玲的作家身份经历了从"女性"丁玲到"革命者"丁玲的转变。那么,在本书所关注的美国,丁玲又呈现出了怎样的形象呢?丁玲形象在美国有没有发生历时性变化呢?这是接下来我们要探究的核心问题。为此,笔者对美编中国文学选集中收入的丁玲作品进行了统计,统计结果如下:

表4–1　　　　　综合性选集中的丁玲作品收录情况

作品	选集	编者	年份（年）
《莎菲女士的日记》(The Diary of Miss Sophia)	Straw Sandals: Chinese Short Stories, 1918–1933	伊罗生	1934
《某夜》(One Certain Night)	Straw Sandals: Chinese Short Stories, 1918–1933	伊罗生	1934
《某夜》(One Certain Night)	Short Stories from China	史沫特莱	1934
《水》(The Flood)	Living China: Modern Chinese Stories	斯诺	1936
《消息》(News)	Living China: Modern Chinese Stories	斯诺	1936
《团聚》(Reunion)	Readings in contemporary Chinese Literature, V2	李田意；柳无忌	1953
《一天》(A Day)	Revolutionary Literature in China: An Anthology	白志昂；胡志德	1976
《太阳照在桑干河上》	Literature of the People's Republic of China	许芥昱	1980
《太阳照在桑干河上》	Literature of the Hundred Flowers	聂华苓	1981
《在医院中》(In the Hospital)	Modern Chinese Stories and Novellas, 1919–1949	夏志清	1981
《我在霞村的时候》(When I Was In Xia Village)	Modern Chinese Stories and Novellas, 1919–1949	夏志清	1981

---

① 秦林芳:《丁玲创作中的两种思想基因》,《江苏社会科学》2007 年第 6 期。

续表

作品	选集	编者	年份（年）
《我在霞村的时候》（When I Was In Xia Village）	The Columbia Anthology of Modern Chinese Literature	刘绍铭	1995
《日》（Day）	Writing Women in Modern China	杜林；托格森	1998

如表 4-1 所示，1980 年代以前出版的中国文学选集中，共收录了 6 篇丁玲创作的中短篇小说，其中《某夜》入选两次。在被收录的 6 篇作品中，《莎菲女士的日记》是唯一一部丁玲"左转"之前的作品，其他入选作品均为"左转"之后奔赴延安之前所做，具体创作时间如下：《莎菲女士的日记》（1928）、《水》（1931）、《一天》（1931）、《某夜》（1933）、《消息》（1933）、《团聚》（1936）。在以上选文中，除了《莎菲女士的日记》之外，其他作品在内容上均富于战斗性和阶级性，具有浓厚的革命色彩。比如被选入过两次的《某夜》是一篇具有纪实性质的作品，小说以白色恐怖为背景，描写了五位被国民党逮捕的年轻人在行刑前的心理活动和情景。他们虽然受尽折磨、饱尝凌辱，但在生命的最后时刻依然忠诚于自己的政治理想，最后手挽手唱着《国际歌》英勇就义。《某夜》既是对当权者暴虐统治的强烈控诉，也是对革命战士牺牲精神的热情歌颂。虽然《某夜》在写作名义上是"为纪念一个朋友而作"，但很显然，为革命的功利性诉求取代了个人化的情感表达。为此，丁玲甚至放弃了"莎菲"时期的个人视角。史沫特莱 1934 年编选的《中国短篇小说选》收录了《某夜》，这也是《某夜》首次被译介到国外。1935 年这部选集又在具有左翼背景的莫斯科国际出版社出版，次年，斯坦贝尔格就将该选集中丁玲的《某夜》转译为俄语发表在了苏联《青年文艺》第 2 期；同年，《某夜》又被转载到苏联《青年无产者》第 18 期。[①]《某夜》在国际左翼圈的传播力可见一斑。

同样，《水》也是左翼革命文学的经典文本，小说取材于当年发生

[①] 宋绍香：《丁玲作品在俄苏：译介、研究、评价》，《现代中文学刊》2013 年第 4 期。

的、涉及十六个省的罕见水灾，表现了农民在革命觉悟上从最初的犹疑不定发展到热情坚定，并最终团结一心、勇敢抗击天灾人祸的过程。在《水》发表之后不久，冯雪峰称赞其为"新的小说的一点萌芽"，不仅在于它"取用了重大的巨大的现时的题材"，更在于"作者对于阶级斗争的正确的坚定的理解"。[①] 短篇小说《一天》则记录了主人公陆祥为了收集"压迫和反抗的铁证"而开始四处走访工人的过程，他并在与大众的交流中，鼓动他们要起来斗争。《消息》表现了上海老太太为了支持革命而自发组织起来为战士们纳鞋的故事。

在这些作品中，主人公几乎都是人民大众，所不同的只是这大众的构成成分，他们可能是农民或市民，也可能是底层官兵或女佣。"用大众做主人"旨在激发大众的革命热情，为革命争取新的重要力量。"用大众做主人"既契合"左联"的创作要求，也是丁玲的自觉选择，她认为作家应该"记着自己就是大众中的一个，是在替大众说话"。[②]

由此不难看出，在早期的美编中国文学选集中，编者们在选择代表丁玲的作品时表现出了相当的一致性，都倾向于选择丁玲具有浓厚革命色彩的作品，从而凸显了她"革命战士"的一面。也许有人会提出这样的问题：为什么《莎菲女士的日记》这样一部与革命无涉的作品会被伊罗生收入《草鞋脚》呢？因为这显然是与丁玲的"革命者"形象相抵牾的。要回答这个问题就需要回到伊罗生编选《草鞋脚》的历史现场。

《草鞋脚》编选之初，鲁迅和茅盾曾应伊罗生的请求，为其提供了一份选目单，丁玲的《莎菲女士的日记》赫然在列。但《草鞋脚》最终的选择篇目却与鲁迅和茅盾提供的选目单有很大不同，有些原本出现在鲁迅和茅盾的选目单上的作家被伊罗生自己选择的作家所替换，有些作家的作品被新的作品所更换。但伊罗生对丁玲的处理却与以上两种情况都不同，他没有选择替换丁玲或者更换掉《莎菲女士的日

---

① 冯雪峰：《关于新的小说的诞生——评丁玲〈水〉》，《北斗》1932年第1期。
② 丁玲：《丁玲全集·第7卷》，河北人民出版社2001年版，第10页。

记》，而是主动增选了丁玲的《某夜》。因此，《莎菲女士的日记》的入选主要是缘于鲁迅和茅盾的推荐，① 而增选《某夜》才是出于伊罗生自己的考量。我们需要追问的是，在丁玲的众多作品中，伊罗生为何选择了《某夜》。联系编选发生时的历史语境，伊罗生的这一选择并不难理解。

1932 年，伊罗生曾在左翼人士的帮助下办起了《中国论坛》，这是一份左翼刊物，有着共产国际的支持。由于该刊持有美国办刊执照且主编伊罗生享有治外法权，因此在国民党对中共和左翼刊物严密布控的三十年代，《中国论坛》成为了极少数可以公开发行的左翼刊物，是当时中共重要的舆论阵地。该刊以揭露批评国民党政府和宣传中国左翼文化运动为主要任务，同时会不定期译介中国左翼文学。

丁玲 1933 年被捕之后，伊罗生始终关注着事件的发展，并动用各种资源为丁玲的释放而努力。他及时在自己主办的刊物《中国论坛》（*China Forum*）上刊发了丁玲被捕的消息，在第二卷第六期接连发表了文章"丁玲之被绑架""抗议作家丁玲之被捕"。第二卷第八期头版刊登了文章"丁玲死矣！"和"上海工部局巡捕房还没有忘记吧"，文章控诉当局对左翼人士的迫害，并痛斥上海工部局的不作为。第二版和第三版翻译了丁玲的《我的创作生涯》，编者并在译文中插入了丁玲的素描画像（见下页左图），画像下面的说明文字写道："一位丁玲的艺术家朋友凭着记忆所画。"这幅画像占去了整个版面的绝大篇幅，给人以"文配图"而非"图配文"的感觉，因此首先吸引读者的不是文字而是画像。然而，这幅画像也许并非仅"凭着记忆所画"，因为将其与该刊上一期刊登的丁玲照片（见下页右图）两相比照就可以看出，这幅素描似是依照这张照片而作。联系本期的头版文章"丁玲死矣！"，编者

---

① 需要特别指出的是，《草鞋脚》虽然 1934 年就完成了编选工作，但直到 1974 年才得以出版，出版时，伊罗生承认对许多作品的译文做了微调，而《莎菲女士的日记》是唯一一篇被完全重译的作品，我们无法得知《莎菲女士的日记》的初译情况，但既然重译是为了更加忠实原作（Isaacs, 1974: xlvii），所以最初的译文是否达到革命的目的而做了一定的改动也是一种合理的推测。

特意再次刊出丁玲的大幅素描画像,并强调是"凭记忆所画",许是为了突出丁玲事件的悲剧色彩,唤起读者的同情。通过密集刊登回忆丁玲的文章,译载丁玲的作品,可以让"不在场"的丁玲实现"文本性"存在。文后的编者按中写道:"这篇文章……可以让我们进一步了解这位年轻的女作家——国民党恐怖集团(Kuomintang Moloch)最近的受害者。"① 这篇译文同时还附上了与文章内容并无多少关联的胡也频的照片,照片说明主要介绍了胡也频的左翼身份和被国民党杀害的事实。此外,本期第五版还刊登了筹款抚养丁玲儿子的募捐告示,伊罗生的用心可见一斑。丁玲被捕前后,伊罗生正在编译《草鞋脚》。联系到上述伊罗生对丁玲被捕事件的关注,《某夜》这篇以"左联五烈士"为原型的小说,能很好地向外界传递丁玲等中国左翼作家的艰难处境,《某夜》的被增选也就不难理解了。

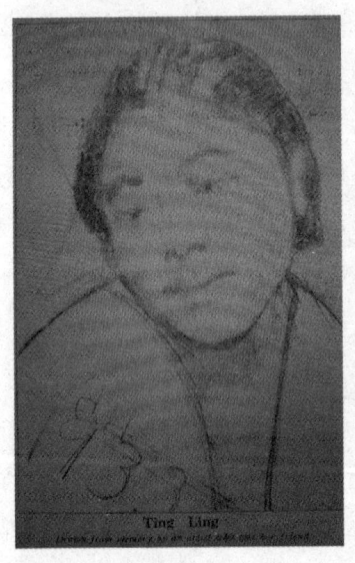

除了篇目的选择之外,早期的编者也利用副文本来突出丁玲及其作品与革命的关系。比如,斯诺认为"丁玲也许是当今中国女作家中最负盛名的一位,她在中国青年当中威望尤高"。她"中学时就参加革命

---

① 《中国论坛》1933年第3期。

第四章　翻译选集与形象建构

> Help Support Ting Ling's baby son!
> Send Contributions to
> CHINA FORUM
> P. O. Box 1879,
> Shanghai.

活动，写过几篇以革命青年为题材的小说。她的丈夫、著名作家胡也频是革命领导人。国民党在一次'清洗'中杀害了胡也频"。"国民党查禁了她的七部著作。"① 在短短的作家介绍中，与革命有关的文字占去了绝大篇幅。对丁玲早期的作品，斯诺只一笔带过，认为"丁玲最著名的作品是《韦护》、《一个人的诞生》、《自杀日记》，尤其是《莎菲女士的日记》。她的作品的特点是善于分析当代青年的心理活动，笔调清新，生气盎然"。② 需要注意的是，斯诺对丁玲早期作品的总结并不准确，似有欲说还休的感觉：刻意回避丁玲早期作品中对病态女性的个人欲望书写。比如丁玲善于分析的其实是当代"女"青年的心理活动，而且丁玲早期的作品的笔调很难说的上是"清新""盎然"的，至少她的成名作《莎菲女士的日记》就不是。

史沫特莱对丁玲的介绍围绕丁玲等左翼作家和国民党当局的斗争展开，对她早期的作品则根本没有提及。她说：

这本册子里收入了一篇年轻女作家丁玲的作品，她是中国最有才华也最有名气的女作家。她加入了左联，并负责编辑一份左联的刊物。1933年5月13日（应该是14日——引者注），她和其他两

---

① Snow Edgar ed., *Living China: Modern Chinese Short Stories*, New York: Reynal & Hitchcock, 1937, p. 118.

② Snow Edgar ed., *Living China: Modern Chinese Short Stories*, New York: Reynal & Hitchcock, 1937, p. 118.

位作家——应修人和 42 岁的潘梓年——从她位于上海租界的寓所被绑架,并在转移到中国领地之后被杀害。① 绑架她的人是国民党法西斯主义者和匪徒,他们的姓名和地址后来被媒体公布,但上海的外国警察不仅充当了这起绑架事件的帮凶,还为这些绑架者和谋杀者提供保护。②

柳无忌和李田意合编的《现代中国文学读本》同样着意强调丁玲革命的一面。他们认为"在小说方面取得成就的共产主义作家当中,首先应该提及的是女作家丁玲。对于她的早期生活,她的朋友沈从文和她的革命者丈夫胡也频曾做过介绍。丈夫牺牲后,丁玲致力于共产主义事业,在共产主义作家中间享有声誉。她因善于分析爱情中的女性心理并同情受压迫的人民大众而闻名"。③ 与史沫特莱一样,柳无忌对丁玲早期的作品甚至没有只言片语,并且不是将《莎菲女士的日记》而是将左翼小说《水》看作丁玲最重要的作品:"她最震撼的小说是《水》,《水》描述了村民与无情的洪水英勇搏斗的故事,当洪水摧毁了家园,饥饿中的村民处在绝望的边缘的时候,村民们会聚成了一股革命的力量。"最后他们将丁玲文学世界的复杂性进行了窄化,认为"在所有这些小说中,丁玲指出了社会弊病的症状和以人们革命的形式进行彻底根治的必要性"。④

这种对丁玲作品战斗性的强调在丁玲的第一部个人英译专集中也有体现。这就是 1945 年由龚普生编译、在印度 Kutub 出版社出版的《我在霞村的时候》(*When I Was in Sha Chuan*)。该译文集采用的底本是胡风编选、1944 年桂林远方书店出版的丁玲短篇小说集《我在霞村的时

---

① 其实只有应修人在和国民党特务的搏斗中牺牲。
② Smedley, A., Introduction, In Cze M. T. (ed.), *Short Stories From China*, London: Martin Lawrence Ltd., 1934, pp. 6 – 7.
③ Liu W. C. & Li T. Y. (ed.), *Readings in Contemporary Chinese Literature*, New Haven: Institute of Far Eastern Languages, Yale University, 1953, p. xvii.
④ Liu W. C. & Li T. Y. (ed.), *Readings in Contemporary Chinese Literature*, New Haven: Institute of Far Eastern Languages, Yale University, 1953, p. xvii.

第四章 翻译选集与形象建构

候》,龚普生从原来的七篇中选译了五篇:《我在霞村的时候》(When I Was in Sha Chuan)、《新的信念》(New Faith)、《破碎的心》(Ping-Ping)、《入伍》(The Journalist and the Soldier)和《夜》(Night),省去了《县长家庭》和《秋收的一天》。译者龚普生是我国著名外交官,曾受周恩来指示在1941年赴美攻读硕士学位,求学期间利用在美国大学和社团中演讲的机会,积极宣传介绍中国的反法西斯斗争情况。1943年学成归国后再次受周恩来派遣,准备从重庆出发前往美国开展外交工作,并以哥伦比亚大学博士生的身份作为掩护,只是此次返美并不顺利:由于当时日本阻断了航空路线,从中国飞往美国只能取道印度,到达印度之后,龚普生未能立刻转机赴美,而是在印度滞留半年之久。龚普生为该选集所做序言的落款为"1945年6月15日作于孟买",由此看来,龚普生应该是在滞留印度期间,赶在她赴美之前完成了这部选集的编译工作。①

综合选集的副文本、编选背景以及编者身份来看,龚普生的这次翻译活动主要有两个目的:其一,为中国的抗战做宣传。龚普生滞留印度期间从加尔各答发来过一篇报道,其中写道:"(在印度报纸上)往往找遍了也找不到一点中国消息,只有《人民战争》周报登载最多,是否因为材料没有或者我们最近没有什么使人值得报道的呢。"② 在此背景下,选集序言对丁玲的介绍紧紧围绕抗战展开:"除天赋之外,她作品的力量还来自她宝贵的生活经历以及她参与的革命活动……1937年从狱中被释放之后,她径直奔赴游击战区,加入到了前线最艰难也最危险的战斗中。她对抗日民族战争的贡献非常具体:她组织文化剧团在连队之间巡演,不仅为战士和平民带去了娱乐,同时也富于教育意义。""就在战争第一线的后方,她还在农民中间组织了广泛的教育活动,让他们深入了解这场战争以及其他相关的重要问题,进而帮助他们抵御敌

---

① 熊鹰:《反法西斯战争中的"隐蔽力量":以丁玲〈我在霞村的时候〉及其翻译为例》,《文学评论》2015年第5期。
② 龚普生:《战争世界中的印度》,《文汇周报》1945年第21—22期。

人，保持士气。""丁玲与农民和战士同吃同住，穿着简易的棉制服和草鞋。数月以来，只能吃到小米和黑豆，而这些在平时是用来喂马的。""她为我们生动展示了西北的普通百姓是如何艰难生活的，他们虽受尽日本法西斯的凌辱，但在努力奋斗之后取得了胜利。"她还写道："对于那些没有直接经历法西斯侵略的人来说，这些小说的内容也许看上去像是战争宣传。但对我们来说，这却是过去八年人们日常生活的一部分。"① 此外，龚普生还以添加注释的形式不失时机地宣传中国抗战和民主建设情况，比如对"选举委员会"的注释写道："游击队在解放了被日本占领的地区之后，不仅带来了自由，还带来了一种新的民主生活，旧的政府被推翻，官兵纷纷逃走或归降日本，他们已无法再代表被唤醒的农民，于是通过选举让每个人在重要问题上都有投票权。选举委员会由那些英勇善战，奋勇杀敌，从而赢得农民拥戴的人组成，他们的主要工作是动员农民积极参加选举，从而吸引更多的人参与民主建设。"②

其二，宣传之外，龚普生也许更希望能动员和争取印度加入反法西斯战争。印度人对"二战"的漠然让龚普生感到震惊："战争又似乎和

---

① Gong Puqheng ed., *When I was in Sha Chuan*, Poon: Kutub Puslishers, 1954, pp. 1 - 3.
② Gong Puqheng ed., *When I was in Sha Chuan*, Poon: Kutub Puslishers, 1954, p. 107.

加城的人民隔得很远，战争没有在他们本土进行。没有受过战争威胁。士兵的死伤，是为了职业，是当兵这职业的必然不可避免的……（印度人）这种对战事，对印度问题的看法，对侵略者威胁的漠然，实在是使人不置信。"① 因此，也许是为了鼓舞印度加入反法西斯的行列，编者对选集的副文本做了精心设计。比如在黑色封底上印有金黄色的"天下一家"字样，四个字紧紧环绕，构成一个"团结一心"的圆形。扉页再次重印了这一字样，且附有英文翻译"With in the four Seas ALL MEN ARE BROTHERS"（四海之内皆兄弟）。此外在译文注释中，编者努力凸显中国抗战与印度的联系。比如对"cave"（窑洞）的注释写道："西北地区多山多石，人们常会在岩石上凿洞建屋。这种窑洞冬暖夏凉，前面的门窗可以达到很好的通风效果，条件好的还会将墙粉刷成白色。大厅和医院在西北也是建在窑洞里的，当年印度国会医疗队和八路军就是在西北的这种医院里一起工作的。"② 因此可以说，与伊罗生相似，龚普生的译介活动所看重的依然是丁玲作品的战斗性，所不同的只是战斗的对象而已。

最后，为了突出丁玲革命性的一面，选集在翻译她的作品时也进行了程度不同的改动。以被选择最多、传播最广的《某夜》的译文为例。《某夜》译文的原题目是"One Certain Night"，但史沫特莱在选集中将其改为了"Night of Death, Dawn of Freedom"（《死亡之夜晚，自由之黎明》），这一改动既让文本的主题更加明晰化，也会提示读者解读文本的角度。此外，从小说形式来看，《某夜》原文中有不少自由间接引语，这种写法有助于在五个主人公之间自然切换，让故事显得更加紧凑。同时，由于自由间接引语具有"带入感"，因此会产生单个主人公的遭遇被其他主人公乃至读者共同体验的效果。因此为了强化这一效果，在翻译《某夜》时，译者不仅保留了原文中的自由间接引语，还增加了原文并没有的自由间接引语表达。比如在小说的结尾处，译者有

---

① 龚普生：《战争世界中的印度》，《文汇周报》1945年第21—22期。
② Gong Pusheng ed., *When I was in Sha Chuan*, Poona: Kutub Publishers, 1954, pp. 1 - 3.

意调整了作品的叙述方式。

> 原文：每个人都无言的，平静的被缚在那里。在一些地方，一个，二个，三个地方流出一些血来了，滴在黑暗里的雪上面。<u>天不知什么时候才会亮。</u>
>
> 译文：They were all dumb and motionless, fasted there. In some spots-in one, in two, in three spots-the blood trickled down and mottled in the snow in the darkness. <u>Will the sky ever grow light?</u>（笔者注：天会亮吗？）

引文最后一句的翻译是很值得玩味的。如若采取比较忠实的译法，"天不知什么时候才会亮"应该被译为"It is not known when the sky will finally grow light"。但选集中的译文则采用了自由间接引语的句式，且将原文的陈述句改为了疑问句，这一处理方式使得发问者既可以是小说中死去的主人公，也可以是小说的读者。如此一来，读者和作品人物的意识合而为一，读者就能被"带入"到小说人物的处境当中，"感受"主人公的内心活动，拉近读者与小说人物的距离，唤起读者的同情。

同样，斯诺对《水》的改写也很是意味深长。由他编译的《活的中国》只节选了《水》的第一节，这一节集中展示了洪水来临时人们的不同反应。原文中，面对即将到来的洪水，乡民们最开始显得胆怯慌张，随着洪水的逼近更是乱作一团。但译者通过删减和改写，却呈现出了一副村民们秩序井然，从容不迫，勇敢面对灾难的场面。比如译者整个删去了原文中的以下文字：

> 喊了的，哭了的，在不知所措。失了力量的那些可怜的妇女，在喊了哭了之后，又痴痴呆呆的噤住了，但一听到了什么，那些一阵比一阵紧的铜锣和叫喊，便又绝望的压着爆裂了的心痛，放声的

喊，哭起来了。极端的恐怖和紧张，主宰了这可怜的一群，这充满了可怜无知的世界！

这段文字表现了妇女面对灾难时的不知所措，想必在斯诺看来这是革命者所不应有的姿态，将其删去了也就是情理之中了。再比如以下译文：

原文：于是堤上响着男人们的喊叫和命令，锄锹在碎石上碰着，锣不住的敲着。旷野里那些田埂边，全是女人的影子在蠕动，也有一些无人管的小孩在后面拖着。她们都向堤边奔去，也有的带上短耙和短锄，吼叫着，歇斯底里的向堤边滚去了。

译文：Flickering shadows, the women's figures, danced in silhouette against the village walls illumined by moving torches. But soon those shadows diminished. One by one women carrying hoes and wheeling barrows joined their men at the dikes...

原文中"男人们的叫喊和命令"和"旷野里那些田埂边，全是女人的影子在蠕动"，容易给读者造成男性在发号施令，而女性在一线奋斗的不和谐画面，译者索性将"男人们的叫喊和命令"删去不译。而且把原文中妇女的"蠕动"翻译成了轻松从容的"dance"，把妇女们的"吼叫着，歇斯底里的"译为秩序井然有序的"One by one"。通过这些改动，原文中迟疑、混乱的救灾画面荡然无存，取而代之的是村民们无论男女平等参与革命，众志成城，积极从容地参与斗争的画面。

至此，我们可以说，不论是从文本的选择、阐释还是翻译来看，早期选集塑造了丁玲的"革命战士"形象。

2. "女权主义者"丁玲

1980年代之后，丁玲在美编中国文学选集中依然保持着较高的入选率，特别值得一提的是，该时期美国出版了一部（也是目前唯一一部由美国人编选的)丁玲个人作品专集。不论是综合性选集还是丁玲的个人专集，对丁玲作品的选择倾向较之1980年代之前发生了巨大变化，曾经被反复选入的革命类作品普遍"失宠"，相反，那些以女性为主题的作品一跃成为了丁玲的代表性作品。与综合性选集相比，作家个人的专集对其作家形象的建构更加有效，所以接下来的论述将主要围绕丁玲的个人专集展开。

1989年，由美国学者白露编译的《我自己是女人》在美国波士顿灯塔出（Beacon Press）版社出版。这部选集传播非常广泛，根据OCLC（联机书目数据库）的数据统计，藏有该选集的美国图书馆有492家，在丁玲的所有译本中，馆藏量居第一位。《我自己是女人》由两部分构成，一部分是白露的序言，另外一部分是丁玲的作品，选集的序言和选文之前有着某种对话关系，这部选集的思想蕴涵正存在于两部分的对话关系中。白露撰写的长达45页的序言可视"丁玲论"观之，而篇目的选择也是基于她的丁玲观。从副文本的设计和篇目的选择来看，白露通过《我自己是女人》，给读者建构了一个"女权主义者"的丁玲形象。

我们首先来看该选集副文本的设计。选本封面显著位置配有晚年丁玲的照片，照片下方的说明文字是"中国最伟大的女作家之一"。丁玲的名字和选集标题《我自己是女人》在封面以大号字体显示。选集的主标题"我自己是女人"取自丁玲的作品《三八节有感》，这一标题显然是编者精心设计的，旨在明晰所选文本共同的主题特征，进而引导读者以编者希望的方式进入选集，用鲁迅的话说，有"提醒他之以为然"的目的，从这里我们可以明显看到编者建构选集意义中的主体作用。

翻开这部选集，我们首先看到的是扉页上的两段引用文字。第一段文字出自福楼拜的《包法利夫人》："一个男人至少是自由的，可以尝遍喜怒哀乐，走遍东南西北，跨越面前的障碍，抓住遥远的幸福。可对一个女人却是困难重重。她既没有活动能力，又得听人摆布，她的肉体软弱，只能依靠法律保护。她的愿望就像用绳子系在帽子上的面纱，微风一起，它就蠢蠢欲动，总是受到七情六欲的引诱，却又总受到清规戒律的限制。"① 另一段文字出自张载的《西铭》："乾称父，坤称母；予兹藐焉，乃混然中处。故天地之塞，吾其体；天地之帅，吾其性。民吾同胞，物吾与也。"这一中一西的引文旗帜鲜明地点出了编者观察丁玲文学世界的角度。

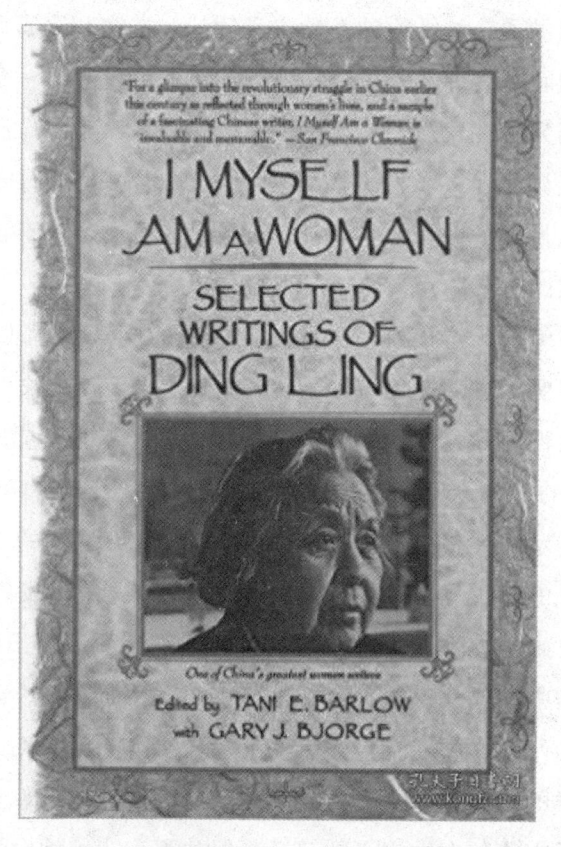

选集封底印有中国史研究专家史景迁、被誉为中国文学"首席翻译家"的葛浩文以及丁玲研究专家梅仪慈等的推荐语。史景迁认为"丁玲是我们了解被卷入漫长中国革命的女性的重要来源之一"，该选集中的作品"巧妙地阐明了社会主义命令与女权主义理想之间的紧张关系"。葛浩文认为，这部选集以及"编者权威性的、思想性很强的序

---

① 王晓伟：《丁玲小说英译的副文本研究——以白露的丁玲英译选本为例》，《南方文坛》2016年第5期。

言，使得丁玲的'女权主义'（注意葛浩文这里添加的引号）首次为西方读者所了解。对于那些想要深入了解中国革命中女性所扮演的角色的人，我强烈推荐此书"。梅仪慈也强调了这部选集对丁玲女性主义面向的凸显："这部可读性强且构思周密的选集在将文本置于具体的历史语境的同时，提供了一种敏锐的女性主义读法。选文和序言共同提出了一些意义深远的问题，即在一个经历着政治革命的世界，一位介入其中的作家应该如何为女性发声。"不难看出，三位学者都在自己的推荐语中不约而同地强调了丁玲文学作品的女性主义元素，我们可以合理地猜想，他们要么是受了编者的"嘱托"，要么是已经自觉不自觉地受到了选集编排方式的影响。

再来看看编者为选集撰写的序言。白露的序言长达 45 页，序言伊始，编者就点明了这部选集解读丁玲的视角："丁玲的文学和生活经历提出了关于女性写作、女性主义理论和性别差异等非常应时的、跨民族的问题。"她的"与众不同在于她将女性问题置于自己小说的中心。我们尤其想要展示丁玲的小说是如何关联'女性问题'的，这种关联是如何历时变化的"。[①] 显然，编者是从女性主义视角出发阐释丁玲及其文学的。同时她也在强调中西女性主义的区别，而后得出结论："简单说，她的确是中国式女权主义者。"[②] 而且在编者看来，"女权主义"贯穿丁玲文学的始终，即使在"左转"之后亦是如此："无论丁玲对当代的女性持怎样的批判态度，她始终坚持男女平等。因此，尽管她 1930 年代的作品标志着与女性主义的疏远，但并不意味着她对性别正义的追求的终结。"[③]

副文本之外，该选集对丁玲作品的选择也与此前的选集大异其趣。

[①] Tani E. Barlow, *I Myself Am a Woman: Selected Writings of Ding Ling*, Boston: Beacon Press, 1989, p. 2.

[②] Tani E. Barlow, *I Myself Am a Woman: Selected Writings of Ding Ling*, Boston: Beacon Press, 1989, p. 12.

[③] Tani E. Barlow, *I Myself Am a Woman: Selected Writings of Ding Ling*, Boston: Beacon Press, 1989, p. 30.

从表 2 可以看出，以女性个体为中心或聚焦女性问题的作品，如《莎菲女士的日记》《一个女人和一个男人》《野草》《我在霞村的时候》《杜晚香》等构成了该选集的绝对主体。值得注意的是，白露还选入了一部丁玲自己不想选或者说不敢选的作品：《三八节有感》。《三八节有感》1942 年发表于《解放日报》，这部作品没有靠拢彼时压倒一切的"抗日救亡"叙事，相反，作者以女性的日常经验"对民族危机时刻集体统制的合法性造成挑战"，[1] 发表不久就给作者带来了"意外的批评"，[2] 并间接促动了是年"在延安文艺座谈会上的讲话"。1945 年，中央党校初步总结丁玲的历史问题时专门指出了《三八节有感》等作品犯的错误："丁玲来陕北后的工作中，是有一定成绩的，一九四二年所发表的几篇坏文章（如《在医院中》《三八节有感》等），是由于存在着对党不满情绪，以及思想上的错误。但必须指出其错误是相当严重的。"[3] 也因此，这部作品从未入选过任何的丁玲自选集。[4] 然而，这篇丁玲避之不及的作品却入选了白露的选集，原因很简单：《三八节有感》"被不少研究者推为以女性主义视角反威权体制的典型文本"，[5] 这很能佐证丁玲的"女权主义者"形象，是和白露选集的议题相吻合的。

表 4 – 2　　　　　　　白露编《我自己是女人》所选篇目

创作时间（年）	原文	译文
1927	《莎菲女士的日记》	Miss Sophia's Diary
1928	《一个女人和一个男人》	A Woman and a Man
1929	《野草》	Ye cao
1930	《一九三〇年春上海》	Shanghai, Spring 1930
1932	《法网》	Net of Law

---

[1] 冷嘉：《大风雨中的漂泊者——从 1942 年的"三八节有感"说起》，《文学评论》2012 年第 2 期。
[2] 袁良骏：《丁玲研究资料》，天津人民出版社 1982 年版，第 182 页。
[3] 徐庆全：《丁玲历史问题结论的一波三折》，《百年潮》2000 年第 7 期。
[4] 袁洪权：《开明版〈丁玲选集〉梳考》，《现代中文学刊》2013 年第 4 期。
[5] 冷嘉：《大风雨中的漂泊者——从 1942 年的"三八节有感"说起》，《文学评论》2012 年第 2 期。

续表

创作时间（年）	原文	译文
1933	《母亲》	Mother
1937	《东村事件》	Affair in East Village
1939	《新的信念》	New Faith
1941	《我在霞村的时候》	When I Was in Xia Village
1942	《三八节有感》	Thoughts on March 8
1949	《永远活在我心中的人们——关于陈满的记载》	People Who Will Live Forever in My Heart: Remembering Chen Man
1979	《杜晚香》	Du Wanxiang

如果再深入译文内部，我们发现，编者在文本的翻译上也有凸显"女权主义者"丁玲的倾向。该选集对收录其中的《母亲》做了大量删节，译文只有原文一般的篇幅。诚然，选集由于篇幅的限制对选文进行删节是常见的做法，但具体如何删，删掉哪些部分则绝非随意而为。白露对《母亲》的删节分为两种，第一种是删去原文中关于亲戚关系、聚会、非中心人物的段落，理由是原文人物太多，关系繁杂，不适合西方读者的口味。第二种是编者整个删去了原文的第一章（原文共四章），原因是编者认为"该小说的主线是'新女性'曼贞的教育经历，而第一章和这一主线的联系不够紧密。"[①] 的确，曼贞在第一章中的"存在感"并不高，正在经历丧服之痛的她大多数时候是在病榻上度过的。但问题是，编者所说的"'新女性'曼贞的教育经历"真的是小说的主线吗？第一章真的无关紧要吗？关于《母亲》的写作动机，作者曾有过如下披露：

开始想写这部小说，是在去年从湖南有回到上海的时候，因为虽说在家里只住了三天，却听了许多家里和亲戚间的动人的故事，完全是一些农村经济的崩溃爱，地主，官绅阶级走向日暮穷途的一些骇人

[①] Tani E. Barlow, *I Myself Am a Woman: Selected Writings of Ding Ling*, Boston: Beacon Press, 1989, p. 201.

第四章 翻译选集与形象建构

的奇闻。这里面也间杂得有贫农抗租的斗争，也还有其他的斗争消息。

另外一方面，也有些关于小城市中有了机器纺纱机，机器织布机，机器碾米厂和小火轮，长途公共汽车的，更有一些洋商新贵的轶事新闻（在那小城市中的确成为不平凡的新闻），和内地军阀官僚的横暴欺诈。……（这些变化）并不是一件所谓感慨的事，那是包含了一个社会制度在历史过程中的转变的。所以我就开始觉得有写这部小说的必要。①

从以上引文来看，作者关注的中心话题并不是"女性"，而是新旧社会的过渡。但我们不免又会生出这样的疑问：既然小说与"女性"话题关涉不多，又为何要取名《母亲》呢，其实，对此作者早有交代："人物在大半部分都是以几家豪绅地主做中心，也带便的写到其他的

---

① 丁玲：《母亲》，上海良友图书印刷公司1933年版，第2—3页。

· 173 ·

人。但是为什么我要把这书叫做《母亲》呢？因为她是贯穿这部书的人物当中的一个。"① 由此推之，作者并不是从"女性主义"的角度来呈现"母亲"，"母亲"本身甚至不是小说的中心议题，一个旧秩序正在崩塌而新秩序尚未建立的过渡社会才是作者要表现的对象。从这个角度来看，第一章就并不是可有可无的，本章初步呈现了一个衰败中的豪绅家庭，是后面章节的必要铺垫。编者将"'新女性'曼贞的教育经历"看作故事的主线可以说是一种"有意的误读"。说有意，是因为编者自己似乎也意识到第一章中的曼贞与自己心目中的"新女性"有所龃龉。她说："在第一章，丁玲似乎动过将曼贞刻画成完美的儒家寡妇的念头。"② 其实，作者不只是"动过"，而是确实如此做了。第一章中的曼贞依然遵守着大家庭旧式的成规，根本谈不上"新女性"的独立自主："曼贞只觉得自己软弱得很，没有什么主见"，③ 甚至一度六神无主："幺妈说应该这样，她就这样，说应该那样，她就那样。"④ 因此，编者的删节是显然为了突出原文无意表达的"女性"主题，这种削足适履的做法也招来了刘禾的批评。⑤

此外，编者还借助注释，以自己的声音强化原文中的女权色彩。《我自己是女人》采用了"深度翻译"的策略，全书共添加注释 110 条，注释中除了一些关于中国的文化风俗、头衔、称谓等的说明之外，还有对文本内容的质疑，甚至与原作者的争论。比如，丁玲《三八节有感》中写道"离婚大多是男子提出的"，但译者却在为该句添加了如下注释：

> This was simply not true among peasants. Outside the revolutionary elite, divorce was the daughter-in-law's tool against an abusive mother-

---

① 丁玲：《母亲》，上海良友图书印刷公司 1933 年版，第 4 页。
② Tani E. Barlow, *I Myself Am a Woman*: *Selected Writings of Ding Ling*, Boston: Beacon Press, p. 201.
③ 丁玲：《母亲》，上海良友图书印刷公司 1933 年版，第 8 页。
④ 丁玲：《母亲》，上海良友图书印刷公司 1933 年版，第 24 页。
⑤ Lydia H. Liu, Review of I Myself Am a Woman: Selected Writings of Ding Ling, *Chinese Literature*: *Essays, Articles, Reviews*, No. 1, 1991.

in-law and the wife's second greatest threat against her husband. The first was suicide. （在农民中间情况并不是这样。在革命精英界之外，离婚是儿媳妇对抗恶婆婆的工具，是妻子对丈夫的第二大威胁，第一大威胁是自杀。）①

这里，编者主动"现声"，正面反驳原文的说法，目的不外是想突出女性的主动、自主：女性在离婚的事情上是有绝对话语权的，而不是只能听任男性的安排。

质言之，从 1980 年代开始，丁玲在美编选集中的形象发生了巨大转变，此前的"革命战士"如今摇身一变成为了自觉的"女权主义者"。

然而，丁玲形象在 1980 年代前后的美国发生向着"女权主义者"的转变并非偶然，而是与当时的历史语境和编者的学术背景密切相关。始于 1960 年代的美国第二次女权主义运动浪潮在 1980 年代达到高潮，这股浪潮波及文化和文学领域，女性主义文学批评应运而生，一时成为了文学研究的时髦理论。也恰在 1980 年代中后期开始，北美的中国现代文学研究也逐渐从区域研究中独立出来，学者们开始运用文学理论研究中国文学，而丁玲作为中国现代文学史上最重要的女作家，其作品自然是女性主义批评家所感兴趣的。另外，《我自己是女人》的编者白露正是伴随着这股浪潮成长起来的文学批评家，女性主义也自然而然是她关注的焦点。白露是美国莱斯大学亚洲学研究中心主任、历史系教授，西方现代中国女性研究的权威。在编选该选集之前，白露就曾发表过多篇关于丁玲女权主义思想的文章。早在 1980 年参加法国巴黎中国抗战文学讨论会时，"《三八节有感》和丁玲的女权主义在她文学作品中的表现"（Thoughts on March 8th and the literary expression of Ting Ling's feminism）。这是西方第一次明确使用"女权主义"来界定丁玲作品的思想。后来撰写了《丁玲早期小说中的女性主义和文学技巧》（*Feminism*

---

① Tani E. Barlow, *I Myself Am a Woman: Selected Writings of Ding Ling*, Boston: Beacon Press, 1989, p. 360.

and literary technique in Ting Ling's early short Stories》。在该文中，白露认为丁玲是"中国的女权主义者"。不仅如此，她认为丁玲母亲也是一位"民族女权主义者。"其实，1980年代开始，从女性主义切入丁玲研究的不只有北美学界，日本的丁玲研究在该时期也出现了"女性主义"转向。学者们希望从女性主义的视角索求解释丁玲及其作品的新路径，他们在这方面的成果结集为《探索丁玲：日本女性研究者论集》出版，本书的开篇文章便是《二十世纪七十年代日美的女性运动与丁玲》。

不言而喻，"女权主义者丁玲"之所以可以被建构起来，一个重要前提是丁玲及其作品本身是具有女权主义色彩的。但同时需要注意的是，该选集的副标题虽然名为"丁玲作品选"，但我们不能将《我自己是女人》单纯作为丁玲的作品来阅读，因为其中有白露的介入，包含着白露的主体性。换言之，这些小说的作者是丁玲，但《我自己是女人》的作者是白露。如此，选集就有了双重主体性——丁玲的主体性和白露的主体性。选集中的丁玲并不是自在的丁玲，而是白露所理解和呈现的丁玲。换句话说，白露选集中的丁玲是被建构的结果，而"女权主义"也绝不是丁玲的全部。不可否认，女性主义是解读丁玲的一个有效视角，能触及一些此前以"政治""革命""知识分子"为路径的研究所不察的问题。但是，将丁玲单单置于女性之一的视域下，是否有将丁玲充满张力的人生道路和文学世界简单化，从而走向另一个极端的危险？将视点过于集中在丁玲的女性身份和她作品中的女性，会不会由于学者们的研究期待而"制造"一个"女性主义者"丁玲？现在看来这种担忧绝非多余。

3. 丁玲形象的自我建构

在白露选集出版之前，中国文学出版社于1985年作为熊猫丛书的一种在海外出版了《莎菲女士的日记及其他》。这部选集中的作品是由丁玲亲自选定的，丁玲并为选集撰写了序言，因此这是一部丁玲的自选集。我们不禁想要知道此时的丁玲在选择作品时遵循着怎样的取舍标准？通过这部选集，她希望给海外读者呈现一个怎样的丁玲？

第四章 翻译选集与形象建构

表4-3　丁玲自选集《莎菲女士的日记及其他》所选篇目

创作时间（年）	原文	译文
1928	《莎菲女士的日记》	Miss Sophie's Diary
1930	《一九三〇年春上海（之二）》	Shanghai In the Spring of 1930 (2)
1931	《从夜晚到天亮》	From Dusk to Dawn
1931	《田家冲》	The Hamlet
1931	《某夜》	A Certain Night
1933	《奔》	Rushing
1936	《聚》	The Reunion
1941	《我在霞村的时候》	When I Was in Xia Village
1941	《夜》	Night

从选集自序的落款日期来看，该选集大约编选于1984年前后。共

收入9篇小说，均创作于1941年之前，按照创作时间排列。从所选篇目来看，丁玲似旨在反映其革命意识的成熟过程，或者说"革命丁玲"的成长过程。选集以《莎菲女士的日记》这一充满"个性主义"的作品开篇，紧随其后的是具有思想过渡性质的《一九三〇年春上海（之二）》和《从夜晚到天亮》，这两篇作品均表现了主人公从个人爱情走向革命的心路历程。比如后者描写了主人公的思想转变过程：失去"平"的她曾"想着一切而伤心"，但她并没有因此陷入绝望，而是逐渐产生了反抗的冲动，决心要"坚决的，正确的，坚韧的向前走去"。在"她"那里，"坚韧"就意味着抛弃自己"无谓的幻想"，去演绎"农家女幺妹和那三小姐"的故事。不言而喻，这故事便是丁玲紧接着写就的关于阶级斗争的《田家冲》。《田家冲》中的政治热情十分饱满，小说讲述的是革命者三小姐在农村组织激烈的阶级斗争的故事，《莎菲女士的日记》中的"个性主义"在《田家冲》里成为了被批判的对象，小说以幺妹一家的彻底觉悟结尾，表现了农民最终走向革命的"历史必然性"。《田家冲》之后的《某夜》《奔》等已成为了典型的左翼文本。从《从夜晚到天亮》到《田家冲》再到《某夜》，我们可以看到丁玲"革命意识"从萌发、成长、深化到最终成熟的过程。创作于1930年代初的这几部具有纪实性的作品勾勒出了丁玲在思想上"左转"的轨迹和"革命意识"的确立过程。

丁玲将《我在霞村的时候》这部在当时的解放区引起过争议的作品也选入其中，一方面在于它已经成为了丁玲的重要代表作，另一方面它被国内的官方选集多次选入，所以被证明是"安全的"。比如1946年周扬编选的《解放区短篇创作选》就将《我在霞村的时候》作为解放区的代表性小说重点推出，被列为解放区文学的首篇。胡风编《我在霞村的时候》（1944）、冯雪峰编《丁玲文集》（1947）、梅林编《丁玲文集》（1949）、开明版《丁玲选集》（1951）都同时收入了《莎菲女士的日记》和《我在霞村的时候》。1954年人民文学出版社的《延安集》也收入了《我在霞村的时候》。

此外，丁玲曾在国内也编过一部由开明出版社出版的自选集，如果我们将开明版和中国文学版两相对照，就会发现两部选集在文本选择上有极高的吻合度。开明版新文学选集1951年到1952年出版，由时任文化部部长茅盾主持，健在作家的选集由作家自己负责选目。这套选集具有高度"组织化"的特点，作家纷纷按照新的文艺政策规范选择作品，对自己的作品进行自我批评，并修改了作品中"不合时宜"的部分，最终能被顺利出版的则意味着所收作品是具有合法性的。① 开明版《丁玲选集》自不例外，丁玲从自己1942年之前的46篇作品中选择了16篇，而中国文学版的丁玲作品翻译选集所收的9篇作品中，有7篇与开明版一致，只有《从夜晚到天亮》和《聚》进入了中国文学版而没有进入开明版，这两篇作品都是丁玲左转之后的创作。由此可以看出，复出后的丁玲在文本选择上依然谨慎，将选择范围限定在了得到官方认可的作品之内。其实，如果联系晚年丁玲的思想状态，我们就不难理解丁玲的这一选择。

晚年丁玲谨言慎行，即使面对外国观众也是（更是）如此。1981年，应聂华苓主持的美国爱荷华国际写作中心邀请，丁玲赴美国进行了为期四个月的访问，其间也去了加拿大。这次美国之旅，丁玲发表过多次演讲。而从她在这次海外行的话语中，我们可以明确感觉到她在利用每一个可利用的机会塑造了一个正统的、高度政治化的丁玲形象。比如，关于自己与文学的结缘，她表示自己走上文学道路"不是为了描花绣朵，精心细刻，为了艺术而艺术，或者只是为了自己的爱好才从事文学事业的。不是的，我是为人生，为民族的解放，为国家的独立，为人民的民主，为社会的进步而从事文学写作的"。② 对于自己在"反右运动"和"文革"中的遭遇，她的顺从态度让人惊讶："现在，我搜索自己的感情，实在想不出更多的抱怨。我个人是遭受了一点损失，但是党和人民、国家受到的损失更大。我遭受不幸的时候，党和人民

---

① 陈改玲：《作为"纪程碑"的开明版"新文学选集"》，《现代文学研究丛刊》2005年第6期。
② 丁玲：《丁玲全集·第8卷》，河北人民出版社2001年版，第229—230页。

也同受蹂躏。……一个革命者，一个革命作家，在革命的长途上，怎能希求自己一帆风顺，不受一点挫折呢？"① 据在此次访问与丁玲有过接触的华裔作家刘敦仁回忆，丁玲"在访问加拿大的时候，每次被外国人问到她的过去时，丁玲对自己的国家，没有说过一句批评的话，多少个夜晚，我们在下榻的饭店闲聊时，她总是坚强地重复一句话：'我要批评自己的祖国，也不会到外国来批评'"②。如此看来，晚年丁玲在编选这部选集时之所以在文本选择上持谨慎态度，显然是受到了她当时思想状态的影响。

丁玲还为中国文学版的自选集撰写了的序言。序言主要围绕两个方面展开，其一是西方文学对自己的影响，其二是作者希望这部自选集的所能达到的目的。关于第一个方面，她说：

> 1919 年"五四"运动之后，西方和欧洲的思想文化在中国广泛传播，我们这一代人都渴望"向西方学习"。可以说，如果我没有受西方文学的影响，我很可能不会写小说，至少不会写出这部集子里收入的这种小说。很显然，我早期的小说走的是西方现实主义的道路，不仅在形式上，背后的思想也在某种程度上受到西方民主的影响。不久之后，随着中国革命的发展，我的小说也因应时代和人民的需求而发生了变化。从题材、人物到小说中的生活都是中国的。然而在有些作品中，欧洲方式的痕迹依然可以看得到，尤其是这部选集中写于 1920 年和 1930 年代的作品中。这也是为什么这些小说的法语译者苏珊娜·贝尔纳（Suzanne Bernard）说这些小说的女主人公，例如莎菲和三小姐会在国外找到朋友，我相信很可能会是这样。③

---

① 丁玲：《丁玲创作生涯》，百花文艺出版社 1984 年版，第 245 页。
② 刘敦仁：《哀丁玲》，载《丁玲纪念集》，湖南人民出版社 1987 年版，第 504 页。
③ Ding Ling, *Miss Sophie's Diary and Other Stories*, Beijing: Chinese Literature Press, 1985, pp. 7–8.

第四章 翻译选集与形象建构

　　至于希望这部选集所能达到的目的，丁玲用国家话语代替了个人话语，她没有提到希望普通读者如何接受自己的作品，而是希望自己的作品能作为沟通民族之间交流的桥梁，她说："文学应该以这种方式联通心灵，把不了解变为相互尊重。时间、空间和制度是无法将文学和它所赢得的朋友分开的。……现在我的这本集子要走向欧洲和世界其他地方了，我希望它能帮助增进民族之间的友谊。"①

　　概言之，由丁玲自选的翻译选集为海外读者建构了一个动态的丁玲形象，一个从"女性主义"出发，经过"左转"，而回归革命大本营的丁玲，一个与女性主义渐行渐远而不断贴近主流意识形态的丁玲。

　　这里就出现了一个很有趣的现象，在同一时期，海外学者和作者本人建构了不同的作家形象：海外学者着意建构的是丁玲的"女权主义者"形象，但作家本人却并不认同这一形象，甚至"丁玲复出后谴责当时的女性主义文学，这让她的支持者非常失望"。② 更有意思的是，编者白露本人自己曾透露说，1982 年她第一次见到丁玲时，问了她很多关于女性主义以及她在四十年代初做过的妇女工作方面的问题，但让她感到惊讶的是，丁玲竟因此而奚落了她，并让她回家去吧。③ 再比如，受欧美女性主义思潮的影响，日本学者田畑佐和子想跟劫后复出的丁玲谈论有关女性解放的话题，但从会见后的回忆文章来看，这次谈话显然让田畑大失所望，她说："其实这次见面，我也想跟丁玲谈谈现在世界盛行的新的'女性解放运动'，要告诉她这运动的思想和活动内容，以及我们怎样'再发现'或'再评价'她过去文章中表现的'女性主义'。可惜，这个愿望落空了"。④ 首先让田畑感到失望的是，对她所谈的"美国女人的勇敢的解放运动"丁玲十分冷淡，田畑意识到这冷淡不是由于

---

① Ding Ling, *Miss Sophie's Diary and Other Stories*, Beijing: Chinese Literature Press, 1985, pp. 7 – 8.
② David Der-wei Wang, Review of I Myself am a Woman: Selected Writings of Ding Ling, *Journal of American Oriental Society*, No. 3, 1991.
③ Tani E. Barlow ed., *The Power of Weakness*, New York: The Feminist Press, 2007, p. 25.
④ 田畑佐和子:《丁玲会见记》, 载《探索丁玲——日本女性研究者论集》, 人间出版社 2017 年版, 第 351 页。

语言障碍所知，但她始终无法理解为何丁玲如此排斥关于女性的话题，甚至决绝地说："我没有做过妇女工作，也没有搞过妇女运动。"

面对丁玲，白露和田畑们似乎遇到了"解释的焦虑"，① 也即是说，浸淫于"女性主义"思潮的研究者把丁玲先验地认定为一个"女性主义者"，并试图把丁玲和谐地嵌入自己预设的"女性主义"框架中，但丁玲显然是不肯"就范"的。可以肯定地是，正是丁玲人生道路和文学实践的纷繁复杂，让白露和田畑们的"女性主义"观遭遇了挑战。

综上，翻译选集中的丁玲形象既有历时演变，也有共时差异。在历时变化方面，早期的美编中国文学选集将丁玲塑造成了"革命战士"，从1980年代开始，丁玲的"女权主义者"形象在翻译选集中逐渐形成。有趣的是，翻译选集中丁玲形象的转变方向与丁玲文学生涯的转变轨迹恰恰相反；在共时差异方面，1980年代美编翻译选集和丁玲自编翻译选集建构了迥异的丁玲形象，丁玲并不希望像海外编者所期待的那样被视作"女权主义者"，而更愿意将自己塑造成主流意识形态的忠实拥护者。其实，无论是女权主义者、革命者还是意识形态拥护者，都只是丁玲形象的一个侧面，而且这各个侧面之间也并不是那样的界限分明，甚至相互交织重叠。正如刘禾评价《我自己是女人》时所指出的，"丁玲的作品提出的问题与其说是关乎女权主义的合法性，不如说是关乎主体、性别、阶级、民族、意识形态、文学表现等之间的复杂关系"。②

从对丁玲的个案中可以看出，翻译选集中的作家形象，一方面取决于作家的写作风格和创作实绩，但更与编者对其作品特定接受和阐释方式有关。接受活动发生时的历史语境以及接受者自身的阅读期待和文化背景，会或隐或显地影响作家形象的建构。随着历史语境或建构主体需求的变化，作家的形象也可能随之发生改变。

---

① 王中忱：《"新女性主义"的关怀——重读丁玲》，《读书》2017年第8期。
② Lydia H. Liu, Review of I Myself Am a Woman: Selected Writings of Ding Ling, *Chinese Literature: Essays, Articles, Reviews*, No.1, 1991.

二 翻译选集与中国文学的形象建构

德国汉学家顾彬（2008：9）曾说："20世纪中国文学并不是一件事情本身，而是一幅取决于阐释者及其阐释的形象。"而作为一种特殊的文本形态，翻译选集具有巴柔所说的"在场成分置换了一个缺席的原型"的功能（巴柔，2001：156），是建构异国文学形象的重要方式。如果说一部单行译本或个人翻译专集会塑造作家在另一文化中的形象的话，综合性翻译选集则会参与建构一国文学在另一文化中的整体形象，因为综合性翻译选集常常将原语国文学这一整体——而不仅仅是特定的作家作品——作为叙述对象，编者并会借助副文本做出阐释，而选集特有的权威性及其在教学中的重要位置，又能使它得到读者的高度认同。因此，翻译选集在建构一国文学形象中发挥着关键作用。

鉴此，本节将考察美编中国文学选集建构的中国文学的形象。按照美国出版的中国现当代文学选集在不同历史时期体现出的不同倾向，我们分以下五个阶段展开论述：中华人民共和国成立前（1931年—1949年）、"十七年"及"文革"时期（1950—1978年）、"新时期"（1979—1990年）、1990年代及21世纪至今。

1. 中华人民共和国成立前："红色"的三四十年代

1934年和1935年，三家具有共产国际背景的出版社：莫斯科苏联外国工作者合作出版社（Cooperative Publishing Society of Foreign Workers in the USSR）、伦敦马丁·劳伦斯出版社（Martin Lawrence）以及纽约国际出版社（International Publishers）先后出版了《中国短篇小说选》。选集共收录了丁玲、柔石、张天翼、郁达夫、丁九（应修人）五位作家的6篇作品：《某夜》《为奴隶的母亲》《一个伟大的印象》《二十一个》《春风沉醉的晚上》和《金宝塔银宝塔》。选集的译文均出自Cze Ming-ting之手，Cze Ming-ting实为美国人乔治·肯尼迪（George Kennedy），他当时为伊罗生主持的刊物《中国论坛》（China Forum）译稿。但是，这部选集背后的策划人并非乔治·肯尼迪，而是同情中国革命的美国左翼作家史沫特莱。史沫特莱的这一身份以及当时的历史环境决定了该选集浓厚的革命色彩。

首先，编者史沫特莱在交代选集的成书缘由时就明确将自己的选集划归为革命文学选集："1931年，《中国论坛》——由美国人在上海办的一份小报——开始发表中国社会和革命故事的译文。其中一些最优秀的作品被收入了这部——也是第一部——中国革命文学译文集。"① 其次，史沫特莱为选集撰写的序言紧紧围绕革命展开。她首先将中国现代文学在海外不为人知的部分原因归结为革命的敌人对作家的迫害，认为"在西方土地上，中国的革命文学几乎无人知晓。原因是多方面的，其中之一是几乎没有作品被翻译成外语。另一个原因是，虽然中国许多年轻作家的初作已显示出不凡的手笔，但他们还没来得及展示自己的才华就在'白色恐怖'中被杀害了"。② 紧接着，史沫特莱描绘了一幅中国作家冒着生命危险积极参与革命的画面，她说："毋需说，具有革命信

---

① Cze Ming-Ting ed., *Short Stories From China*, London：Martin Lawrence Ltd., 1934, pp. 5-6.
② Cze Ming-Ting ed., *Short Stories From China*, London：Martin Lawrence Ltd., 1934, p. 5.

念的年轻作家不应该追求存身象牙塔，写那些佳人等待久别的夫君归来的故事。他们也的确没有这样做，而是参与了正在中国进行着的伟大的革命斗争中。许多人为了自己的信念在斗争中付出了生命的代价。"①她还特别介绍了国民党当局对左翼文学的严格控制："尽管白色恐怖凶残异常，但中国的革命文学在最近几年发展迅速。个人、团体以及像中国左联这样的组织——以公开或秘密的方式——办有数十种刊物，这些刊物有时候只能持续几个月或几周。然而，在过去的几年，国民党帝国主义反革命的恐怖魔爪死死地掐住了全中国的文学创作。除了那些极为隐蔽的刊物之外，没有杂志可以发表革命文学。"②可以看到，史沫特莱虽然是在谈论文学，但最终的落脚点却在于革命，序言并没有对具体左翼文学的美学特征进行分析，而是围绕左翼作家与当局的斗争展开。在序言的最后，史沫特莱的编选动机一览无余：

  衷心希望，这本中国文学小册子作为先驱能引来更多的后来者。这不仅具有在文学方面，更在国际政治方面具有重大意义。今天的中国是声势浩大的革命斗争的中心，而且有可能很快会变成有一场世界帝国主义战争的战场。世界帝国主义图谋利用这场战争——同时也意味着帝国主义对苏联的攻击——瓦解中国革命，并最终分裂、统治中国。现代中国的革命文学有助于真切了解与此相关的许多问题。③

其实，该选集的出版与国际左翼的联动有着直接关系，是革命借力文学的成功案例。1933年丁玲被捕后，为了营救丁玲，史沫特莱一边积极呼吁美国公民自由联盟向国民党施压，同时，为了实现丁玲在美国的"文本性存在"，并唤起读者的同情，她积极组织翻译丁玲及其他左

---

① Cze Ming-Ting ed., *Short Stories From China*, London：Martin Lawrence Ltd., 1934, p. 5.
② Cze Ming-Ting ed., *Short Stories From China*, London：Martin Laurence Ltd., 1934, p. 5.
③ Cze Ming-Ting ed., *Short Stories From China*, London：Martin Laurence Ltd., 1934, p. 7.

翼作家的小说，刊登在美国的各大左翼刊物上。《某夜》是被转载最为频繁的小说之一，选译《某夜》，是因为该小说描写了五位年轻作家的被害，这既向目标读者道出了丁玲的艰难处境，也揭露了国民党的残暴。[①]次年，为了争取更广泛的国际援助，史沫特莱将这些小说结集成《中国短篇小说选》在三大国际城市同时出版，所收的六篇作品均出自受"白色恐怖"迫害的作家。

透过编者身份、出版时机、出版机构、篇目选择以及副文本阐释，可以看出，相比"为文学"之目的，该选集的出版有着更为现实的"为革命"的目的。

[①] 苏真、熊鹰：《如何营救丁玲：跨国文学史的个案研究》，《山东社会科学》2014年第12期。

第四章 翻译选集与形象建构

几乎在史沫特莱着手编选《中国短篇小说》的同时，另一位来自美国的"进步"记者也在编选一部后来引起巨大反响的中国小说选集，这就是埃德加·斯诺编选的《活的中国》。《活的中国》由斯诺负责主编，同时也有多位中国文人参与了编选工作，如姚莘农、萧乾、杨刚等。其实斯诺最初的打算是编译鲁迅个人的短篇小说集，鲁迅还为此做过序[①]。后来计划有变，于是将鲁迅的七篇作品单独列为一部分，第二部分则由十四位作家的十七篇作品构成，其中丁玲、茅盾、田军（萧军）各入选两篇。选集最后附有斯诺夫人海伦·福斯特（Helen Foster），以笔名尼姆·威尔斯（Nym Wales）撰写的论文"现代中国文学运动"（The modern Chinese literary movement）。这部选集的副标题虽标明为"现代中国短篇小说集"，但除了小说之外，该选集也收入了多篇散文和杂文，如鲁迅的《论"他妈的"》和林语堂的《忆狗肉将军》。

斯诺的篇目选择标准非常明显，作品内容是否能够表现革命现实是决定其能否入选的重要因素，而作品形式在斯诺那里并不是最主要的。"他不要文字漂亮的，……文字粗糙点没关系，他要的是那些揭露性的、谴责性的、描写中国社会现实的作品。"[②] 他尤其青睐那些控诉、揭露和谴责当局暴行的作品，至于作品的艺术风格是否"现代"、文笔是否优美则不是他主要考虑的。斯诺还临时决定将萧乾的《皈依》选入，当萧乾显得"有些忸怩"时，他再次强调"要的不是名家，而是作品的社会内容"，因为这本选集"就缺所谓西方文明对中国老百姓心灵的蹂躏这个方面"[③]。其实，在编选之初"原是收入了许多位反对国民党的作家的作品，在这些作家中，好些被蒋介石的凶手所杀害"[④]。

斯诺的这种选择标准与他对中国文学的认知以及其编选目的密切相

[①] 参见《鲁迅全集》第七卷《集外集拾遗》，第381页。
[②] 萧乾：《斯诺与中国新文艺运动》，载《活的中国》，湖南人民出版社1983年版，第6页。
[③] 萧乾：《斯诺与中国新文艺运动》，载《活的中国》，湖南人民出版社1983年版，第8页。
[④] ［美］埃德加·斯诺：《我在旧中国十三年》，夏翠薇译，生活·读书·新知三联书店1973年版，第61—62页。

关。一方面，斯诺"并不认为三十年代我国新创作的艺术水平很高"。①事实上，在当时政治场和文学场高度分化的环境下，"《现代》杂志上颇登了一些大都会生活的'流线型'作品"，"新感觉派"作家也十分活跃且大受读者欢迎。然而，斯诺对这类作品"一概不感兴趣"。② 另一方面，斯诺编选中国小说的一个重要目的是向国际读者介绍中国革命的现实。他认为，"即便当代中国没有产生什么伟大的作品，总具有不少科学的及社会学的意义，就是从功利主义出发，也应当译出来让大家读读"。③ 可见，斯诺看重的并非作品的"文学意义"，"文学性"较强的实验性作品由于不能直接表现社会现实而无法入选。

可以看出，与史沫特莱编选的《中国短篇小说》一样，《活的中国》所看重的也是中国现代文学对于中国革命的功用，希望借此向外界传递中国的现实，从接受者的反应来看，这部选集似乎达到了编者的最终目的，比如有美国学者指出，"一个民族的灵魂需要从它的文学作品中去了解。这里的内容足以让哪怕最迟钝的人热血沸腾，足以让想象力最贫乏的人重新了解中国大众身处其中的社会动荡以及中国知识分子所承受的精神折磨。《活的中国》之所以重要，不是因为它是文学或政治作品，而是因为它是一部极为生动的社会档案"。有这本书在手，就可以"烧掉所有外国人写的关于中国社会的书"。而"作为一部关于中国社会现状和中国青年心理的指南，这些小说是有着巨大价值的文献，任何研究中国的人都不应错过"。④

对揭露性、谴责性作品的青睐，并非斯诺所独有。美国记者伊罗生编选于同一时期的《草鞋脚》有着相似的选择倾向。应伊罗生的要求，鲁迅和茅盾曾开列了一份选目单，但《草鞋脚》最终的篇目与鲁迅和茅盾提供的单子有很大不同。鲁迅和茅盾选目的主题范围很广：农村生

---

① 萧乾：《斯诺与新中国文艺运动》，载《活的中国》，湖南人民出版社1983年版，第3页。
② 萧乾：《斯诺与新中国文艺运动》，载《活的中国》，湖南人民出版社1983年版，第6页。
③ Snow Edgar ed., *Living China: Modern Chinese Short Stories*, New York: Reynal & Hitchcock, 1937, p. 13.
④ George E. Taylor, Review of Living China, *Public Affairs*, No. 1, 1937.

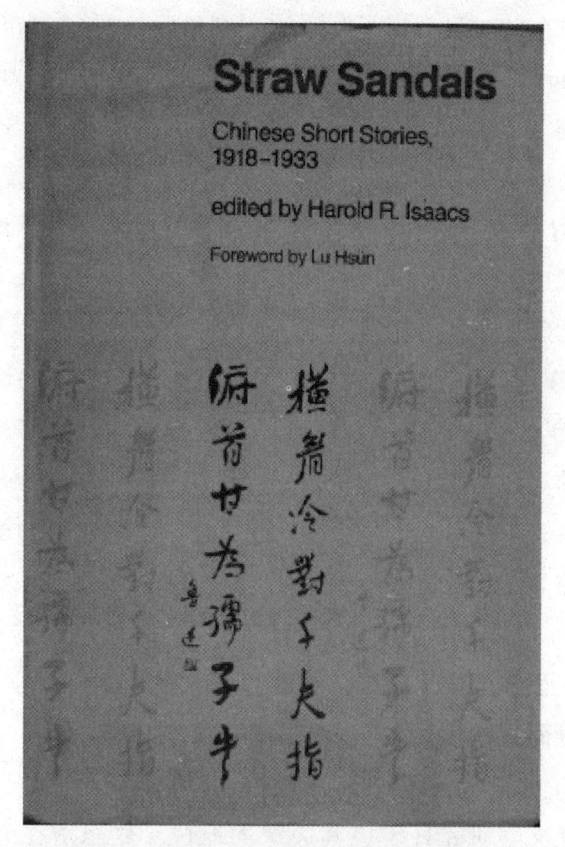

活（5篇）—工人生活（3篇）—东北义勇军（3篇）—"苏区"生活（3篇）—"白色恐怖"（1篇）—其他。伊罗生选目的一个最大变化是，将受"白色恐怖"迫害的作家的作品由原来的1篇增加到4篇，"五烈士"中的胡也频、柔石、殷夫等都有作品入选。尽管伊罗生编选这个集子一方面是"为说明并介绍中国文学革命的发展状况"，另一方面是"向西方读者介绍一批在蒋介石国民党政权镇压下的作家的作品"。① 但显然，对第二个目的贯彻是更为彻底的。

综上，该时期的编者队伍主要由同情中国革命的国际友人构成，他们对中国革命有着切身体验，"为革命"——而非"为文学"——成为主导他们选择篇目的主要因素，左翼文学最受编者关注。因此，中国现

---

① 鲁迅、茅盾：《草鞋脚》，湖南人民出版社1982年版，第589—590页。

代文学的形象在此时呈现出了鲜明的"红色"。一些在当时产生过巨大影响的、极具现代性的作品（如《上海狐步舞》《都市风景线》等），因为不够"红"，与革命现实联系不够紧密而无法入选，这客观上让中国现代文学的形象失色不少。同时，诸如现代中国"没有产生什么伟大的作品"、中国现代文学只具有"社会学的意义"等话语，已悄然进入了选家的叙述。

2. "十七年"及"文化大革命"时期："学术转向"及其影响

进入50年代，由于冷战的原因，中国文学在美国的译介陷入了沉寂。随着70年代初中美关系的解冻，两国的文化交流开始升温，中国文学在美国的译介步伐有所加快，现当代文学翻译选集也出现了久违的热闹场面，共有12部出版。较之以前，这一时期选集的最大变化可以概括为"学术转向"。编者队伍的主体由国际友人变为了汉学家，供学术研究之用成了编译选集的主要目的之一。选集编纂的"学术转向"意味着西方汉学界的学术氛围、编者的学术背景以及学术立场成了决定选集面貌、进而影响中国文学形象建构的重要因素。

首先，20世纪80年代之前，西方的汉学研究长期以中国古典文学为主，现当代文学研究处于极其边缘的地位。夏志清在完成了《中国现代小说史》之后，为了"证明自己的汉学功底"，[1]也转向了中国古典文学研究。在当时厚古薄今的学术氛围中，学者型选家对中国现当代文学的评价自然不会太高。在《学思文粹》的编者看来，中国现代文学"仍然很年轻"。[2]这一判断也反映在了选目上，现代文学部分不足全书的六分之一。《中国现代文学》（Modern Literature from China）的编者也认为，"在普通美国人的眼里，除了孔夫子的教诲预言之外，不存在中国文学"。[3]此外，当时西方的中国现当代文学研究，是区域研究

---

[1] 张英进：《五十年来海外中国现代文学的英文研究》，《文艺理论研究》2016年第4期。
[2] Chai Chu & Chai Winberg ed., *A Treasury of Chinese Literature*, New York: Appleton-Century, 1965, p. viii.
[3] Wacter J. Meserve ed., *Modern Literature from China*, New York: New York University Press, 1974, p. 1.

的一部分，而非纯粹的文学研究。文学文本被当作旨在"熟悉你的敌人"的"历史原材料"。① 换言之，此时的选家更强调中国现当代文学在了解中国社会方面的工具之用，作品的文学价值自然是他们所不以为然的，例如，《中国现代小说选》的编者詹纳认为，"除了鲁迅，在小说形式和技巧方面，中国现代作家对寻求文学新鲜感的读者不会提供任何东西"。②

其次，以夏志清为代表的部分编者十分强调台湾当代文学（相比大陆当代文学）更具美学价值，更"现代"。夏志清编选的《二十世纪中国小说选》遵循的选目标准是"作品内在的文学性及其在中国短篇小说发展史上的代表性"。③ 入选的八位作家中有四位来自台湾，而1949年之后的部分没有大陆作家入选，对此夏志清解释说："中国文学的现代传统自1949年以来在大陆没有得以延续，因此，代表该时期的作品均选自台湾。"④ 自此之后，类似的编选策略反复出现，类似的话语也像不证自明的"知识"一样见诸后来编者的笔端。比如，白之编选的《中国文学选集》（Anthology of Chinese Literature Vol. II）（1972）对台湾文学的偏爱同样明显。该选集新诗部分介绍了四位大陆诗人，另外专辟一节"台湾新诗人"，有六位诗人入选。《新现实主义：文革后的中国作品》的编者认为，即使到"新时期"，"在文学作品的质量上，台湾要远高于大陆"。⑤ 1995年，刘绍铭与葛浩文合编的《哥伦比亚中国现代文学文集》中，1949年到1976年的作品占了全书的三分之一，但代表这一时期的篇目几乎没有大陆作品。暂且不论

---

① Perry Link, Zdeology and Theory in the Study of Modern Chinese Literature, *Modern China*, No. 1, 1993.

② William John Francis Jenner ed., *Modern Chinese Stories*, London: Oxford University Press, 1970, p. vii.

③ Hsia Chi-ching ed., *Tuentieth Century Chines Stories*, New York: Columbia University Press, 1971, p. ix.

④ Hsia Chi-ching ed., *Tuentieth Century Chines Stories*, New York: Columbia University Press, 1971, p. x.

⑤ Lee Yee ed., *The New Realism: Writings from China after the Cultural Revolution*, New York: Hippocrene Books, 1983, p. 4.

现代传统是否真的绝迹于大陆当代文学,仅就一本综合性选集所应具有的"代表性"而言,用夏志清自己的话来说,"应该包含所有对理解中国现代小说发展至关重要的作品"。① 遗憾的是,夏志清等编者却并没有真正贯彻这一指导方针。对此,金介甫指出,"尽管可以说毛泽东时代的文学创作军事美学压倒了社会趣味因此不选入,但它们的独特性以及在当时的受欢迎程度,依然有历史意义",此类选集有毫不掩饰的倾向性,因此之故,不便将其"作为那些敏感学生的指定读物"。②

1970 年代选集编纂的"学术转向",使得中国现当代文学的形象在对比中变得清晰起来:在纵向的古今对比中显得还"很年轻",不成熟;在横向的海峡两岸对比中,显得"不现代"。

3. "新时期":被前景化的异议文学

20 世纪 80 年代,北美的中国现当代文学研究者致力于将其从传统的汉学研究中分离出来,以实现该学科的独立地位。而诚如张英进所言,选集对"英文学界中文学研究的机制化是不可或缺的"。③ 在此背景下,中国现当代文学选集在"新时期"呈现一派繁荣景象,共有 18 部出版。除了量的激增外,该时期选集在多个方面都有了新的变化。在篇目选择上,选家们大都"与时俱进",更加关注"新时期"以来的作品。此外,该时期选集的编纂出现了一种"历史整体性的消失":编者们似乎并不热衷大型的综合性选集,相反,出现了许多围绕特定的作家、群体、时期和主题的片断化选集,比如以"女性"(如《本是同根生:现代中国女性小说》),"西部"(如《中国西部:今日中国短篇小说》)、"科幻"[如《中国科幻小说》(*Science Fiction from China*)(1989)]、"农民"(如《犁沟:农民,知识分子与国家》)等为主题的选集。

---

① Hsia, Chi-ching ed., *Modern Chinese Stories and Novellas: 1919–1949*, New York: Colamsia University Press, 1981, p. ix.

② [美]金介甫:《中国文学(一九四九——一九九九)的英译本出版情况述评(续)》,查明建译,《当代作家评论》2006 年第 4 期。

③ 张英进:《五十年来海外中国现代文学的英文研究》,《文艺理论研究》2016 年第 4 期。

第四章 翻译选集与形象建构

然而，在"历史整体性消失"后形成的、看似杂乱无章的"碎片化"热潮中，有一类选集却异常醒目：异议文学选集。该时期有多部选集特别关注有争议的作家作品。这类选集从封面设计、选集名称、序言和献词，到篇目选择、作家作品介绍等方面，似乎都坚持"政治标准第一，艺术标准第二"。于是，"文革""毛时代""毒草"等成了选集名称中最常见的字眼；王若望、刘宾雁等成了入选最频繁的作家；《假如我是真的》、《苦恋》等作品成了入选的热门。可以说，该时期在美出版的中国现当代文学选集表现出了鲜明的政治化倾向。这种倾向主要通过两种方式体现出来：第一，篇目的选择。此类选集副文本的政治色彩相对较弱，但在篇目选择上却明显倾向于政治上有争议的作家作品（见表4-4和表4-5），此类作品常常占据较大篇幅，且多居显著位置。比如，梅森·王（Mason Wang，音译）主编的《中国当代文学面面观》以及萧凤霞等合编的《毛泽东的收获》就十分关注与主流意识形态相对立的作家，《新写实主义》也收入了不少"令人震惊的短篇小说"。[①] 第二，篇目选择和副文本阐释之合力。这类选集除了选择异见文学作品之外，通常在副文本中用大量笔墨介绍"异见"而不是"文

[①] ［美］金介甫：《中国文学（一九四九——一九九九）的英译本出版情况述评（续）》，查明建译，《当代作家评论》2006年第4期。

· 193 ·

学"。这方面,林培瑞编译的《倔强的野草》最为典型。该选集所收篇目几乎都引起过或大或小的争议,编者在长达近 30 页的序言中只谈论中国的"文学机制",因为在他看来,"尽管西方读者无法亲眼目睹中国极为复杂的文学机制,但对文学机制的话题总是充满好奇"。① 虽然深知在当代中国文坛有"许多更重要的作家",但编者"尤其注意受欢迎且有争议的作品",也因此只能"让寻求文学艺术的读者感到失望了"。②

---

① Perry Link ed., *Stubborn Weeds: Popular and Controversial Chinese Literature after the Cultural Revolution*, Bloomington: Indiana University Press, 1983, p. 1.
② Perry Link ed., *Stubborn Weeds: Popular and Controversial Chinese Literature after the Cultural Revolution*, Bloomington: Indiana University Press, 1983, pp. 25–26.

表4-4　　　　　　　　　　作家入选频次

作家	选次（次）	年份（年）
王蒙	5	1980；1981；1983；1984；1988
刘宾雁	4	1980；1981；1983；1988
王若望	3	1981；1983；1988
蒋子龙	3	1983；1983；1983
高晓声	2	1983；1983
沙叶新	2	1983；1983
白桦	2	1983；1983

表4-5　　　　　　　　　　作品入选频次

作品	选次（次）	年份（年）
组织部来了个年轻人	2	1980；1981
夜的眼	2	1983；1984
假如我是真的	2	1983；1983
基础	2	1983；1983
李顺大造屋	2	1983；1983

　　异议文学选集的涌现，把一些政治热情有余而文学价值不足的作品推向前景，这会影响读者对中国当代文学的认知，生成新一种形象，即"中国新时期文学关心社会批评远甚于文学价值"，[①] 中国当代文学"很粗糙、不够精致"。[②]

　　形象一旦生成就会具有一定的稳定性，进而影响后来编者的研判。比如，莫兰（Morin）后来编选《红色杜鹃花》（*The Red Azalea*）时依然道歉似地说："人们很容易批评中国当代诗歌缺乏当代读者所期望的复杂性和精密度。"[③] 其实，这样的忏悔毫无理由，正如赵毅衡所指出

[①] ［美］金介甫：《中国文学（一九四九——一九九九）的英译本出版情况述评（续）》，查明建译，《当代作家评论》2006年第4期。

[②] Vivian, Ling Hsu ed., *Born of the Same Roots: Stories of Modern Chinese Women*, Bloomington: Indiana University Press, 1983, p. vii.

[③] Edward Merin ed., *Red Azalea: Chinese Poetry Since the Cultural Revolution*, Honolulu: University of Hawaii Press, 1990, p. v.

的,"最近的中国诗歌已经被证明和其他任何民族的诗歌一样精密、一样充满挑战。要批评中国诗歌不够成熟并不容易,除非编者的编选和呈现方式有意让它呈现如此面貌"。① 此外,翻译选集会"形塑(读者的)口味"和阅读期待,所以,美国人"对讽刺的、批评政府的、唱反调的"中国文学作品特别感兴趣这一事实,② 恐怕与异议文学选集所建构的文学形象不无关系。更重要的是,受利益驱动的出版商和深谙读者口味的编者,也会为了满足读者的想象,将目光投向政治多一点的作品。比如,继 1988 年出版《火种:中国良知之声》之后,白杰明于 1992 年出版了又一部异见文学选集《新鬼旧梦》;葛浩文后来也亲自编辑了一本中国当代文学选集,书名干脆叫作《毛主席会不高兴》,编者迎合英语读者口味的意图昭然可见。

4. 1990 年代:作为"文学"的中国文学

进入 1990 年代,中国文学选集的编者构成较之 1980 年代有了明显变化,总的趋势是区域研究学者的占比明显下降(白杰明和萧凤霞是该时期仅有的两位"非文学研究型"编者),而以王德威、刘绍铭、葛浩文等为代表的中国现当代文学的研究者构成了该时期编者队伍的主体。这一变化与北美中国现当代文学研究的范式转变有着深刻联系。

从 1980 年代中叶开始,英语世界的中国现当代文学研究在总体上开始与北美的文学研究同步发展,而不再跟随区域研究。③ 正如刘康所言,"在经过了与古典学家、历史学家和社会学家所主导的学术汉学霸权数十年的艰苦斗争之后,西方的中国现代文学研究只是在最近,才被认可为一个独立的领域"。④ 这一研究范式转变的标志性事件之一,是 1993 年美国《现代中国》(*Modern China*)杂志推出的"中国现代文学

---

① Zhao, Yi-heng, Review of Red Azalea: Chinese Poetry since the Cultural Revolution, *Bulletin of the School of Oriental and African Studies*, No. 2, 1992.
② 葛浩文、罗屿:《美国人喜欢唱反调的作品》,《新世纪周刊》2008 年第 10 期。
③ 张英进:《五十年来海外中国现代文学的英文研究》,《文艺理论研究》2016 年第 4 期。
④ Liu, Kang, Politics, Critical Paradigms: Reflections on Modern Chinese Literature Studies, *Modern China*, No. 1, 1993.

研究中的意识形态与理论"专号。此次专号中,学者们一方面指出了此前北美中国现代文学研究中的弊病(主要是历史实证主义倾向和政治气氛浓烈的区域研究模式),同时也讨论了该领域出现的新动态,即西方的文学理论开始被大量运用到中国现当代文学研究当中。虽然学者们就如何借用西方理论阐释中国文学经验态度各异,但对"文学研究回归了文学本身"予以一致肯定。这一研究范式的转变以及由此带来的编者构成的变化,也反映在了该时期的选集编纂中:编者开始以文学艺术的标准选择和阐释中国文学,泛政治化的编选倾向明显减弱(白杰明编选的《新鬼旧梦录》是1990年代唯一一部带有政治色彩的选集)。

首先,在作家作品选择方面,先锋文学成为了该时期选集的绝对主角(见表4-6和表4-7)。莫言、残雪、余华、苏童、韩少功、格非等先锋作家最为选家所关注。《山上的小屋》《舒家兄弟》《追忆乌攸先生》等具有很强实验性的作品被频频选入。王蒙是唯一一位在1980年代和1990年代均保持较高入选率的作家,但需要注意的是,1990年代用以代表王蒙的已不再是《组织部来了个年轻人》这样的社会控诉类作品,而是充满了语言试验的《来劲》和意识流小说《选择的历程》等。在1980年代颇受选家青睐的刘宾雁、王若望等作家在1990年代则无一作品入选。随着选家将目光转向追求技术创新而较少直接介入现实的先锋文学,该时期中国文学选集的"文学性"也大大增加。

表4-6　　　　　　　　作家入选频次

作家	选次(次)	年份(年)
莫言	4	1991;1994;1995;1995
残雪	4	1991;1995;1995;1998
余华	4	1994;1995;1995;1998
苏童	4	1994;1995;1995;1998
韩少功	3	1990;1991;1995
王蒙	3	1991;1995;1995

表 4-7　　　　　　　　　作品入选频次

作品	选次（次）	年份（年）
山上的小屋	3	1991；1995；1998
舒家兄弟	2	1995；1998
追忆乌攸先生	2	1995；1998

其次，在文本阐释方面，编者开始从文学的角度、用文学的话语阐释中国文学，更加强调中国文学的审美价值而非认识价值。比如《中国现代小说大观》认为，"随着作家创作和出版自由的不断增加，艺术创新也在加强。作家们开始关心语言和结构艺术，他们努力创造新的文学表达模式"，也"开始实验一些非传统的叙事形式，比如无情节叙事、非线性叙事、多元叙事者、意识流、元小说等"，他们当中"有些人在中国特质和中国社会方面的探索已经超过了此前最优秀的小说"。①《狂奔》的编者王德威指出，在一系列震荡之后，中国文学的发展并没有如悲观主义者宣称的那样"戛然而止"，反而出现了"强力反弹"。②"至于那些习惯于将现当代中国小说看作社会史的补充或社会政治的'民族寓言'的人，1980 年代的中国小说完全是另一番情景……当代中国作家孕育着世纪末的中国想象新的、生动的开始。"③再比如，《哥伦比亚中国现代文学选集》认为，"如果斯诺今天编选（中国文学）的话，他不必做任何辩护④，因为 1980 年代以来的中国小说和诗歌是无须道歉的。新一代作家尽管也如他们的前辈一样关心国家救亡，但他们充分展示了自己的才华，早已斩断了和批判现实主义的联系，……进入了一个充满各种叙事可能的崭新世界，从而可以运

---

① Michael S. Duke ed., *Worlds of Modern Chinese Fiction*, Armonk: M. E. Sharpe, 1991, p. x.
② David Der-wei Wang ed., *Running Wild: New Chinese Writers*, New York: Columbia University Press, 1994, p. 239.
③ David Der-wei Wang ed., *Running Wild: New Chinese Writers*, New York: Columbia University Press, 1994, p. 242.
④ 斯诺编选《活的中国》时曾做过这样的辩护："即便当代中国没有产生什么伟大的作品，总具有不少科学的和社会学的意义，就是从功利主义出发，也应当译出来让大家读读"（参见 Snow, 1937: 13）。

用丰富的形式和技巧（如寓言、拟戏、现代主义、先锋主义以及最近的魔幻现实主义）来解释现实"。① 其实，对中国现当代小说艺术价值的肯认在1980年代末的选集中就已初露端倪。李欧梵1989年为《春竹》撰写导言时就指出，"这部选集中的小说看上去'很不中国'：这里没有革命意识形态的痕迹，没有拙劣的政治宣传，甚至也没有僵硬的道德说教，没有让那些见多识广的西方读者感觉不可下咽的东西"，这些作品"值得关注的地方不仅在于意识形态和政治的缺席，更在于作家们在努力探索新风格，在情结、人物刻画和语言方面进行着实验"。②

此外，1990年代的部分编者还通过指认中国现当代文学的艺术价值，正面反驳了此前选集漠视中国作品的文学价值、热衷对中国文学作政治性解读、将中国文学当作历史文献来对待的片面、偏狭做法。例如，面对20世纪80年代争议文学作品的密集译介对中国文学形象的影响，《中国先锋小说选》的编者反驳道："在80年代的西方有一种颇有市场的神话，即中国作家只关心人权问题，他们的终极目标是与政权作斗争，以捍卫自由民主的原则，"但"先锋派作家雄辩地表明，中国作家完全可以不去理会社会政治意识"，这部选集就是"一份有力的宣言，即作家们始终在不断提高对文学形式的敏感性，并努力以有趣的方式讲故事"。③ 不止美国，同一时期在英国出版的选集也致力于纠偏西方关于中国文学的刻板印象。《迷舟：来自中国的先锋小说》（*Lost Boat: Avant-garde Fiction from China*）（1993）就指出，"关于中国文学的选集已有很多。遗憾的是，大多数编者之所以对中国文学产生兴趣主要是因为它们的社会和政治内容。这些选集的名称本身（《毛泽东的收获》《倔强的野草》《火种》等）就透漏了编选目的"。"当新一代中国

---

① Joseph S. M. Lau & Howard Goldblatt ed., *The Columbia Anthology of Modern Chinese Literature*, New York: Columbia University Press, 1995, p. xv.
② Tai Jeaune ed., *Spring Bamboo: A Collection of Contemporary Chinese Short Stories*, New York: Rundom House, 1989, p. xi.
③ Wang Jing ed., *China's Avant-Garde Fiction: An Anthology*, Durham: Duke University Press, 1998, p. 14.

作家已经开始在自己的小说话语中摒弃明显的政治和意识形态模式的时候，政治阅读模式显得尤其不合时宜"。① 选集封底的推荐语呼吁读者"忘掉你关于中国文学所知道的一切，……（该选集中的故事）会让你对生活和文学——而不止是中国的生活和文学（强调部分为原文所加——引者注）——有新的认识"。

概言之，进入1990年代，关注并认可中国现当代文学的艺术价值成为了编者们的共同选择，选集编纂中的"非文学"因素大大减少，编者在选择和阐释中国文学时，开始了向"为文学"的回归。该时期的翻译选集也因此塑造了新的中国文学形象，即中国文学并非拙劣的政治宣传或僵硬的道德说教，而是蕴含着自身独特艺术魅力的文学。

5. 21世纪：众声喧哗的编选译介格局

自21世纪，尤其是21世纪中叶以来，英语世界对引介中国文学的新声音和新主题兴趣渐浓，出版商开始意识到已经被翻译成英语的中国小说"无法代表今日中国文学的多样性"。② 纸托邦（Paper Republic）的创办者Abrahamsen也表示，虽然他们的选材"会受制于出版行业的偏好"，但他们依旧"热衷于展示（中国文学的）广阔图景，而不是仅仅择取个别作家作为自己的努力方向"。③ 此外，国内的一些团体和组织也以创办英文期刊［如《路灯》（*Pathlight*）、《天南!》（*Chutzpah!*）］和网站（如纸托邦）的方式主动参与中国文学在海外的版图绘制，这类平台的一个共同点是尤其关注那些尚处文学场边缘的新锐作家。在此背景下，21世纪中国文学翻译选集的编者在阐释框架和作家作品选择方面开始走向多元化。在严肃文学被继续编译成册的同时，一些无法进入文学史庙堂的作家作品开始走进编者视野，中国现当代文学被译介的

---

① Henry Zhao ed., *The Lost Boat: Avant-garde Fiction from China*, London: Weusweep, 1993, p. 17.

② Leese, K. 2013. The world has yet to see the best of Chinese literature, http://blogs.spectator.co.uk/books/2013/03/the-world-has-yet-to-see-the-best-of-chinese-literature/ (accessed 01/05/2018).

③ Cornell, C. 2012. Watch this space: Contemporary Chinese Literature in English, interview with Eric Abrahamsen, http://blogs.usyd.edu.au/artspacechina/2010/10/watch_this_space_contemporary_1.html (accessed 27/04/2018).

第四章 翻译选集与形象建构

范围不断扩大,风格多样的选集多角度展示了中国文学的丰富图景,从而形成了一个众声喧哗的译介世界。

首先,在此前的译介活动中几乎被忽视的通俗文学开始获得了编者的关注,出现了多部通俗文学选集,比如首部小小说选集《喧吵的麻雀》、首部闪小说选集《珍珠衫及其他》以及影响广泛的《哥伦比亚中国民间与通俗文学选集》等。这类选集所选文本多为供茶余饭后消遣娱乐的闲适之作,内里较少宏大而沉重的历史叙事,更多的是对生活"趣味"的追求。比如《礼拜六小说》收入的小说均是关于"言情""殷勤""公案""滑稽"等,"鸳鸯蝴蝶派"的代表作家如徐卓呆、包天笑、冯叔鸾、周瘦鹃等悉数入选。通俗文学选集虽然姗姗来迟,但其重要意义不容忽视,因为"通俗文学是认识中国文学的关键一环,它给读者提供的范围广阔的材料对于完整理解中国文学至关重要",会"让那些对中国文学感兴趣的读者更好地、更彻底地了解中国文学",[①]有助于展示了中国文学轻松诙谐、闲逸自适的一面,进而丰富目标读者对中国文学的认识。

其次,21世纪编者在篇目选择方面十分注意作品风格和作家群体的多样性,希望将不同类型的作家创作的风格各异的作品呈现给读者,且特别关注当下正在发展中的中国文学,大量初涉文坛的作家成为了选集的主角。比如《成盐之声》为那些因新概念作文大赛而进入大众视野的"80后"作家提供了一个集中亮相的舞台。《红色不是唯一的颜色》则将镜头对准了中国同性恋文学。《新企鹅双语版中国短篇小说》既收录有表现农民诚实朴素的故事,也有揭露当代城市社会阴暗面的作品,"这些充斥着农村方言、城市俚语的小说,风格多样、观点迥异","给学生提供了一个阅读多样化的中国当代文学的机会"。[②]《天南!来

[①] Uictor H. Mair & Mark Bender ed., *The Columbia Anthology of Chinese Fock and Popular Literature*, New York: Columbia University Press, 2011, p. xiv.

[②] John Balcom ed., *New Penguin Parallel Text Short Stories in Chinese*, New York: Penguin Books, 2013.

自中国的新声》则聚焦徐则臣、盛可以、任晓雯等新锐作家，希望通过展示新一代中国小说"丰富的想象力、无限的创造性"以及"万花筒般的乐趣"，来粉碎"中国常常似乎是铁板一块，同声一辞"这一来自西方的幻象。①

最后，编者提醒读者要重新审视自己对中国文学的解读偏好，克服关于中国文学的惯性认知，从鲜活的现实——而不是从成见——出发去认识中国文学。南非诗人 Breytenbach 在《裂隙》的前言中写道：

> 缺乏经验的非中国读者必须要特别注意，不要透过自己被调制过的眼镜去观看中国文学。由于"距离"造成的安全感，以及对"差异"的好奇，我们一直以来被"异国情调"等陈词滥调所蒙骗着，这部选集的优点不仅在于它能擦亮我们的眼镜，让我们感受到现代性的"普遍"，更在于它构成了一个表达当今中国文学创造性的平面。我们在这里看到的是对内心生活、外部生活、公共生活以及历史的多样描绘，但几乎没有道德说教，也没有刻意暗示自己的与众不同。②

《看不见的星球》也认为，中国作家的视界如今已不再只局限于中国自身。相反，"与世界各地的作家一样，今天的中国作家同样关注人文主义、关注全球化、关注技术革新、关注传统与现代、关注家庭与爱情、关注人生的终极意义"，而西方读者"想当然地认为中国作家只关心政治，这不仅是傲慢的，也是危险的"。因此，编者一开始便提醒读者不要透过地缘政治的棱镜观看中国文学，不要将"亲西方式的颠覆"作为解读中国作品的标尺。③

---

① Quning & Austin Woerner ed., *Chutzpah! New Uoices from China*, Normon: Oklahoma University Presa, 2015.
② Henry Y. H. Zhao ed., *Fissures: Chinese Writing Today*, Brookline, MA: Zephyr Press, 2000, pp. 12 – 13.
③ Ken, Liu ed., *Invisible Planets*, New York: Tor Books, 2016, pp. 15 – 16.

第四章 翻译选集与形象建构

需要指出的是，在21世纪，对中国现当代文学进行政治性解读的做法依然偶有发生，选集编纂中的政治化倾向也并未完全消失。黄运特主编的《中国现代文学大红书》就是一例。该选集的副文本中充斥着浓厚的政治意识形态色彩，甚至不乏偏见和攻击。编者对每个时期文学的评判，主要不是基于文本本身，而是以彼时的政治事件为主要——甚至唯一——标准。蓝诗玲[1]曾对这种编选方式提出了委婉的批评："和许多之前的批评家一样，黄运特将中国文学定义为一种政治现象。在中国现当代文学与政治之间画上等号，无异于给它套上一件紧身衣。"值得欣慰的是，这种泛政治化的编选方式在21世纪已远不是主流，不再是常规而是例外，对中国文学的政治性言说只是众声喧哗中的一种声音，且不是最响亮的那一种。

从翻译选集的视角，透过选家的文本选择倾向和言说方式，我们可以看到半个多世纪以来中国现当代文学形象在美国的演变。在"为革命"压倒"为文学"而成为主要译介宗旨的三四十年代，中国文学呈现出鲜明的"红色"；70年代，随着选集编纂的"学术转向"，在西方汉学界厚古薄今的学术氛围中，中国现当代文学被认为是"很年轻的"，"在形式和技巧方面"是"不会给读者提供任何新东西"的；异议文学选集在80年代的密集出现，让中国现当代文学显的"不够成熟、很粗糙，不够精致"，流于简单的社会批评。合而观之，对中国现当代文学艺术价值的不以为然，贯穿于美国各个时期翻译选集编纂的始终，成了"变量中的恒量"。直到1990年代，文学选集终于回归了"为文学"的编选原则，中国文学的艺术审美价值取代认识价值成为被关注的焦点，编者并开始纠正1980年代形成的关于中国文学的刻板印象；21世纪以来，虽然政治性解读依然是中国文学在短期内难以摆脱的窠臼，但随着中国文学的"边缘""当下"以及风格各异的创作群体获得关注，一个众声喧哗的编选译介格局业已形成，中国文学的图景也因此

---

[1] Julia Lovell, A Bigger picture, *The New York Times Book Review*, No. 7, 2016.

变得更加丰富。

然而，正如达姆罗什所言，"选集既是通向源语文化的一扇窗户，也是映射宿主文化的一面镜子"。① 选集在建构一国文学形象的同时，也映照出了编者主体的形象，透射出了编者对一国文学的想象。因此，翻译选集建构的中国现当代文学形象，其决定因素甚至不在于中国现当代文学本身，而在于编者的"观看之道"和阐释逻辑，与他们的想象和"议题设置"相抵牾的作品自然是不能入选的。如此，中国现当代文学的形象便会被塑造成他们认为应该有的样子。

---

① David Damrosch, The Mirror and The Window: Reflections on Anthology Construction, *Pedagogy*, No.1, 2001.

第五章　世界文学选集中的中国现当代文学

关于世界文学的讨论已有很多，以"世界文学"为主题的会议、论文、专著数不胜数。所有关于世界文学的讨论似乎都会追溯到歌德那里，虽然"世界文学"这一说法并非歌德首创。但必须承认，歌德有关世界文学的论述所产生的影响远远超过了前人。歌德世界文学构想的核心要义是各国文学通过相互交流和对话，共同组成一个能充分容纳诸多民族文学的世界文学大家庭。此后，马克思和恩格斯、雨果·梅尔茨（Hugo Meltzl）、勃兰兑斯等都作过关于世界文学的论述，只不过早期关于世界文学的讨论多属于一种随想式的展望，21世纪以来的世界文学热才真正产生了不少系统性的世界文学理论，比如卡萨诺瓦（Pascale Casanova）的"文学世界共和国"、达姆罗什（David Damrosch）的"椭圆形折射"以及莫莱蒂（Franco Moretti）的"世界文学体系"等。当然，关于世界文学的讨论并非全是赞许之声，有学者对世界文学的可能性提出怀疑，比如爱普特（Emily Apter）、斯皮瓦克（Gayatri C. Spivak）等。但无论如何，一个不可否认的事实是，这些学理性很强的论述（或论争）不仅使得"世界文学"这一曾经模糊不清的概念在内涵上更加明晰，同时也扩大了世界文学的问题域，围绕世界文学衍生出了一系列可以深入挖掘的课题，进而促进了世界文学的学科化，这种学科化的典型表现之一便是21世纪伊始在美国发生的世界文学选集编纂热潮。21世纪以来，美国出版了多部有影响的世界文学选集，比如《诺顿世界文学选集》(The Norton Anthology of World Literature)《朗文世界文学选集》(The Longman Anthology of World Literature)《贝德福德世界文学选集》(The Bedford Anthology of World Literature) 以及《哈珀柯林斯世界读本》(The Harper Collins World Reader) 等。

  世界文学选集,顾名思义,必然是以世界范围内的各民族文学为编选对象的,但选集的容量是有限的,面对如此庞大的文学体量,编者必然要有所取舍,而如何选择、怎样编排绝不是随意而为,相反,编者的选编实践必然要依据一定的标准和原则。从某种意义上讲,世界文学选集其实是一种特殊形态的文学史,它需要讲述一个有始有终的故事,这就意味着在编选之前,编者需要设定特定的叙述逻辑,并围绕这一逻辑来选择、安排和阐释文本,而不只是进行简单的文本堆积。也唯此,世界文学选集才能具有意义。从另一个角度来看,世界文学选集的编纂是世界文学理论的实践应用,因此世界文学选集的编纂过程,同时也是编者世界文学观的物化过程。世界文学选集的最终面貌受编者世界文学理念的指导,持有不同世界文学观的编者(群)必然会推出不尽相同的世界文学选集。

  如前所述,世界文学选集绝不只是民族文学文本的简单合集,而可以被看作一种特殊的文学史,是作家作品经典化的重要方式之一。它既是学者案头的参考书,也是学生手中的教科书,其影响十分广泛。因此,考察世界文学选集对中国文学的版图绘制,自有其重要意义,透过世界文学选集我们可以一窥"世界中的中国文学"。需要说明的是,本书的目的不在于为"中国文学在世界文学中的地位"提供确切的答案,而是希望揭示中国现当代文学在世界文学选集中的面貌。我们关心的是,哪些作家作为中国现当代文学的代表被选入世界文学选集?这些作家作品中的那些质素使他们得以入选?世界文学选集建构了怎样的中国现当代文学形象?中国现当代文学的哪个(些)侧面被凸显、哪个(些)侧面又被遮蔽了?这对于世界读者了解中国现当代文学又会产生怎样的影响?对于这些问题的回答,有助于丰富和深化我们对"世界中的中国现当代文学"的认识。为此,本章将首先回顾美编世界文学选集的变迁史,然后考察美编世界文学选集对中国现当代文学的选择和阐释,最后就中国文学进入世界文学选集的路径和机制进行讨论分析。

本章的讨论围绕以下三种世界文学选集展开:萨拉·拉沃尔(Sarah Lawall)主编的《诺顿世界文学选集》(*The Norton Anthology of World Literature*, 6 vols., New York: Norton, 2002, 下称《诺顿》)、大卫·达姆罗什主编的《朗文世界文学选集》(*Longman Anthology of World Literature*, 6 vols., New York: Longman, 2009, 下称《朗文》)和保罗·戴维斯(Paul Davis)主编的《贝德福德世界文学选集》(*The Bedford Anthology of World Literature*, 6 vols., Bedford—St. Martin's, 2003, 下称《贝选》)。之所以选取这三部选集,是因为三部选集的编者均为世界文学研究领域的权威学者,其所主编的选集在学界产生了较大影响。其次,三部选集均是英语世界绝大部分高校世界文学课程采用的教材,有着广泛的接受群体。

一 美编世界文学选集的变迁

美国一直以来热衷编选世界文学选集,且其所编选集总能产生广泛影响,以致长期以来,"美国学术界垄断着世界文学教材和选集的市场"。① 早在1956年,美国诺顿公司就推出了两卷本《诺顿世界杰作选》(*The Norton Anthology of World Masterpieces*),并于1965年、1973年、1979年、1985年、1992年、1995年、1999年、2002年和2012年不断再版,其中1995年之前的版本均由梅纳德·迈克(Maynard Mack)领衔,从1999年版开始,萨拉·拉沃尔接替梅纳德·迈克成为新的主编。

除了1995年的扩展版之外,从1956年到1999年的《诺顿》版本都添加了"西方文化文学"(Literature of Western Culture)的副标题,

---

① César Domínguez, Dislocating European Literature (s): What's in an Anthology of European Literature, *Kultura (Skopje)*, No. 3, 2014.

而且序言开篇就明确表示"世界杰作选是一部西方文学选集"。从选集内容来看，这话不假，因为该选集只选择西方文学，但如此理直气壮的表述让人觉得编者并不认为这种将西方文学等同世界文学的做法有何不妥。在1973年、1985年和1992年，诺顿在《世界杰作选》之外又单另推出了《东方杰作选》（*Masterpieces of the Orient*），这一安排将东方文学建构成了"世界"的"他者"，其背后的欧洲中心主义显而易见。更令人称奇的是，《世界杰作选》还会选择性地收编一些东方文学，比如在1985年版本中，日本作家三岛由纪夫（Yukio Mishima）和印度作家R. K. 纳拉扬（R. K. Narayan）没有被归入《东方杰作选》，而入选了《世界杰作选》，编者并有解释为什么这两位作家被"（西方）世界化"了。更离奇的是，1992年的版本中，这两位作家又被尼日利亚作家钦努阿·阿切贝（Chinua Achebe）和埃及作家纳吉布·马哈富兹（Naguib Mahfouz）取而代之，1999年则节选了《一千零一夜》。按照编者的说法，"我们一直以来在尝试着将该选集扩展为真正的、当代意义上的'世界'杰作选"。① 前述零星的东方文学被收录《世界杰作选》，也许就是这种"扩展"的一个表现。但问题是，无论什么时期，在世界文学选集出现之前，"世界文学"作为一个客体早就在那里，又何来"扩展"之说。在《诺顿》的编者看来，似乎"世界"是一个有着巨大弹性的概念，可以随意伸缩。

　　1995年的扩展版是《诺顿》发展史上的重要一环，该版本增加了2000页的非西方文学。可惜这个版本的确只是"扩展"了，但并没有结构上的根本变化，只是在西方文学中心轴周围加入了一些陌生面孔。1995年的扩展版是2002年的基础，且改为6卷本，但新版的《世界文学选集》却在拆解了《世界杰作选》的编排逻辑之后，并没有找到将不同文学传统的作品很好组织起来的办法，以致选集内部缺乏关联。2002版在分期上也做了改变，不再直接套用西方的模式，而统一改用具

---

① Maynard Mack ed., *World Masterpieces: Literature of Western Culture*, New York: W. W. Norton, 1992, p. xviii.

体的时间，比如卷一分为"公元 100 年之前""公元 100 年至 1500 年代""1500 年代到 1600 年代"三个时段。但不难看出，这种分期法可谓换汤不换药，每个时段依然对应西方的普遍历史分期法，比如卷一的三个时段分别对应古典时期、中世纪以及文艺复兴时期。

总之，在相当长的时间内，《诺顿》版的"世界文学"其实是"西方文学"的同义语。这部"世界文学选集"在早期多少有些名不副实，虽然被冠以"世界"之名，《诺顿》的杰作选却只收入西方文学，而东方文学则作为"附庸"单独成册。随着 20 世纪 90 年代以来，"边缘"成为被关注的中心，随着来自第三世界、女性主义、少数族裔对西方经典的考问以及非西方作家在全球范围内的崛起（比如非西方的诺贝尔文学奖得主），在后殖民主义、解构主义、新历史主义等思潮的冲击下,"西方与他方"(The West and the Rest)二元对立的、本质主义的世界文学观越来越不合时宜。在此背景下,《诺顿》在21世纪前后也不得不"打开经典",收录了大量的非西方作品,中国等非西方国家的作品也正是借此契机开始系统进入世界文学选集。"打开经典"还表现在命名上,从2000年的版本开始,《诺顿》摈弃了"杰作选",而以"世界文学选集"名之,从"世界文学杰作选"到"世界文学选集"的名称变化本身就意义重大。

《朗文》6卷本初版于2004年。2008年推出精简版,分上下两卷。2009年再版6卷版。《朗文》主编由美国知名的世界文学学者达姆罗什担纲,收录的作家多达230多位,覆盖了60多个国家和地区。在打开经典方面,《朗文》要比《诺顿》走得更远,许多我们熟悉的作家(比如雨果、狄更斯、普鲁斯特、海明威、加缪等)没能入选,相反选取了

第五章 世界文学选集中的中国现当代文学

不少较为陌生的作家作品,比如日本诗人与谢野晶子(Akiko Yosano)、波兰作家齐别根纽·赫伯特(Zbigniew Herbert)、奥地利作家英格博格·巴赫曼(Ingeborg Bachmann)、立陶宛流亡作家切斯拉夫·米沃什(Czesław Miłosz)等。文学文本之外,《朗文》还收入了文学理论、哲学和宗教文本等,比如刘勰的《文心雕龙》、柏拉图的《理想国》和奥古斯丁的《忏悔录》等。与《诺顿》相比,《朗文》的编选方式也有了多处创新,最为醒目的特点是《朗文》在文本之外设置了多个专题板块。比如"语境"(Perspectives)板块收入的文本旨在为解读其他重要文本提供文化语境,揭示一些具有广泛重要性的问题;"共鸣"(Resonances)部分则会提示某一所选文本与选集内另一文本(通常来自其他时代或地域)之间的关系;"横流"(Crosscurrents)单元介绍了某(几)种文学思潮在不同地区的旅行,及其在旅行过程中所产生的影响和激起的反应。专题板块的设置既可以为读者理解文本营造一定的语境,也有助于增强来自不同文化的作品之间的联系。

《贝选》是典型的教材式选本，采用了我们最为熟悉的编选方式。每位作家都由作家简介、所选作品、课后提问三部分组成，并为绝大多数作家配有照片。选文完全按照作家出生年月排列，并在目录中注明了作家的国籍。像《朗文》一样，《贝选》也设置了专题单元，但相比而言要简单很多，所有单元分为"在世界中"（In the World）和"在传统中"（In the Tradition）两类。《贝选》的专题并不是为读者理解主要文本提供语境，也无意呈现不同文本之间的共鸣，而只是把一些具有一定共同点的作品予以集中展示。比如"在世界中：存在主义"单元收入了萨特的《存在主义是一种人道主义》、加缪的《西西弗的神话》、弗朗兹·法农的《黑皮肤，白面具》以及大江健三郎的《广岛札记》；"在传统中：战争、冲突和对抗的文学"单元收入了奥地利诗人特拉克尔（George Trakl）的《东部战线》、罗马尼亚诗人保罗·策兰（Paul Celan）的《死亡赋格》（Death Fugue）、北岛的《回答》《宣告》和《结局或开始》等。

综上，《诺顿》的变迁是一个从"西方"走向"世界"的过程，一个逐渐"打开经典"的过程。《朗文》和《贝选》由于是在21世纪才首次推出，而彼时，强调民族文学交流互动的新的世界文学观已成为学界共识，所以它们从一开始就将东西方文学共同纳入叙述，在地域、文类等多方面都更加开放。

以上三部世界文学选集的编写体例与一般的文学史非常相似，主要以时间为线分时期介绍。在具体介绍作家作品之前，选集首先会对该时期世界文学的概况、主要文学思潮的发生发展等问题作一总体梳理。每个作家的介绍由"文本"和"副文本"两部分构成。"文本"即所选作家的代表作品，"副文本"则主要包括作家的生平简介、作家艺术特色的概括以及对所选作品的解读等。

二 世界文学选集对中国现当代文学的绘制

自20世纪20年代开始，中国现代文学就已经跨越国界，开始了在

第五章　世界文学选集中的中国现当代文学

广阔的世界文学场域的旅行。我国学界一直以来十分关注中国现当代文学作品在世界文学系统中的传播和接受情况，并始终对"世界文学中的中国现当代文学"保持着浓厚的兴趣，但早期的相关研究多聚焦极个别重要作家在海外的接受状况。比如早在1977年，戈宝权先生就发表了题为《鲁迅的世界地位与国际威望》的长文；1981年，他的专著《鲁迅在世界文学上的地位》出版，该著以翔实的资料，从鲁迅与外国作家的友谊、鲁迅著作的翻译以及外国作家对鲁迅的评价等角度，全面论述了鲁迅的世界文学地位。21世纪以来，尤其是在我国提出"中国文化走出去"的国家战略之后，学界开始系统研究中国现当代文学在世界范围内的传播和接受。世界文学选集对中国文学的择取和解读也引起了学者关注，但目前的相关研究止于罗列被选入的中国文学作品，没能深入挖掘世界文学的文本选择机制对中国文学的影响，也未分析世界文学选本对中国文学的阐释和定位，其实这种研究有着重要意义，值得深入开展，这也正是本书的出发点。

自从"世界文学"选集将非西方文学纳入其中以来，与亚洲其他国家相比，中国文学作品的入选数量和所占篇幅始终居于首位。而从被选入的中国文学作品内部来看，入选最多的是中国古代文学中的先秦典籍和唐诗宋词，这也是为什么每种选集的前两卷收录的中国作品要远多于后面几卷，且多以独立单元的形式呈现。但从第三卷开始，中国文学作品的数量明显下降，比如《诺顿》（2012）第三卷只收入了《桃花扇》，第五卷只收录了《老残游记》。如若将被选入的中国古代文学和现当代文学进行比较的话，前者的数量要远远超过后者。很长一段时间，鲁迅是世界文学选集中中国现当代文学的唯一代表，这便给人一种印象，即中国古代文学值得关注，而现代文学则乏善可陈。这种情况只是从新世纪开始才略有改观，除了鲁迅之外的其他现当代作家也开始被选入。我们对新世纪以来三部选集中的中国现当代文学作品进行了数据统计，统计结果见表5–1。

从表5–1的统计结果来看，三部世界文学选集共收录了8位中国现当代作家的 23 篇（部）作品，除了小说、诗歌、戏剧之外，还收入了中国现代文学发展史上的重要论文。从作家的入选频次来看，鲁迅入选了所有三部选集，且入选作品数占到了总数的将近一半（共 10 篇）；张爱玲和北岛各入选两部选集一次，其中前者被入选的作品为 3 篇小说，后者为 5 首诗歌。其余五位作家胡适、陈独秀、老舍、高行健、莫言均只入选一部选集一次。由此可以看出，鲁迅、张爱玲和北岛是世界文学选集中的稳定人选，我们下面的论述也将主要围绕这三位作家展开，解读世界文学选集对他们的呈现方式，分析他们能被反复选入的深层原因，同时也会兼及其他被选入的作家作品。

表 5–1　　　　世界文学选集中的中国现当代文学作品

入选作家	《诺顿》（2002）	《诺顿》（2012）	《朗文》（2004；2009）	《贝德福德》（2003；2004；2010）
鲁迅	《狂人日记》《在酒楼上》《野草·题辞》《野草·秋夜》	《狂人日记》《药》	《呐喊·自序》《一件小事》《狂人日记》	《阿Q正传》
张爱玲	《倾城之恋》	《封锁》	Stale Mates	
北岛			《无题·他睁开第三只眼》《旧雪》	《回答》《宣告》《结局或开始》
高行健				《对话与反诘》
胡适			《文学改良刍议》	
陈独秀		《文学革命论》		
老舍		《老字号》		
莫言		《老枪》		

1. 世界文学选集中的鲁迅

鲁迅不仅是域外文学资源的容受者，也是世界文学的创造者。因此，学者一方面探究世界文学对鲁迅的影响，另一方面也开始关注世界文学场域中的鲁迅。除了前面提到的戈宝权的相关论著之外，1994 年和 2014 年，中国鲁迅研究会先后举办了"世界文学中的鲁迅"和"世界视野中的鲁迅"国际学术研讨会。综合来看，鲁迅文学的世界性、鲁迅作品在域外的传播、海外鲁迅研究等,是被讨论最多的话题。然而,世界文学选集作为一个考察"世界文学中的鲁迅"的绝好观测点,却还未能得到学界的足够关注。

鲁迅是唯一一位同时入选三部选集的中国现代作家,且位置靠前,这与鲁迅在中国现代文学史上的地位是相一致的,并不令人感到意外,正如邓腾克所言,"如果中国现代文学要在真正意义上拓展世界文学经典,而不仅仅是被汇入世界文学,就必须从鲁迅开始"。[1] 因此,任何一部世界文学选集如若要收入中国现代文学的话,鲁迅恐怕是毋庸置疑的不二人选,毕竟他的经典地位已不可动摇。但是,三部选集对鲁迅的呈现方式却不尽相同。

《诺顿》对鲁迅的介绍有一个耐人寻味的开头。在介绍鲁迅个人的生平和文学成就之前,编者首先对中国现代文学作了一个整体判断。编者认为,"在过去的一个世纪,中国知识分子在努力将自己从沉重的、令人压抑的过去中解放出来,试图找到一个独立于传统文明的中国文化身份。事实上,这是整个中国现代文学一直以来的核心关切"。[2] 虽然20世纪初西方文学被大量译介到了中国,但在编者看来,西方文学模式在当时的中国文人那里只具有"反传统"的工具之用,因为"许多中国作家并没有在西方模式中找到新的艺术的可能,而只是在其中寻求改变其文化或剖析中国文化遗产问题的手段"。[3] 这里的论述虽然没有直接指向鲁迅,却绝非无关紧要,而是为接下来阐释鲁迅定下了基调。首先,可以看出,编者并不是把鲁迅作为一个个体,而是作为整个中国现代文学的代表加以观照的。换句话说,鲁迅被当作中国现代文学的——而不仅仅是他自己的——代言人,这即意味着,鲁迅与中国现代作家群

---

[1] Kirk Denton, Review of Diary of a Madman and Other Stories, *Chinese Literature: Essays, Articles, Reviews*, No. 15, 1993.

[2] Sarah Lawall & Maynard Mack ed., *The Norton Anthology of World Literature*, v. F, New York: Norton, 2002, p. 1917.

[3] Sarah Lawall & Maynard Mack ed., *The Norton Anthology of World Literature*, v. F, New York: Norton, 2002, p. 1917.

所分享的共性会被凸显,而他独有的个性则无法充分呈现。其次,编者将"反传统"看作中国现代文学的底色,这就意味着,被选为中国现代文学代表的鲁迅及其作品也会被置于"反传统"的框架下来解读。于是,鲁迅的小说被认为"是对一种彻底失败了的文化无情而荒凉的写照",在鲁迅的笔下,"就连辨别善恶的能力也被这种(文化的)恶给侵蚀了",读者能够从鲁迅的作品中感受到"他对传统文化深深的愤怒"①。编者虽然提到了鲁迅接受过传统教育这一事实,但却是为了将其作为批评的靶子:"有时候,他会在自己的小说中展露这方面(古学方面——引者注)的功底,但总是被他的反讽技巧大大削弱了(undercut)。"而鲁迅转向古典文学研究的原因,在编者看来也只是"为了自保"。② 因之,不难看出,《诺顿》着意塑造的是一个"反传统斗士"的鲁迅形象。

从鞭挞中国传统文化的角度解读鲁迅,尽管并不完全错,但问题在于,这种简单化的解读遮蔽了鲁迅对传统继承的一面。鲁迅"反传统"的一面在编者选择的《在酒楼上》和《狂人日记》中是对的,但是在古今杂糅的《故事新编》那里就很难成立了,这恐怕也是《故事新编》无法入选的原因。鲁迅与中国传统文化的关系非常复杂,但新与旧绝不是鲁迅称颂或批判某一文化现象的标准,鲁迅在批判旧文化和旧文学的同时,也不无对其中有益成分的择取,即所谓"将彼俘来,自由驱使,绝不介怀"。《诺顿》编者对鲁迅及其作品的解读似在突出其与传统的"断裂感",但颇有些用力过猛,这种简单化的处理会导致对鲁迅的片面性认识。

与《诺顿》形成鲜明对比的是,《朗文》是将鲁迅作为"个体"来阐释的。《朗文》的鲁迅介绍部分一个引人注目的地方,是编者没有对所选文本进行解读,而是用较大篇幅交代了对鲁迅文学道路产生过重要

---

① Sarah Lawall & Maynard Mack ed., *The Norton Anthology of World Literature*, v. F, New York: Norton, 2002, p. 1918.

② Sarah Lawall & Maynard Mack ed., *The Norton Anthology of World Literature*, v. F, New York: Norton, 2002, p. 1918.

影响的事件，比如鲁迅接受的古典教育、家庭的变故、在日本期间失败的文学活动、幻灯片事件、鲁迅对新文学的贡献等。这种书写方式与编者的编写理念密切相关。主编达姆罗什表示，"在作家介绍方面，我们的目标是以容易理解的方式为读者提供重要信息。我们既不会以居高临下的姿态跟读者讲述，也不会用大量难以消化的信息让读者无从下手。我们的介绍不追求全面，而是力图为读者提供进入文本的方式以及文本与外部的联系。我们的注释是简明的、信息性的，而不是庞杂的、解读性的"。① 然而，也许是为了帮助读者找到打开鲁迅文本的"正确方式"，编者在最后还是对鲁迅文学的特质做出了解读性的总结。与《诺顿》一样，这一总结也涉及鲁迅与传统的关系，所不同的是，《朗文》的解读更为辩证。编者认为，"这些作品（《呐喊》和《彷徨》——引者注）中反复出现的主题总是以志在彻底改变中国文化的知识分子所面临的困境和矛盾为中心。他虽然意识到中国传统思想和做法的缺陷和恶习，却既不愿彻底否弃它，又对乌托邦式的改良能否真正带来积极的变革深感怀疑。对于写作能否真正掌握并传递真知、知识分子能否真正和普通大众交流这类问题，他也存有疑虑。这些问题终于让他在1926年彻底放弃了小说创作"。② 可见，《朗文》为读者呈现的是一个"一团矛盾"的鲁迅，编者预设的这一阐释逻辑也直接体现在了对鲁迅作品的选择上。

《朗文》的选文很有些出人意料，但若将"一团矛盾"的鲁迅形象和这一形象对选文的规制结合起来看的话，编者的良苦用心是显而易见的。《朗文》选取的第一篇作品既不是开中国现代文学先声的《狂人日记》，也不是在国外流传最广的《阿Q正传》，而是鲁迅披露心迹的文章《〈呐喊〉自序》。《自序》开始时呈现给读者的是一个绝望的鲁迅，这种绝望既来自因"叫喊于生人中，而生人并无反应，既非赞同，也无

---

① David Damrosch ed., *The Longman Anthology of World Literature*, v. F, New York: Longman, 2009, p. xx.

② David Damrosch ed., *The Longman Anthology of World Literature*, v. F, New York: Longman, 2009, p. 128.

反对，如置身毫无边际的荒原"的孤独感，也来自"铁屋"理论所揭示的对启蒙有效性的深深怀疑。《自序》最后，我们又从作者的"不免呐喊几声"中听到了些许希望，虽然对于当时已开始逐渐进入"彷徨"期的鲁迅来说，这希望并非主动发自内心，而只是为了不至"将自以为苦的寂寞，再来传染给也如我那年青时候似的正做着好梦的青年"。①《自序》中在绝望与希望之间摇摆的"我"，十分契合《郎文》中"一团矛盾"的鲁迅形象。《朗文》另外一个让人意想不到的选择是被成仿吾（1924）称为"拙劣的随笔"、但被鲁迅收入小说集《呐喊》的《一件小事》，即使在国内的现代文学史教程中，《一件小事》也从来不是文学史家重点论述的对象，所以《朗文》编者从鲁迅作品中选择这么一篇相对"小众"的小说，自然是有所考量的。其实，《一件小事》之所以得以入选，恐怕主要还在于，小说中"我"对车夫的误认能很好地说明编者强调的、鲁迅对"写作能否真正掌握并传递真知、知识分子能否真正和普通大众交流"表示怀疑的一面。

与《诺顿》和《朗文》不同，《贝选》主要不是从鲁迅与传统的关系来解读鲁迅，而是采取了完全不同的叙述视角：鲁迅与革命。这从副文本中的小标题似乎就能看出端倪。在开篇简要介绍了鲁迅的出身和弃医从文的经过后，编者分三部分来论述鲁迅的文学活动，每部分的小标题分别为"革命的一生""政治小说"和"《阿Q正传》"。其中，"革命的一生"部分尤其值得注意。该部分共两段，第一段是对幻灯片事件的讲述和对《狂人日记》的解读。第二段编者笔锋一转，开始介绍鲁迅的革命活动以及和党派的关系，编者写道："尽管毛泽东和中国共产党'二战'后掌握政权之前，鲁迅已经去世了，但他被这位中国共产党领袖封为中国革命的精神导师"，鲁迅"组织了中国左翼作家联盟，在躲避政治迫害期间以不同笔名写下了六百多篇散文"。② 此外，

---

① 鲁迅：《鲁迅全集·第1卷》，人民文学出版社2005年版，第441—442页。
② Paul Davis ed., *The Bedford Anthology of World Literature*, v. 6, Boston: Bedford/St. Martin's, 2003, pp. 331–332.

《贝选》在页面的空白处设置了重点提示。鲁迅部分共有四处重点提示,其中三处是关于鲁迅与党派的关系。第一处是鲁迅 1930 年 9 月 24 日摄于上海的照片,照片下面的说明文字是"作家鲁迅深受毛泽东和中国共产党人的尊崇"。① 第二处重点提示转引了毛泽东《新民主主义论》中对鲁迅的评价,即"鲁迅是中国文化革命的主将,他不但是伟大的文学家,而且是伟大的思想家和伟大的革命家。……是向着敌人冲锋陷阵的最正确、最勇敢、最坚决、最忠实、最热忱的民族英雄"。② 另一处引文则出自美国著名学者丹尼尔·S. 伯特(Daniel S. Burt),他说:"鲁迅被当做民族英雄,被中国共产党经典化,被尊为中国革命的智识源泉,为毛泽东培育了意识形态土壤。"③ 以上引文中一些值得商榷的地方暂且不论,这里需要引起注意的是,编者的介绍集中在了政治党派对鲁迅的激赏以及被追加于鲁迅身上的革命意义,但鲁迅自己的立场始终是缺席的,鲁迅与左联之间的复杂关系也被遮蔽了,这就给读者一种"鲁迅主动配合政治革命"的单一印象。由此,一个"政治革命化"的鲁迅形象跃然纸上。沿着这一路线,《贝选》对选文《阿 Q 正传》的解读也颇带些革命色彩。编者认为,《阿 Q 正传》"揭露了青年'革命党人'的虚伪,他们处决阿 Q 是为了给人一种他们在维护法制和秩序的假象。中国革命前夕的各种敌对力量都在这里:对所处社会不甚了解的不幸个体、无力自保的旧秩序以及将要诞生的、稚嫩的、肤浅的、无法主持公道的新秩序。《阿 Q 正传》并没有一个皆大欢喜的结局:它是对错误的社会革命主张的审视,没有哪个群体能逃脱被讽刺的命运"。④

"革命"的确是鲁迅世界的关键词之一,但是,鲁迅所投身的革命

---

① Paul Davis ed., *The Bedford Anthology of World Literature*, v. 6, Boston: Bedford/St. Martin's, 2003, pp. 331 – 332.
② Paul Davis ed., *The Bedford Anthology of World Literature*, v. 6, Boston: Bedford/St. Martin's, 2003, p. 333.
③ Paul Davis ed., *The Bedford Anthology of World Literature*, v. 6, Boston: Bedford/St. Martin's, 2003, p. 333.
④ Paul Davis ed., *The Bedford Anthology of World Literature*, v. 6, Boston: Bedford/St. Martin's, 2003, p. 333.

并非单纯的政治意义上的革命，鲁迅的革命观从根本上来讲是一种人的解放的观念，是以"立人思想"为主体内容的，这种革命观与以夺取政权为前提、以国家政权的力量为主体的政治革命观有着本质区别，虽然两者在反对专制、反对帝国主义等方面不无一致性。① 对于鲁迅革命观与政治革命观既部分重合又本质不同的关系，学术界已达成共识，在国内的文学史书写中，"革命的鲁迅"也经历了从最初的"赋魅"到后来的"祛魅"过程。因此，《贝选》对"革命的鲁迅"的呈现失之简单而片面。

概而言之，对于同一个鲁迅，不同的世界文学选集塑造了殊异的鲁迅形象。其实，许多作家的性格、创作都具有多面性，鲁迅更是如此，但三部选集都不同程度地放大并简化了鲁迅的某个特征，而忽视了鲁迅的其他面向，最终呈现给读者的是一个漫画化的、粗线条的鲁迅形象。而选集内文本与副文本共同构成的、具有互证合法性的"话语场"，会有效组织目标读者对鲁迅的认知，最终，选集塑造的漫画化的鲁迅形象会在读者那里产生定型化效应。

此外，三部选集都程度不同地窄化了鲁迅的文学世界，编者呈现的主要是小说家鲁迅，而鲁迅在其他文类方面，尤其是在杂文方面的成就则未予关注。杂文是鲁迅一生倾力最多的写作，如何认识鲁迅杂文，关乎对中国最有成就的现代作家的评价。然而，鲁迅杂文从一开始就命运坎坷。时至今日，虽然国内的文学史家已不会再轻视鲁迅杂文的意义，但在世界文学场，鲁迅杂文依然难以得到应有的认可，世界文学选集中始终没有鲁迅杂文的位置。三部选集在谈到鲁迅的文学成就时，都将目光聚焦在了鲁迅的小说作品，小说之外的文学成就则只是一笔带过。《贝选》认为"他的文学声誉主要在于在 1918 年到 1935 年之间创作的、后来收入《呐喊》《彷徨》《故事新编》三部选集中的 26 篇短篇小说"（Davis，2003：333）。《诺顿》的表述如出一辙："他的名声完全建

---

① 王富仁：《鲁迅与革命——丸山昇〈鲁迅·革命·历史〉读后（上）》，《鲁迅研究月刊》2007 年第 2 期。

立在发表于 1918 到 1926 年的 25 篇短篇小说。"① 《朗文》主编大卫·达姆罗什声称,"我们深知在不同的时代和地方,不同种类的作品被当做文学来看待,所以(在文本选择上)我们采取了包容的态度,即以诗歌、戏剧和小说为主的同时,也会选取一些历史类、宗教类以及哲学类的文本",② 但鲁迅显然未能受惠于这种"包容性",《朗文》选文均出自小说集《呐喊》。

这其中的原因是多方面的,首先,相比小说,鲁迅的杂文被翻译的较晚,数量也较少,影响有限。其次,海外学者很少从艺术的角度研究鲁迅杂文,而只是把它看作了解鲁迅的文献。最后,海外文学史家对鲁迅杂文评价不高。比如,夏志清先生的《中国现代小说史》就认为鲁迅转而写杂文是"以此来代替他创作力的衰竭","他十五本杂文给人的总印象是搬弄是非、啰啰嗦嗦"。③ 另外一个不容忽视的原因恐怕在于鲁迅杂文挑战着编者们遵从的固有的文类秩序。这一点从各选集对"杂文"一词的翻译中可见一斑。《诺顿》和《贝选》将"杂文"译为"political essays"(政治散文),《朗文》则译为"pointed essays"(尖锐的散文)。给 essays 额外添加定语,说明编者们认识到了"杂文"和"文学概论"中的散文不同,但用 political 或 pointed 来界定鲁迅的杂文,则表明在编者看来,鲁迅杂文之不同于一般散文,在于它政治性的内容或尖刻的语言,至于其美学价值,则并没有得到编者们的承认。凡此种种的原因,使得鲁迅杂文依然不入世界文学的楼台,鲁迅的文学世界也就难逃被"窄化"的命运。

2. 世界文学选集中的张爱玲

张爱玲是继鲁迅之后被选入世界文学选集的第一位现代作家,如果

---

① Sarah Lawall & Maynard Mack ed., *The Norton Anthology of World Literature*, v. F, New York: Norton, 2002, p. 1918.

② David Damrosch ed., *The Longman Anthology of World Literature*, v. F, New York: Longman, 2009, p. xix.

③ Hsia, Chi-ching, *A History of Modern Chinese Fiction*, Bloomington: Indiana University Press, 1999, pp. 51–52.

说鲁迅的入选是因为他无可替代的文学史地位的话，张爱玲入选的原因则更为复杂，这是因为，虽然"在现代中国文学中张爱玲可能已经取得与鲁迅相同的超文典性，但在世界文学中她似乎还鲜为人知"。① 我们不禁想要追问的是，"鲜为人知"的张爱玲又为何能击败其他作家而率先走进世界文学呢？笔者以为，张爱玲能跻身美编世界文学选集，主要是由于以下两方面的原因。

首先，北美学术界对张爱玲的"发现"和持续关注是助推张爱玲赢得世界目光的重要力量。如果仅从作品的传播广度来看，茅盾、丁玲、沈从文、张天翼等作家的确要远超张爱玲，这一点在本书第三章的数据统计中已有明显体现，这说明世界文学选集对张爱玲的偏爱不是基于她作品的流行度，而是另有原因。张爱玲第一次进入世界文学选集是在 2002 年，该年出版的《诺顿》选集收入了她的《倾城之恋》。在作者介绍部分，编者开门见山地写道："她名声的确立要归功于这个流散群体中的一员：夏志清，他从耶鲁大学获得英国历史博士学位，后来在哥伦比亚大学教授中国文学。"② 2012 年版的《诺顿》保留了这一说法，只是在表述上稍作了调整："张爱玲通常被认为是二十世纪中叶最优秀的中国作家，他是被一位耶鲁大学的中文教授从默默无闻中发现的。"③ 此话不假，张爱玲既没有获得过重要的文学奖项，在西方也没有可观的读者群，甚至在国内文学史中长期消失，但以夏志清为代表的北美著名学者凭借他们的学术资源成功让张爱玲跻身经典作家行列。这其中，夏志清所著《中国现代小说史》是张爱玲文学名声迅速上升的重要推手。

《小说史》出版之前，张爱玲在西方籍籍无名。但在《小说史》

---

① 张英进：《从反文典到后文典时期的超文典：作为文本和神话的张爱玲》，《当代作家评论》2012 年第 6 期。
② Sarah Lawall & Maynard Mack ed., *The Norton Anthology of World Literature*, v. F, New York：Norton, 2002, p. 2735.
③ Martin Puchner ed., *The Norton Anthology of Wond Literature* v. F, New York：Norton, 2012, p. 497.

第五章　世界文学选集中的中国现当代文学

中，夏志清却对张爱玲给予了极高的评价，他认为张爱玲是"今日中国最优秀最重要的作家。仅以短篇小说而论，她的成就堪与英美现代女文豪如曼斯菲尔德、泡特、韦尔蒂、麦克勒斯之流相比，有些地方，她恐怕还要高明一筹"。[①] 这部在学界影响广泛的著作几乎在一夜之间将张爱玲从黑暗的角落带到了明亮的舞台中央，受此冲击，国内学界也开始重新评价张爱玲。"华裔学者在西方汉学界掌控着一部分的话语权，一些热点话题经由他们打造，一时间倒可以形成一股研究的风气。"[②] 的确，夏志清之后，李欧梵、王德威等人的研究使得"张爱玲热"能够长久不衰，张爱玲也屡屡被作为国外硕博论文的选题，一时成为显学（张英进，2012）。随着上海、香港等都市文化研究不断升温，张爱玲也借此获得持续关注。张爱玲进入世界文学选集的方式雄辩地说明，学术界在作家作品走向世界的进程中可以发挥至关重要的，甚至是决定性的作用，编者达姆罗什的如下阐述就很好地说明了这一点："与同类选集如《诺顿》《贝选》一样，《朗文》是供大学一年级世界文学和人文课程的教员使用的。因此，它是一项合作性工程，这种合作不仅限于编者内部，还涉及数十位我们调研过的教员。为了能在市场上取得成功，一部新的选集必须要收录大多数教师希望看到的作品。"[③]

其次，张爱玲文学世界的独特性是她获得世界文学编者青睐的又一重要因素。张爱玲可以说是中国现当代文坛的一个特殊存在，她的文学生涯横跨三地，从上海到香港再到美国，都留下了自己的文学印记。正是因为她的这一文学轨迹，《诺顿》选集把张爱玲视作在世界内寻求位置的民族文学作家的代表，认为"在许多方面，张爱玲的例子体现了一种在全球范围内寻找自身位置的民族文学的复杂性和曲折历史，具体到这里，则是一个有庞大的流散知识分子群体的民族的文学"。[④]

---

① ［美］夏志清：《中国现代小说史》，刘绍铭等译，复旦大学出版社2005年版，第254页。
② 蒋晖：《论百年中国文学"走进世界"的四种模式》，《山东社会科学》2014年第12期。
③ David Damrosch, Contextualizing Arabic Literature, *Journal of World Literature*, No.2, 2017.
④ Martin Puchner ed., *The Norton Anthology of World Literature*, v.F, New York: Norton, 2012, p.497.

张爱玲的特殊性不仅体现在她文学生涯的跨地域方面，也体现在她的跨语言写作上。张爱玲在旅居美国之后，曾用英语创作小说，这种跨语言的创作实践无疑增添了张爱玲文学的世界性，这恐怕正是《朗文》选择张爱玲原因之一。比起对鲁迅的长篇详解，《朗文》对张爱玲的介绍显得很是简单，只有不到 200 字，且主要回顾了她的求学生涯，以及她从上海到香港再辗转美国的经历，而对她的文学成就只是寥寥带过。在编者看来，张爱玲"之所以受到称赞，是因为她对现代汉语写作的贡献以及她的写作风格，她写作风格中的反讽和口语化表现了当时中国都市生活的全部沮丧"。[1] 关于所选文本 Stale Mates（《老塔子》），编者认为"用英语写成的小说 Stale Mates，……是关于困在新旧生活方式之间的年轻恋人所面临的不确定性"。[2] 我们从如此简单的介绍中似乎很难解读出编者选择张爱玲的真正原因，但是，联系选文本身的特殊性还是可以给我们提供一些线索。《朗文》选择的 Stale Mates 是用英语创作的小说，因此我们很难将它归为中国文学，中国文学史似乎也不愿将这部小说纳入其中。换句话说，Stale Mates 并不是一个能代表特定民族文学的文本，而是一个跨越民族界限、具有文化间性的文本，对泾渭分明的民族文学观提出了挑战。编者达姆罗什之所以选择这个在张爱玲的所有创作中并不算知名的作品，恐怕看重的正是它的这种难以用民族文学统摄的特点。达姆罗什曾指出，"我们已经走了很长的距离……但是我们轻易就屈服于时代的压力和超文典名人们的吸引……也许（我们应该划上）不止一条线，而是好几条线：让连接线超越民族和文化那麻烦频发的边界"。[3] 可见，达姆罗什并不希望看到世界文学被已经奉为经典的作家和作品独享，也不希望把民族界限作为划分世界文学的压倒

---

[1] David Damrosch ed., *The Longman Anthology of World Literature*, v. F, New York: Longman, 2009, p. 693.

[2] David Damrosch ed., *The Longman Anthology of World Literature*, v. F, New York: Longman, 2009, p. 693.

[3] 张英进：《从反文典到后文典时期的超文典：作为文本和神话的张爱玲》，《当代作家评论》2012 年第 6 期。

第五章 世界文学选集中的中国现当代文学

性标准，而是更看重作品本身的"世界性"。

除了跨地域和跨语言之外，张爱玲在当时文坛中的特殊角色也引起了世界文学选集编者的注意。如果说大多中国现代作家都容易"感时忧国"的话，张爱玲显然是一个异类。她所关心的不是大写的历史，她对宏大叙事并不感兴趣，相反把目光投向了生活的琐碎处，《诺顿》（2012）在介绍张爱玲时就尤其突出张爱玲文学的这一特点，编者指出，"张爱玲有时候被称为后现代作家，不仅因为她的语言和叙事方式的实验性，还因为她乐于揭露现代性话语。她的小说充满着萧条的气氛，与进取、革命成功等叙事的乐观主义很不调和。她始终关注琐碎的东西、个人的感受和不起眼的细节，这可以视作她对许多她的同时代人所致力于的民族建构神话的排斥"。① 编者最后还大段引用了张爱玲在《自己的文章》中披露自己创作倾向的文字："一般所说'时代的纪念碑'那样的作品，我是写不出来的，也不打算尝试，因为现在似乎还没有这样集中的客观题材。我甚至只是写些男女间的小事情，我的作品里没有战争，也没有革命。我以为人在恋爱的时候，是比在战争或革命的时候更素朴，也更放恣的。"② 可见，如果说鲁迅代表了中国现代文学的主流的话，张爱玲则被视作中国文学的异数。张爱玲的例子表明，在文学世界共和国中，不需要代表特定的民族文学也可以享受超经典的地位，民族经典化与国际经典化有着不同的逻辑和价值观。③

3. 世界文学选集中的北岛

正如我们在第三章所看到的，北岛是在英语世界被译介最充分的当代诗人之一，其所产生的影响是其他当代诗人无法比的，从这个意义上

---

① Martin Puchner ed., *The Norton Anthology of World Literature*, v. F, New York: Norton, 2012, pp. 497–498.

② Martin Puchner ed., *The Norton Anthology of World Literature*, v. F, New York: Norton, 2012, pp. 497–498.

③ Zhang, Yingjing, Mapping Chinese Literature as World Literature, *CLCWeb: Comparative Literature and Culture*, No. 1, 2015.

讲，北岛作为中国当代诗人的代表而被选入世界文学选集是不令人意外的。但分析世界文学选集对北岛的呈现方式，我们发现他走进世界文学的方式与鲁迅和张爱玲都不同，比起北岛在中国新诗史上的地位和他诗歌美学的特性，编者们似乎对他与政治的纠葛和他的流亡身份更加感兴趣。

《贝选》（2003）收录了北岛的《回答》《宣告》和《结局或开始》，这是北岛首次进入世界文学选集。《贝选》将北岛归入"战争、冲突和对抗"的专题板块之下，而北岛的诗歌与"战争"无涉，因此，编者显然是把北岛定位成了一个"对抗者"，这一点在介绍作家部分体现得更加鲜明。编者分四段介绍了北岛及其诗歌，第一段是对北岛的生平介绍，其中关于北岛创作诗歌的动机，编者有如下解释："1966年，作为年轻的'红卫兵'，他参加了'文革'，这场从1966年持续到1976年的运动让数千名城市青年陷入内部流亡，部分是为了让城市知识分子、作家和学者体验农民的生活，从而将整个国家联合起来。他希望国家的文化能发生有意义的转型，但三年之后，他的希望破灭了，于是他转向建筑工作并开始写诗。"[1] 可见，与主流意识形态的不合拍在编者看来是北岛走向诗歌创作的重要原因，这为接下来阐释北岛埋下了伏笔。编者紧接着写道："他参加了1976年的天安门游行，抗议毛泽东和'四人帮'的政策。在游行活动中，人们朗读着他最著名的诗歌《回答》，这首诗使他成为中国民主运动中最嘹亮的声音。"[2] 这里，北岛在编者笔下俨然一位对抗者的姿态。第二段和第三段介绍了北岛的诗歌风格，不出所料，政治依然是编者解读北岛诗歌的重要框架，编者认为，"作为一位创作反叛性诗歌的诗人，北岛的诗歌表达了对民主改革的希望，他也成为了'朦胧派'的领袖人物，如此命名是因为他们的诗歌在形

---

[1] Paul Davis ed., *The Bedford Anthology of World Literature*, v. 6, Boston: Bedford/St. Martin's, 2003, p. 547.

[2] Paul Davis ed., *The Bedford Anthology of World Literature*, v. 6, Boston: Bedford/St. Martin's, 2003, p. 547.

式和语义方面进行试验，常常显得模糊不清，富于超现实的意象。'朦胧派'让人难以理解的诗作既挑战着过时的社会主义现实主义成规，也挑战着官方的意识形态。……随着政府的承诺逐渐变得渺茫，且官方开始对北岛诗歌展开审查，他的诗歌转而开始反映他那一代人的极度失望"。① 不难看出，编者对北岛诗歌风格的解读主要不是基于文本本身，而是完全围绕文本之外的政治活动展开。最后一段，编者几乎只谈北岛与1989年的那场政治风波之间的联系，虽然这一联系其实并不算紧密。

饶有意味的是，除了作家介绍之外，在文本翻译中，编者也不失时机地提示北岛与政治的纠葛。《贝选》在《宣告——献给遇罗克》的译文下面，还专门译出了北岛写过的一个注释，注释中写道："这首诗初稿于1975年，我的几位好朋友曾和遇罗克并肩战斗过，其中两位朋友也身陷囹圄，达三年之久。这首诗记录了在那悲愤的年代里我们悲愤的抗议。"② 从这则注释的内容来看，编者之所以特地将其译出，恐怕也是为了支撑自己力图建构的北岛的"反抗者"形象，只不过在这里编者犯了个错误，因为这则注释并不是为《宣告》所写，而是为《结局或开始》而写的。

其实，围绕政治来解读北岛的做法并非《贝选》所独有，《朗文》同样表现出这一倾向。《朗文》对北岛的介绍相对简单，但叙述侧重点则和《贝选》如出一辙，我们全引如下：

> 北岛（字面意思"北边的岛屿"）是赵振开的笔名。他出生于北京，父母来自上海，父亲是政府官僚，母亲是医生。他1960年代参与了文化大革命，在乡下开始了内部流亡。在那里，他成为了一名建筑工人，过了十年多与世隔绝般的生活。他的经历使他转向

---

① Paul Davis ed. , The Bedford Anthology of World Literature, v.6, Boston: Bedford/St. Martin's, 2003, p.547.

② 北岛：《结局或开始——给遇罗克烈士》，《上海文学》1980年第2期。

了精神冥想和新的诗歌形式。他试验自由体诗,并从 1970 年代初被归于"朦胧诗人",之所以如此命名,是因为他们诗歌的语言和主题是非常难以捉摸的——这是对毛泽东所期待的明了的大众化艺术的挑战。北岛的诗歌被 1976 年 4 月 5 号民主运动的成员广为传颂,他们在北京天安门广场和平游行。1978 年北岛与他人合办了第一份非官方、不受政府资助的文学期刊《今天》,两年后随被查禁。1989 年,北岛被迫流亡德国。流亡以来,他到过 6 个欧洲国家,大多数时候自瑞典斯德哥尔摩,在那里他 1990 年重新出版他曾主办的期刊。后来,他去了美国,并被聘为美国艺术文学院终身荣誉院士,但他的诗歌依然反映了他在国土意义上和文学传统上的背井离乡。2006 年,他被允许在中国工作生活,翌年与家人定居香港。[①]

这段文字中,关于北岛诗歌美学的介绍少得可怜,相反"挑战""游行""查禁""流亡"等词汇却不断出现,编者宁愿花笔墨介绍他的流亡经历,也不愿讨论他的诗歌本身,似乎离开政治就无法讲述北岛的故事。

当然,仅仅将对北岛的这种解读偏好算在编者头上也有失公允,因为在北岛进入世界文学选集之前,以政治言说北岛的做法在西方早已司空见惯,宇文所安在 1990 年就指出了这一问题。1990 年,美国知名汉学家宇文所安(Stephen Owen)在美国老牌刊物《新共和》(*The New Republic*)上发表了评论文章"什么是世界诗歌"(What is World Poetry),作者对北岛的诗歌进行了严厉的批评,认为由于"全球性影响的焦虑",为了努力迎合世界观众,北岛在创造着一种"世界性诗歌",这种诗歌只是用汉语写成的西方诗歌,丧失了应有的民族特性,零星的地方性点缀也只是为了满足异域读者的猎奇心理。这种"世界性诗歌"是不需要翻译的,世界读者不需要地方知识就能轻易读懂。这篇文章一

---

① David Damrosch ed., *The Longman Anthology of World Literature*, v. F, New York: Longman, 2009, p. 325.

石激起千层浪,北美华裔学者周蕾、奚密等很快撰文回应,回应文章的攻击点主要集中在宇文所安文章中体现出的西方霸权和东方主义。其实,宇文所安在文章中提到了另一个影响北岛诗歌创作的因素,那就是国际读者对流亡作家的政治美德的期待:

> 在当代中国诗歌中,国际读者可能是来寻找有关最近的民主运动的东西。……(读者)感到兴奋的是关于痛苦的表现——怜悯、饥饿以及高尚的愤怒。但是,遭受压迫并不能保证创作出好的诗歌,也不会赋予被压迫者以美德。而常常存在利用受害者身份为自己谋利的危险:他们会将国际读者所感兴趣的东西作为自己在国外的卖点,而国际读者常常对供不应求的政治美德如饥似渴。①

我们虽然无法断言北岛是否在主动迎合国际读者的这一口味,但可以肯定的是,北岛部分诗作中表现出的与官方的对抗姿态是吸引世界读者眼球的重要因素,国际读者的这种阅读期待的确凸显了或者放大了北岛及其作品的政治面向。

或许我们可以以一个反例来说明政治因素在中国当代作家走向世界的过程中所扮演的角色。2012年莫言获得诺贝尔文学奖后,西方媒体和学界掀起了一轮猛烈抨击,赫塔·米勒(Herta Müller)、林培瑞、罗多弼(Torbjörn Lodén)、狄雨霏(Didi Kirsten Tatlow)等纷纷撰文对瑞典文学院的决定大加挞伐,他们的怒点大体一致,那就是:这样"一个屈服于体制甚至参与歌颂毛泽东延安文艺讲话的作家"是不配获得诺奖的。②这些批评多不涉及莫言的作品本身,而是对莫言的一个官方身份耿耿于怀——莫言是中国作协副主席。罗福林(Charles Laughlin)一针见血地指出了"倒莫派"的逻辑:"我是否可以这样理解批评莫言的人:除非中国作家和艺术家更'勇敢地'直接批判政府和政治制度

---

① Stephen Owen, What is world poetry, *The New Republic*, No. 21, 1990.
② 何成洲:《中国当代文学走进西方世界之挑战》,《西北工业大学学报》2018年第1期。

而招致入狱或流放，甚至更糟，他们的艺术劳动和成果就永远没有资格获得诺贝尔文学奖这样的国际认可？"① 莫言因为与官方的合作态度或者说因为不批判官方，而被质疑获奖资格，设若莫言具有更强的批判性的话，想必就能免于这些指责。相反，假设北岛和官方意识形态相向而行的话，他还能得到国际读者的如此青睐吗？

三 谁的世界？怎样文学？

达姆罗什在《什么是世界文学》中曾提出过这样的问题："当我们在谈论世界文学的时候，我们在谈论什么？哪个文学？谁的世界？"② 同样，"世界文学选集"中的"世界"和"文学"，其意涵也许并没有看上去那么一目了然，它们的实际所指都是需要追问和探讨的。

先拿"世界"来说。我们常常会听到"放眼世界"这样的说法，但任何人都不是站在世界之外，而是从世界内部的某个视点来"放眼世界"的，既然是在世界内部观察世界，我们所看到的世界就必然是不完整的，而不同的视点意味着观察者会看到不同的世界。同理，世界文学选集的编者（群）所看到的世界文学的样子只是就他或她的特定视点来说是成立的，当观察的视点发生变化之后，世界文学的样子也会随之改变。一般来说，一个编者（群）脑海中的世界文学形象主要是基于自己所熟悉的世界文学文本库，但一个不难想象的事实是，来自不同文化（圈）的编者所熟悉的世界文学文本库是有差别的，因此每个人只能（或者只想）看到他能（或者他想）看到的世界文学的样子。正所谓"对于任何一个观察者来说，即使一个真正的全球视角依然是来自特定地点的视角"。③ 丹麦学者汤姆森（Mads Rosendahl Thomsen）也认为，"世界文学……从特定的方位看，它将始终是一种

---

① 何成洲：《中国当代文学走进西方世界之挑战》，《西北工业大学学报》2018 年第 1 期。
② David Damrosch, *What is World Literature*, Princeton：Princeton University Press, 2003, p. 1.
③ David Damrosch, *What is World Literature*, Princeton：Princeton University Press, 2003, p. 27.

世界的文学"。① 美国学者珍妮特·沃克持有类似观点：对于"什么是世界文学"这一问题的答案，"取决于是谁在定义世界文学，何时、何地以及为何"。②

质言之，虽然存在着一个由物态文本自然构成的世界文学的真实世界，但我们在谈论世界文学时，其实是在谈论从各自的视点出发所看到的（甚或想象的）世界文学，而世界文学选集的编撰过程只是编者对自己想象的世界文学的叙述过程。准此，世界文学选集对民族文学的呈现也就受制于编者（群）所处的位置。具体到本书，美国编选的世界文学选集对中国现当代文学的选择和呈现必然受制于美国编者（群）对中国现当代文学的认知，鲁迅、张爱玲、北岛之所以被美编世界文学频繁选为中国代表，主要在于他们在美国（更准确地说是美国学术圈或汉学圈）已经留下了深刻印记，成为了美国编者（群）谈论中国文学时无法绕开的人物。

但问题是，作为中国学者，我们可能会指责美编选集对中国现当代文学不够重视，很多我们觉得应该入选的作家总是缺席，而且对入选作家的阐释方式也不是我们乐见的。其实不止于我们中国学者，许多民族文学学者对世界文学选集都有类似的不满。比如埃及学者奥马尔（Omar Khalifah）就认为，阿拉伯文学在《朗文》中的地位很低，一个典型的表现是，阿拉伯前现代文学（包括六位作家的作品、《古兰经》和《一千零一夜》）所占篇幅要远远少于但丁一个人所占的篇幅。他抱怨说："这种难以置信的情况只有在西方或/和欧洲中心主义的范式下才是不需要解释的。"③ "似乎，任何阿拉伯的作品若想被加入（世界文学的）文本库，就必须首先得到西方（通常是美国）学术界的关注，然后被翻译成英语，最后被领域内一位能赋予它世界身份的

---

① Mads Rosendahl Thomsen, *Mapping World Literature: International Cauonization and Transnofional Literatures*, London: Continuum, 2008, p. 1.
② ［美］珍妮特·沃克：《"世界文学"与非西方世界》，赵卿译，《求是学刊》2016 年第 2 期。
③ Omar Khalifah, Anthologizing Arabic Literature, *Joumal of World Literature*, No. 4, 2017.

重量级人物相中。"① 奥马尔说出了许多非西方国家学者对世界文学选集的看法。然而，我们需要明白的是，美编选集呈现的必然是他们眼中某个民族文学在世界文学中的样子，他们无意也无法呈现我们眼中的世界文学。但我们很容易对世界文学选集抱有这样的期望，要求世界文学选集的编者（群）满足这一期望无疑是对他们的苛求，也因此，对每一部世界文学选集我们或许应该怀有理解之同情。

再来看"文学"二字。世界文学选集的编选虽然看似是一种只关乎文学的实践，但事实远非如此，许多文学之外的因素也会决定世界文学选集的面貌，这可以从两方面来说。

首先，除了世界范围内文学本身的发展变化之外，世界格局的变化、民族国家国际地位的沉浮、重大历史事件的发生都会以某种方式影响世界文学选集编者的选择。比如，达姆罗什认为，"《朗文选集》反映了当前文化熔炉观念的式微。……正是多元文化主义在北美的兴起为朗文的编选活动提供了文化语境"。② 还有学者指出，"'世界文学'这一概念是与全球范围内的政治、经济和战略重绘同步变化的，有时候这种变化是难以察觉的，从而掩盖了它与权力之间的联系"。③ 此言不差，编者达姆罗什就曾坦诚，他们在编选《朗文》之前，刚刚发生了震惊世界的 9·11 事件，于是她们决定要切实增加阿拉伯文学的数量和种类，远超此前的世界文学选集。④ 再比如，最新版的《诺顿世界文学选集》（2012）也体现了这种多元文化主义，与之前版本相比，新版尤其引人瞩目的是增扩了非西方作家作品。就二十世纪亚洲文学而言，不仅扩容了中国和日本部分，还加入了韩国、越南等非超级大国的文本。《诺顿》（2012）中的中国现当代文学作家从上一版的两人增加至五人，

---

① Omar Khalifah, Anthologizing Arabic Literature, *Journal of World Literature*, No. 4, 2017.
② David Damrosch, The Mirror and Window: Reflections on Anthology Construction, *Pedagogy*, No. 1, 2001.
③ Hassan Wail S., World Literature In the Age of Globalization: Reflections on an Anthology, *Collage English*, No. 1, 2000.
④ David Damrosch, Contextualizing Arabic Literature, *Journal of World Literature*, No. 2, 2017.

第五章 世界文学选集中的中国现当代文学

增选了陈独秀、老舍和莫言，这一变化恐怕与中国国际地位的提升不无关系。

其次，在选择具体文本时，世界文学选集编者不仅仅依据文学的标准，还会兼顾民族文学反映它所代表的世界的功能。《诺顿》（2012）编者表示，"《诺顿》试图提供一种深度历史。但是一种特殊的历史：一种文学性的历史。世界文学是深潜在世界历史中的，但也是想象世界的历史；它不仅仅是切实发生过的历史，也是人类想象自身历史地位的历史"。[①] 因为在他看来，不仅"文学始于创世而后涉及其他话题，更在于从一开始，文学就是关乎世界的，并一直以来以各种方式表现它"。[②] 他更以张爱玲为例做了进一步说明："打开选集的一页，就意味着进入了一个世界。比如，阅读张爱玲的《封锁》，就意味着进入那个不复存在的上海世界。的确，张爱玲以她典型的对质地、风格、气氛、社交的关注，精湛地唤起了这个世界，也提醒我们，她这类作品中的上海已经失去了，假如存在过的话"（同上：341-342）。《诺顿》（2012）选择老舍的《老字号》似乎也有以文学反映特定世界的意图。编者写道：

> 老舍是中国最有影响力的现代作家之一，他准确刻画了北京的独特之处，它的胡同、四合院、宫殿以及文化和语言。他形象再现了这个国家首都的方言。他的作品聚焦北京人，描绘了曾经辉煌、而今正在衰落的帝都，正在遭受现代化的腐蚀，进而让位于新的权力中心——国际大都市上海。……这篇小说是夹在现代与传统之间的中国在二十世纪面临的最核心矛盾的寓言。随着中国在20世纪上半叶的现代化，先以共和国，后以共产主义人民共和国取代了帝国，这个国家面临着一个重大问题：是拥抱资本主义还是坚守旧的

---

① Martin Puchner ed., *The Norton Anthology of World Literature*, v. F, New York: Norton, 2012, pp. xxii – xxiii.

② Martin Puchner, World Literature and the Creation of Literary Worlds, *Neohelicon*, No. 2, 2011.

价值观，比如儒家主张人之间的关系是社会和谐的关键，而鄙视将谋利作为社会目标。①

从以上文字来看，编者在老舍的众多作品中选择《老字号》，是想通过作品内两代人不同理念的碰撞，让读者目睹在过渡中的中国上演的传统与现代的冲突。比起呈现老舍的文学世界，编者更关注对中国现实世界的反映。

总之，世界文学选集有着自己不可避免的限度，它呈现的总是一种可能的——而不是本然的——世界文学版图。因此，世界文学选集并不能让我们看到世界文学的真面目。同样，从世界选集中我们无法得窥中国文学的全貌，但至少可以看到他者眼中的中国文学。仅从世界文学选集中的中国现当代文学来看，歌德所设想的那个世界文学时代并没有真正到来。世界文学依然呈一种等级性结构，有着自己的中心和边缘，有着不平等的承认机制。如果说巴黎曾经是中心的话，如今，这一中心显然已转移至美国。

问题是，那个世界对中国文学来说真的很重要吗？考虑到中国1980年代以来的诺贝尔情结，答案是肯定的。原因很简单，中国作家和读者希望中国文学在国际上获得认可，而就今天的格局来说，在"世界上获得了认可"其实就是在西方获得认可，这一现状依然没有根本改变，西方依然掌握着作家作品世界地位的赋予权，而中国文学进入世界文学的渴望依然强烈。不可否认，随着中国经济地位和综合实力的提升，西方对中国的关注和重视与日俱增，中国文学也因此受到了世界的更多关注，但更应该看到的是，能够进入世界文学的那一类中国文学（或者说国际读者乐见的那一类中国文学）可能与中国人自己的期望相去甚远。

---

① Martin Puchner ed., *The Norton Anthology of Wond Literature* v. F, New York：Norton, 2012, pp. 409 – 410.

结　语

　　选集是一种十分常见的文本，许多国家都有编纂选集的历史和传统，中国更是选本大国，从古至今各式各样的文学选本迭出，是构成"中国文学客观世界"的重要组成部分。与此相应，国内的选本研究也十分兴盛，被视为第一部诗文总集的《昭明文选》更是衍生出了一门"选学"。但是，在中国文学的发展过程中发挥过（或发挥着）重要作用的外国文学的选集却远未能获得应有的关注，似乎翻译选集总是难逃被忽视的命运，域外中国文学选集的被冷落只是这方面的又一个例证。本书选择聚焦中国文学翻译选集，也正是希望能让中国文学域外接受研究的拼图更加完整。

　　在本书前面的章节，我们对英语世界编选的中国文学选集从文本内外两个方面进行了历时和共时的考察。结语部分，笔者将以中国文学为例，就翻译选集本身简要作一理论总结。其实有些论断在前面章节的论述中已有所涉及，所以这里的总结旨在择要作进一步的提炼。

　　第一，翻译选集是一种具有"双重作者"属性的"操纵性文本"。翻译选集的编选是一个再创作的过程，作为"再创作者"的编者此时获得了一种类似"作者"的身份，只是他的创作不是以文字而是以文章为单位。准此，一部翻译选集就具有了"双重作者"属性，即它是由原作者和再创作者（也即编者）共同完成的。而在原作者和编者之间，后者对选集面貌的影响更大，而前者则处于极为被动的地位。虽然翻译选集的编者常常声称是以作品的质量和代表性为选择标准的，但从我们的研究中可以看出，编者对文本的选择和阐释要服务于自己的编选目的，为此，在文本选择上偏离标准的做法并不少见，甚至是一种惯常性做法，这也是我们将翻译选集称为"操纵性文本"的原因。以选集中的丁玲为例，在 1930 年代，由于当时编者的身份（斯诺、史沫特莱等国际友人）及其编选动机（为中国革命争取国际援助），该时期的美编选集着意将丁玲塑造为"革命战士"，因此她的成名作《莎菲女士的日记》被有意忽略。从 1980 年代开始，受美国女性主义思潮的影响，翻译选集中丁玲的几乎是一夜之间从"革命战士"变为自觉的"女权主义者"，编者白露甚至从晚年丁玲塑造的保守的"杜晚香"身上读出了女性主义的味道。有趣的是，虽然 1980 年代的美编选集在努力建构"女权主义者"丁玲，但丁玲与同期自编的翻译选集却将自己塑造成主流意识形态的忠实拥护者，且极力排斥贴在她身上的女性主义标签。可见，翻译选集中的作家形象，一方面取决于作家的写作风格和创作实绩，但更与编者对其作品的特定接受和阐释方式有关。再比如，1980年代中国和美国编选的中国文学翻译选集建构了截然不同的中国形象。总体来看，在中编选集中，"文化大革命"后的中国焕然一新，一切重回正轨，具有高度责任感的各行业人民在任劳任怨地服务于国家的经济和社会建设，作家能理性看待曾经的"伤痕"，"文化大革命"的阴影早已消失殆尽。但美编选集建构了一种并不真实的中国形象：在这里，农村经济濒临崩溃，民生遭到漠视，官场腐败丛生，官僚主义横行；人民一盘散沙，对国家政策多有不满，充满怀疑；"四人帮"的倒台并没有让中国焕然一新，"文化大革命"的遗绪在"后文化大革命"时期的中国依然在产生影响，"文革"前后的中国并不是那样的界限分明。这种大相径庭的形象建构工程之所以成为可能，正是由于编者在文本选择、阐释和翻译等方面的操纵。

第二，翻译选集具有互证合法性。翻译选集内含丰富的副文本，

结 语

这类副文本对于读者理解选文具有一定的引导作用，可以让读者以编者希望的方式解读文本。为了达到预期的接受效果，编者会利用副文本和正文本相互配合的方式让读者进入自己预设的轨道。例如，为了将丁玲塑造成一位自觉的"女权主义者"，白露编选的《我自己是女人》从封面到献词再到导言都进行了精心设计，更在译文注释中主动"现声"，正面反驳原作中的观点，删除正文本中（比如丁玲的《母亲》）与自己的设想相抵牾的文字。同样，为了凸显国民党当局的残暴和革命事业的光明前景，美国左翼作家史沫特莱在《中国小说选》的序言中大谈中国的革命现实，在正文本的翻译中也进行了相应的改写，比如将丁玲《某夜》的标题改译为"Night of Death, Dawn of Freedom"（死亡之夜晚，自由之黎明）；再比如，意在揭示中国文学审查制度的林培瑞，在选集序言中只谈审查制度，而对文学作品本身不置一词，在文本选择上舍近求远，特意选择那些因审查制度而未能面世的"潜在写作"。

第三，总体来看，翻译选集多有记录文学主潮的目的，同时也有着深刻的时代烙印。通过对英译选集中作家作品入选频次的统计，我们发现翻译选集主题的演变与原语文学的发展历程大体一致，比如三十年代的左翼文学选集、八十年代的"朦胧诗"选集以及九十年代的先锋文学选集等。也因此，那些属于一个时期文学主潮的作品入选频次相对较高，反之，那些疏离与主潮的作家作品的入选频次相对较低。比如，在中国当代文坛呼声很高，且正在走向经典化的贾平凹在美编选集中表现就是一例。贾平凹入选频次较低主要缘于他与"潮流不大合拍"，总是和文坛主潮阴差阳错，难以归类的他因此常常落选具有记录文学潮流意图的翻译选集。在比如，在中国当代诗歌方面，"朦胧派"诗人普遍获得较高入选率，占据着绝对的经典地位，而"第三代诗人"与"朦胧派"之间的差距非常巨大，但在"第三代诗人"内部的差距又非常之小。造成这一结果的重要原因就在于"第三代诗人"的创作风格严重分化，没能形成群体特征，因此难以形成识别度较高或区别于其他诗派的标签。加之,"第三代诗人"在国内尚未完成经典化,对重要诗人的认定存在不小分歧,从而导致美编选集选入的"第三代诗人"数量庞大,但彼此之间入选频次差距较小。

质言之,翻译选集作为一种迥异于单行译本的特殊文本形态,其特殊性就在于这"选"和"集"二字。"选"即选择,而"选择"从本质上讲是一种评价和接受行为,选与不选、选择什么都与编者对原语文学的认知和判断密切相关;"集"也绝不是简单地将散落四处的文本拉杂一起,相反,如何组合所选文本、让选集中的文本与副文本进行怎样的对话,都要与编选动机保持一致。

因之,翻译选集的编纂应被视作一种文学的跨文化接受实践:原作是接受客体,编(译)者是一级接受主体,翻译选集的读者是二级接受主体。翻译选集的"接受性"主要体现在编者的编选方式上,这是因为,编者首先是一位读者或曰接受者,面对原语国浩如烟海的文学文本,如何选择、怎样阐释都牵涉编者对原语文学的理解、认知和态度,编者的编选动机、审美好尚、文化立场、学术背景都会或隐或显地反映在选集面貌中。翻译选集的编选绝不是"中立"的,受自身接受期待和接受视野的影响,每个编者只能(或只想)看到他能(或他想)看到"那种"中国文学,这也就是为什么,虽然面对的是同一个作品库(即由客观的文学文本自然生成的中国文学作品库),但不同选家的选集却呈现出不尽相同的中国文学形象,这就好比坐在不同位置的画家,虽然在刻画同一个物体,最终交出的画作却千差万别。质言之,一部翻译选集的成书过程,其实是编者对原语文学认知的物化过程,是编者对原语文学接受结果的外化。而我们之所以将翻译选集的读者视为"二级接受主体",正是因为他们面对的接受对象(也即翻译选集)本身就是经过一次接受而来的产物。

海外翻译选集如何选择和阐释中国文学,是一项很有意义的研究课题,应该成为"中译外"研究的重要一翼。本书选择聚焦中国文学英译选集,但在具体的研究过程中,并无意(也很难)做到面面俱到,

结　语

而是从经典重构、形象建构的维度，集中考察了中国文学在美接受的一个侧面。但由于笔者在学养和资料占有方面的限度，仍有很多有待进一步思考和挖掘的问题，本书权作引玉之砖，希望更多的同行能加入翻译选集研究。

参考文献

阿英:《夜航集》,良友复兴图书印刷公司1935年版。

[美]埃德加·斯诺:《我在旧中国十三年》,夏翠薇译,生活·读书·新知三联书店1973年版。

[法]巴柔:《形象》,孟华编,《比较文学形象学》,北京大学出版社2001年版。

北岛:《结局或开始——给遇罗克烈士》,《上海文学》1980年第12期。

北塔:《艾青诗歌的英文翻译》,《中国现代文学研究丛刊》2010年第5期。

北塔:《诗歌是一种思想能源》,《深圳特区报》2012年2月1日第A11版。

[波]彼得·什托姆普卡:《信任:一种社会学理论》,程胜利译,中华书局2005年版。

蔡清富:《臧克家与三十年代的诗歌流派》,《中国现代文学研究丛刊》1986年第4期。

陈橙:《论中国古典文学的英译选集与经典重构:从白之到刘绍铭》,《外语与外语教学》2010年第4期。

陈橙:《文选编译与经典重构》,上海外语教育出版社2012年版。

陈改玲:《作为"纪程碑"的开明版"新文学选集"》,《中国现代文学研究丛刊》2005年第6期。

陈吉荣、都媛:《形象学视域下翻译作品中的中国形象》,《辽宁师范大学学报》（社会科学版）2014年第4期。

陈琼芝：《鲁迅英译本〈短篇小说选集〉与〈活的中国〉》，《鲁迅研究动态》1987年第7期。

陈思和：《关于乌托邦语言的一点感想——致郜元宝》，《谈王蒙小说的特色》，《文艺争鸣》1994年第2期。

谌容：《人到中年》，《收获》1980年第1期。

成仿吾：《〈呐喊〉的评论》，《创造季刊》1924年第2期。

程光炜：《当代文学中的"鲁郭茅巴老曹"》，《南方文坛》2013年第5期。

崔艳秋：《八十年代以来中国现当代小说在美国的译介与传播》，博士学位论文，吉林大学，2014年。

［美］大卫·达姆罗什：《后经典、超经典时代的世界文学》，汪小玲译，《中国比较文学》2007年第1期。

［英］丹尼斯·麦奎尔：《麦奎尔大众传播理论》，崔保国、李琨译，清华大学出版社2006年版。

邓小平：《邓小平文选》（第三卷），人民出版社1993年版。

丁尔纲：《臧克家的文学史意义》，《文史哲》2005年第5期。

丁玲：《丁玲创作生涯》，百花文艺出版社1984年版。

丁玲：《丁玲全集·第6卷》，河北人民出版社2001年版。

丁玲：《丁玲全集·第7卷》，河北人民出版社2001年版。

丁玲：《丁玲全集·第8卷》，河北人民出版社2001年版。

丁玲：《母亲》，上海良友图书印刷公司1933年版。

丁玲：《校后记》，《我在霞村的时候》，生活·读书·新知三联书店1950年版。

［美］杜卫·佛克马：《所有的经典都是平等的，但有一些比其他更平等》，童庆炳、陶东风编《文学经典的建构、解构和重构》，北京大学出版社2007年版。

方方：《奔跑的火光》，长江文艺出版社2002年版。

冯雪峰：《关于新的小说的诞生——评丁玲的〈水〉》，《北斗》1932年第1期。

付文慧：《中国女作家作品英译合集：文学翻译、性别借用与中国形象构建》，《外国语》（上海外国语大学学报）2013年第5期。

高蔚：《中国新诗现实主义发展思考》，《新疆师范大学学报》（哲学社会科学版）2001年第3期。

郜元宝：《当蝴蝶飞舞时——王蒙创作的几个阶段与方面》，《当代作家评论》2007年第2期。

郜元宝：《序》，郜元宝、张冉冉编《中国当代作家研究资料丛书·贾平凹研究资料》，天津人民出版社2005年版。

葛浩文、罗屿：《美国人喜欢唱反调的作品》，《新世纪周刊》2008年第10期。

耿强：《国家机构对外翻译规范研究——以"熊猫丛书"英译中国文学为例》，《上海翻译》2012年第1期。

耿强：《文学译介与中国文学"走向世界"》，博士学位论文，上海外国语大学，2010年。

顾彬：《20世纪中国文学史》，范劲等译，华东师范大学出版社2008年版。

顾彬：《海外中国当代文学与文学史写作》，《山西大学学报》2014年第1期。

顾钧：《〈哥伦比亚中国现代文学读本〉中的鲁迅》，《鲁迅研究月刊》2010年第6期。

韩侍桁：《一个空虚的作者——评沈从文先生及其作品》，《文学生活》1931年第1期。

郝岚：《世界文学中的〈红楼梦〉——基于三部英文世界文学选集的考察》，《人文杂志》2016年第5期。

何成洲：《中国当代文学走进西方世界之挑战》，《西北工业大学学报》（社会科学版）2018年第1期。

何琳、赵新宇：《新中国文学西播前驱——〈中国文学〉五十年》，《中华读书报》2003年9月24日。

洪子诚:《中国当代文学史》,北京大学出版社1999年版。

侯萍萍:《意识形态,权力与翻译——对〈毛泽东选集〉英译的批评性分析》,博士学位论文,山东大学,2008年。

胡晨飞:《异域的他者:葛浩文笔下的"中国形象"研究》,《外国语文》2016年第2期。

胡开宝、李鑫:《基于语料库的翻译与中国形象研究:内涵与意义》,《外语研究》2017年第4期。

胡妤:《国家形象视域下的外宣翻译规范研究》,博士学位论文,上海外国语大学,2018年。

黄桂元:《卓有成效的探索——读短篇小说〈乔厂长上任记〉》,《天津日报》1979年9月12日。

黄曼君:《中国现代文学经典的诞生与延传》,《中国社会科学》2004年第3期。

季进:《对优美作品的发现与批评,永远是我的首要工作——夏志清先生访谈录》,《当代作家评论》2005年第4期。

贾平凹、黄平:《贾平凹与新时期文学三十年》,《南方文坛》2007年第6期。

蒋晖:《论百年中国文学"走进世界"的四种模式》,《山东社会科学》2014年第12期。

蒋坚松、刘超先:《西利尔·白之〈中国文学作品选集〉的翻译问题》,《娄底师专学报》1998年第3期。

蒋子龙:《基础》,《上海文学》1979年第12期。

金介甫:《中国文学(一九四九——一九九九)的英译本出版情况述评》,查明建译,《当代作家评论》2006a年第3期。

金介甫:《中国文学(一九四九——一九九九)的英译本出版情况述评(续)》,查明建译,《当代作家评论》2006b年第4期。

九院校编写组:《中国现代文学史》,江苏人民出版社1979年版。

孔慧怡：《翻译·文学·文化》，北京大学出版社1999年版。

［法］朗松：《朗松文论选》，徐继曾译，百花文艺出版社2009年版。

冷嘉：《大风雨中的漂泊者——从1942年的"三八节有感"说起》，《文学评论》2012年第2期。

李刚：《镜像的流变：论哥伦比亚中国现代文学英译选本与西方重构》，《河北师范大学学报》（哲学社会科学版）2014年第5期。

李刚、谢燕红：《英译选集与中国现代文学的海外传播——以〈哥伦比亚现代中国文学选集〉为视角》，《当代作家评论》2016年第4期。

李书磊：《〈这是一片神奇的土地〉文化测量》，《文学自由谈》1989年第3期。

李征：《中国典籍翻译与中国形象——文本、译者与策略选择》，《长春大学学报》2013年第9期。

林汝昌：《试谈成语翻译——学习〈毛泽东选集〉英译本成语翻译的一些体会》，《外语教学与研究》1963年第1期。

林文艺：《主流意识形态语境中的中国对外文化交流》，博士学位论文，福建师范大学，2014年。

刘敦仁、哀丁玲：《丁玲纪念集》，《中国》编辑部编，湖南人民出版社1987年版。

刘洪涛、黄承元：《新世纪国外中国文学译介与研究文情报告·北美卷（2001—2003）》，中国社会科学出版社2012年版。

刘洪涛、杨伟鹏：《美国〈诺顿世界文学作品选〉及其世界文学观的发展》，《中国比较文学》2016年第1期。

刘江凯：《跨语境的叙述——中国当代小说的海外接受》，《山西大学学报》（哲学社会科学版）2014年第1期。

刘绶松：《中国新文学史初稿》，作家出版社1956年版。

刘再复：《高度评价立下文学丰碑的现代优秀作家张天翼》，《中国现代文学研究丛刊》1987年第1期。

龙泉明：《中国新诗流变论（修订版）》，人民文学出版社1999年版。

卢小军：《国家形象与外宣翻译策略研究》，博士学位论文，上海外国语大学，2013年。

鲁迅：《茅盾·草鞋脚》，湖南人民出版社1982年版。

鲁迅：《鲁迅全集·第1卷》，人民文学出版社2005年版。

鲁迅：《鲁迅全集·第7卷》，人民文学出版社2005年版。

吕黎：《中国现代小说早期英译个案研究（1926—1952）》，博士学位论文，上海外国语大学，2011年。

罗执廷：《文选运作与当代文学生产——以文学选刊与小说发展为中心》，暨南大学出版社2012年版。

马会娟、厉平：《20世纪上半期中国现代小说在英语世界的翻译和传播》，《翻译界》2016年第2期。

米原千秋：《功能主义翻译目的论视域下的〈毛泽东选集〉译本研究》，博士学位论文，天津外国语大学，2017年。

明迪：《当代中国诗选》在美国出版［博客］，见 http：//blog.sina.com.cn/s/blog_6e026c070101mqn1.html，2013-6-5。

明迪：《影响与焦虑：中国当代诗在美国的译介状况》，张清华：《他者眼光与海外视角》，北京大学出版社2015年版。

［法］皮埃尔·布迪厄：《实践理性：关于行为理论》，谭立德译，生活·读书·新知三联书店2007年版。

秦林芳：《丁玲创作中的两种思想基因——以1931年创作为例》，《江苏社会科学》2007年第6期。

秦启文、周永康：《形象学导论》，社会科学文献出版社2004年版。

邱志武：《现实主义诗歌的困境："现实"如何"诗歌"》，《当代作家评论》2016年第4期。

施瑾：《新时期全国优秀短篇小说评奖活动研究（1978—1988）》，博士学位论文，杭州师范大学，2015年。

舒云童：《埃德加·斯诺、鲁迅及〈活的中国〉》，《世界文化》2010年第12期。

宋绍香：《丁玲作品在俄苏：译介、研究、评价》，《现代中文学刊》2013年第4期。

苏辉：《从功能对等视角看〈毛泽东选集〉中习语的翻译》，硕士学位论文，郑州大学，2013年。

苏真、熊鹰：《如何营救丁玲：跨国文学史的个案研究》，《山东社会科学》2014年第12期。

谭莲香、辛红娟：《〈毛泽东选集〉合作翻译中的外来译者研究》，《当代外语研究》2017年第4期。

谭载喜：《文学翻译中的民族形象重构："中国叙事"与"文化回译"》，《中国翻译》2018年第1期。

田畑佐和子：《丁玲会见记》，秋山洋子等编《探索丁玲——日本女性研究者论集》，人间出版社2017年版。

田仲济、孙昌熙：《中国现代文学史》（修订本），山东文艺出版社1985年版。

王富仁：《鲁迅与革命——丸山昇〈鲁迅·革命·历史〉读后（上）》，《鲁迅研究月刊》2007年第2期。

王蕾：《选本与现当代小说经典的建构》，《三峡大学学报》（人文社会科学版）2014年第4期。

王立新：《在龙的映衬下：对中国的想象与美国国家身份的建构》，《中国社会科学》2008年第3期。

王鹏：《斯诺选编的英译本〈活的中国〉出版前后》，《钟山风雨》2002年第6期。

王文强、张蓓：《"中国形象"的海外塑造与英美商业出版社的选择倾向——以对中国新时期文学的翻译出版为例》，《广东外语外贸大学学报》2017年第4期。

王晓伟：《丁玲小说英译的副文本研究——以白露的丁玲英译选本为例》，《南方文坛》2016年第5期。

王瑶：《中国新文学史稿（上）》，文艺出版社1953年版。

王兆鹏、孙凯云：《寻找经典——唐诗百首名篇的定量分析》，《文学遗产》2008 年第 2 期。

王兆鹏、郁玉英：《宋词经典名篇的定量考察》，《文学评论》2008 年第 6 期。

王中忱：《"新女性主义"的关怀——重读丁玲》，《读书》2017 年第 8 期。

温儒敏：《浅议有关郭沫若的两极阅读现象》，《中国文化研究》2001 年第 1 期。

西川：《大河拐大弯：一种探求可能性的诗歌思想》，北京大学出版社 2012 年版。

奚密：《差异的忧虑：对宇文所安的一个回响》，《中国文化与文论》1997 年第 2 期。

[美] 夏志清：《中国现代小说史》，刘绍铭等译，复旦大学出版社 2005 年版。

萧乾：《斯诺与中国新文艺运动——记〈活的中国〉》，《新文学史料》1978 年第 1 期。

萧乾：《斯诺与中国新文艺运动》，埃德加·斯诺编《活的中国》，湖南人民出版社 1983 年版。

肖四新：《跨文化经典重构的合法性》，《当代文坛》2009 年第 6 期。

谢莉、王银泉：《国际形象建构视域下的政治话语翻译研究》，《外语教学》2018 年第 5 期。

徐敏慧：《从〈柏子〉英译本结尾的改变谈起——翻译社会学视角》，《中国翻译》2013 年第 4 期。

徐庆全：《丁玲历史问题结论的一波三折》，《百年潮》2000 年第 7 期。

杨春风：《寂寞与冷清——20 年来张天翼小说研究述评》，《河南社会科学》2010 年第 1 期。

杨春忠：《选本活动论题的张力及其研究》，《聊城大学学报》（社会科学版）2008 年第 1 期。

杨正泉：《让世界了解中国》，中国外文局五十年系列丛书编委会《书刊对外宣传的理论与实践》，新星出版社 1999 年版。

叶圣陶：《序》，《徐雉·雉的心》，新文化书社 1923 年版。

叶秀娟、马会娟：《论中国现当代文学在美国的译介：1949—1978》，《解放军外国语学院学报》2017 年第 3 期。

毅真：《几位当代中国女小说家》，黄人影编《当代中国女作家论》，光华书局 1933 年版。

尹承东：《回顾〈毛泽东选集〉的翻译工作和一点联想》，《中国翻译》1993 年第 6 期。

余宝琳：《诗歌的定位——早期中国文学的选集与经典》，乐黛云、陈珏编《北美中国古典文学研究名家十年文选》，江苏人民出版社 1996 年版。

袁洪权：《开明版〈丁玲选集〉梳考》，《现代中文学刊》2013 年第 4 期。

袁良骏：《丁玲研究资料》，天津人民出版社 1982 年版。

袁明：《略论中国在美国的形象——兼议"精英舆论"》，《美国研究》1989 年第 1 期。

臧克家：《论新诗》，《文学》1934 年第 1 期。

臧克家：《我与"新月派"》，《人民文学》1984 年第 10 期。

臧克家：《再版后志》，《臧克家·烙印》，开明书店 1934 年版。

张英进编，林源译：《从反文典到后文典时期的超文典：作为文本和神话的张爱玲》，《当代作家评论》2012 年第 6 期。

张英进：《五十年来海外中国现代文学的英文研究》，《文艺理论研究》2016 年第 4 期。

张振军：《从三种英文本中国文学选集看苏轼作品在西方的传播与接受》，《中国苏轼研究》2016 年第 2 期。

赵成：《为生活增添一支烛光——邓友梅和他的新作》，《当代作家评论》1984 年第 1 期。

赵天成：《另一部"王蒙自传"——〈夜的眼〉诞生记》，《当代作家评论》2016 年第 4 期。

［美］珍妮特·沃克：《"世界文学"与非西方世界》，赵卿译，《求是学刊》2016年第2期。

郑晔：《国家机构赞助下中国文学的对外译介》，博士学位论文，上海外国语大学，2012年。

钟惺：《隐秀轩集》，上海古籍出版社1992年版。

周宁：《世纪末的中国形象：莫名的敌意与恐慌》，《书屋》2003年第12期。

周淑瑶、刘洪涛：《英语世界文学作品选中中国文学的选编——以〈诺顿〉〈朗文〉〈贝德福德〉为例》，《浙江外国语学院学报》2016年第3期。

朱国华：《文学场的逻辑：布迪厄的文学观》，《文化研究》第四辑，中央编译出版社2003年版。

朱晓进：《重新进入"十七年文学"的几点思考》，《当代作家评论》2002年第5期。

朱伊革：《〈习近平谈治国理政〉英译与中国形象在海外的传播》，《西安外国语大学学报》2018年第2期。

庄绎傅：《汉英翻译中外位语结构的处理问题——学习〈毛泽东选集〉第四卷英译本的一点体会》，《外语教学与研究》1962年第4期。

Allen, J. R., Review of Anthology of Modern Chinese Poetry, *Journal of the American Oriental Society*, 1994（2）: 324–326.

Apter, E., *The Translation Zone: A New Comparative Literature*, Princeton: Princeton University Press, 2006.

Baker, M., *Translation and Conflict*, New York: Routledge, 2006.

Balcolm, J. (ed.), *New Penguin Parallel Text Short Stories in Chinese*, New York: Penguin Books, 2013.

Barlow, E. T. (ed.), *The Power of Weakness*, New York: The Feminist Press, 2007.

Barme, G. (ed.), *New Ghosts, Old Dreams*, New York: Times Books, 1992.

Barme, G. (ed.), *Seeds of Fire: Chinese Voices of Conscience*, New York: Hill and Wang, 1988.

Berggren, P. S., *Teaching with the Norton Anthology of World Literature: A Guide For Instructors*, v. D-F, New York: W. W. Norton, 2002.

Birch, C. (ed.), *Chinese Communist Literature*, New York: Fredrick A. Praeger, 1963.

Breytenbach, B. Cracked stone, In Zhao, Y. H. (ed.), *Fissures: Chinese writing today*, Brookline, MA: Zephyr Press, 2000.

Brian, H., The Columbia Anthology of Modern Chinese Literature, *Asian Affairs*, 1996 (2): 239.

Casanova, P., *The World Republic of Letters*, Trans. De Bevoise, M. B. Cambridge: Harvard University Press, 2004.

Chai, C. & Chai, W. (ed.), *A treasury of Chinese Literature*, New York: Appleton-Century, 1965.

Chau, W. C., Editor's Note, In *Prize-Winning Stories from China 1980 – 1981*, Bei Jing: Foreign Language Press, 1985.

Chen, X. M. (ed.), *Reading the Right Text: An Anthology of Contemporary Chinese Drama*, Honolulu: University of Hawaii Press, 2003.

Chen, X. M. (ed.), *The Columbia Anthology of Modern Chinese Drama*, New York: Columbia University Press, 2010.

Cheung, M. & Jane L., *An Oxford Anthology of Contemporary Chinese Drama*, New York: Oxford University Press, 1997.

Chow, R., In the name of Comparative Literature, In Berheimer C. (ed.), *Comparative Literature in the Age of Multiculturalism*, Baltimore: Johns Hopkins University Press, 1996.

Chow, R., *Writing Diaspora: Tactics of Intervention in Contemporary Cultural Studies*, Bloomington/Indianapolis: Indiana University Press, 1993.

Clifford, J., *The Predicament of Culture*, Cambridge, Ma./London: Harvard University Press, 1994.

Clyde, P. H. , Review of Stories of China at War, *Pacific Historical Review*, 1947 (4): 467 – 468.

Conceison, C. , Review of Theater and Society: An Anthology of Contemporary Chinese Drama, *Asian Theater Journal*, 2000 (1): 135 – 138.

Cornell, C. , Watch this space: Contemporary Chinese Literature in English, interview with Eric Abrahamsen, http: //blogs. usyd. edu. au/artspacechina/2010/10/watch_ this_ space_ contemporary_ 1. html (accessed 2018 – 06 – 25) .

Crevel, V. M. , *Chinese Poetry in Times of Mind, Mayhem and Money*, Leiden/Boston: Brill, 2008.

Damrosch, D. (ed.), *The Longman Anthology of World Literature*, v. F, New York: Longman, 2009.

Damrosch, D. , Contextualizing Arabic Literature, *Journal of World Literature*, 2017 (2): 527 – 534.

Damrosch, D. , The Mirror and the Window: Reflections on Anthology Construction, *Pedagogy*, 2001 (1): 207 – 214.

Damrosch, D. , *What is World Literature?*, Princeton: Princeton University Press, 2003.

Davis, P. (ed.), *The Bedford Anthology of World Literature*, v. 6, Boston: Bedford/St. Martins, 2003.

Denton, K. A. , Review of Diary of a Madman and Other Stories by Lu Xun and William Lyell, *Chinese Literature: Essays, Articles, Reviews*, 1993 (15): 174.

Denton, K. A. , Review of Running Wild: New Chinese Writers, *China Review International*, 1995 (2): 575 – 581.

Domínguez, C. , Dislocating European Literature (s): What's in an Anthology of European Literature, *Kultura (Skopje)*, 2014 (3): 9 – 24.

Duke, M. (ed.), *Contemporary Chinese Literature: An Anthology of Post-Mao Fiction and Poetry*, Armonk, N. Y.: M. E. Sharpe, 1985.

Duke, M. (ed.), *Worlds of Modern Chinese Fiction*, Armonk, N. Y.: M. E. Sharpe, 1991.

Ebon, M., *Five Chinese Communist Plays*, New York: The John Day Company, 1975.

Eoyang, E., Review of Anthology of Modern Chinese Poetry, *The Journal of Asian Studies*, 1994 (1): 186–188.

Essman, H. & Frank, A. P., Translation Anthologies: An Invitation to the Curious and a Case Study, *Target*, 1991 (1): 65–69.

Finkel, D. (ed.), *A splintered mirror: Chinese poetry from the democracy movement*, San Francisco: North Point Pr., 1991.

Fowler, E., Rendering words, traversing cultures: on the art and politics of translating modern Japanese fiction, *The Journal of Japanese Studies*, 1992 (1): 1–44.

Frank, A. P., Anthologies of translation, In M. Baker (ed.), *Routledge Encyclopedia of Translation Studies*, Shanghai: Shanghai Foreign Language Education Press, 2004.

Genette, G., *Paratexts: Thresholds of Interpretation. Cambridge*, Cambridge: Cambridge University Press, 1997.

Gibbs, D. & Y.-C. Li., *A Bibliography of Studies and Translations of Modern Chinese Literature, 1918–1942*, Cambridge, MA.: East Asian Research Center, Harvard University, 1974.

Gunn, E. (ed.), *Twentieth-century Chinese Drama: An Anthology*, Bloomington: Indiana University Press, 1983.

Harding H. From China, with Disdain: New Trends in the Study of China, *Asian Survey*, 1982 (10): 934–958.

Hsia, C. T. (ed.), *Twentieth Century Chinese Stories*, New York: Columbia

University Press, 1971.

Hsia, C. T., *A History of Modern Chinese Fiction*, Bloomington: Indiana University Press, 1999: 51 - 52.

Hsu, K. Y. (ed.), *Twentieth Century Chinese Poetry: An Anthology*, New York: Doubleday, 1963.

Huang, Y. T. (ed.), *The Big Red Book of Modern Chinese Literature*, New York: Norton, 2016.

Hung, E., Periodicals as Anthologies: A Study of Three English-language Journals of Chinese Literature, In Kittel H. (ed.), *International Anthologies of Literature in Translation*, Bielefeld: Erich-Schmidt-Verlag, 1995.

Isaacs, H. R. (ed.), *Straw Sandals: Chinese Short Stories 1918 - 1933*, Massachusetts: The MIT Press, 1974.

Içlklar Koçak, M., Problematizing Translated Popular Texts on Women's Sexuality: A New Perspective on the Modernization Project in Turkey from 1931 to 1959, Bogazici University Institute of Social Sciences, Istanbul, 2007.

Jeffrey, R. Di Leo. (ed.), *On Anthologies: Politics and Pedagogy*, Lincoln: University of Nebraska Press, 2004.

Jenner, W. J. F. (ed.), *Modern Chinese Stories*, London: Oxford University Press, 1970.

Ken, L. (ed.), *Invisible Planets*, New York: Tor Books, 2016.

Kendall, L., Review of China on Stage, *CORD News*, 1974 (2): 32 - 33.

Korte, B., Flowers for the Picking: Anthologies of Poetry in (British) Literary and Cultural Studies, In Korte, B., Schneider R. & S. Lethbridge (ed.), *Anthologies of British Poetry: Critical Perspectives from Literary and Cultural Studies*, Amsterdam/Atlanta, GA.: Rodopi, 2000: 1 - 41.

Kyn, Y. Y. (ed.), *The Tragedy of Ah Qui, And Other Modern Chinese Stories*, Tran. E. H. F. Mills, New York: The Dial Press, 1931.

Lanham, P. (ed.), *Red Is Not the Only Color: Contemporary Chinese Fiction on*

Love and Sex between Women, New York: Rowman and Littlefield, 2001.

Lau, J. & C. T. Hsia (ed.), *Modern Chinese Stories and Novellas: 1919 – 1949*, New York: Columbia University Press, 1981.

Lawall S. & M. Mack (ed.), *The Norton Anthology of World Literature*, v. F, New York: Norton, 2002.

Lee, Y. (ed.), *The New Realism: Writings from China after the Cultural Revolution*, New York: Hippocrene Books, 1983.

Leese, K., 2013. The world has yet to see the best of Chinese Literature, http://blogs.spectator.co.uk/books/2013/03/the-world-has-yet-to-see-the-best-of-Chinese-literature/.

Lefevere, A., Translation and Canon Formation: Nine Decades of Drama in the United State, In Alvarez, R. & M. Vidal (ed.), *Translation, Power, Subversion*, Clevedon: Multilingual Matters, 1996: 138 – 155.

Lefevere, A., *Translation, Rewriting and the Manipulation of Literary Fame*, London and New York: Routledge, 1992.

Lefevere, A., *Translation, Rewriting and the Manipulation of Literary Fame*, Shanghai: Shanghai Foreign Language Education Press, 2004.

Li, Z. Y. Preface, In *Best Chinese Stories: 1949 – 1989*, Chinese Literature Press, 1989.

Link, P. (ed.), *Roses and Thorns: The Second Blooming of the Hundred Flowers in Chinese Fiction*, Berkely: University of California Press, 1984.

Link, P. (ed.), *Stubborn Weeds: Popular and Controversial Chinese Literature after the Cultural Revolution*, Bloomington: Indiana University Press, 1983.

Link, P., Ideology and theory in the study of modern Chinese literature, *Modern China*, 1993 (1): 4 – 12.

Liu W. C. & Li T. Y. (ed.), *Readings in Contemporary Chinese Literature*, New Haven: Institute of Far Eastern Languages, Yale University, 1953.

Liu, K., Politics, Critical Paradigms: Reflections on Modern Chinese Literature Studies, *Modern China*, 1993 (1): 13 – 40.

Liu, L. H., Review of I Myself am a Woman: Selected Writings of Ding Ling, *Chinese Literature: Essays, Articles, Reviews*, 1991 (1): 169 – 170.

Liu, S. Y., The Brightest Sun, The Darkest Shadow: Ideology and the Study of Chinese Theater in the West During the Cold War, *Theatre Survey*, 2013 (1): 27 – 50.

Lois, W. S. (ed.), *China on Stage: An American Actress in the People's Republic*, New York: Random House, 1972.

Louie, K. & L. Edwards, Bibliography of English Translations and Critiques of Contemporary Chinese Fiction, 1945 – 1992, Taipei: Center for Chinese Studies, 1993.

Lovell, J., A bigger picture, *The New York Times Book Review*, 2016 (7): 21.

Mack, M. (ed.), *The Norton Anthology of World Masterpieces*, New York: W. W. Norton, 1979.

Mack, M. (ed.), *World Masterpieces: Literature of Western Culture*, New York: W. W. Norton, 1956.

Mack, M. (ed.), *World Masterpieces: Literature of Western Culture*, New York: W. W. Norton, 1992.

Mair, V. & M. Bender (ed.), *The Columbia Anthology of Chinese Folk and Popular Literature*, New York: Columbia University Press, 2011.

Martha, P. Y., Zheung. Academic navel gazing? Playing the game up front. In Seruya T. (ed.), *Translation in anthologies and collections (19th and 20th centuries)*, Amsterdam/Philadelphia: John Benjamins Publishing Company, 2013.

Martin, W. H., Reviewed Work (s): The Columbia Anthology of Modern Chinese Literature, *The Journal of Asian Studies*, 1995 (4): 1089 – 1090.

Mason, W. (ed.), *Perspectives in Contemporary Chinese Literature*, Michigan: Green River Review Press, 1983.

McDougall, B. S. , Reviewed Work (s): The Columbia Anthology of Modern Chinese Literature, *The China Quarterly*, 1996 (3): 654 – 656.

Meserve, W. J. & Meserve, R. I. (ed.), *Modern Drama from Communist China*, New York: New York University Press, 1970.

Meserve, W. J. (ed.), *Modern Literature from China*, New York: New York University Press, 1974.

Meserve, W. J. , Review of China on Stage: An American Actress in the People's Republic, *Modern Drama*, 1973 (1): 104 – 106.

Mitchell, J. D. (ed.), *The Red Pear Garden: Three Dramas of Revolutionary China*, Boston: David R. Godine, 1973.

Morin, E. (ed.), *The Red Azalea: Chinese poetry since the Cultural Revolution*, Honolulu: University of Hawaii Press, 1990.

Mu, A. J. , Chiu & H. Goldblatt (ed.), *Loud Sparrows: Contemporary Chinese Short-shorts*, New York: Columbia University Press, 2006.

Ning, O. & W. Austin (ed.), *Chutzpah! New Voices from China*, Norman: Oklahoma University Press, 2015.

Omar, K. , Anthologizing Arabic Literature, *Journal of World Literature*, 2017 (4): 512 – 526.

Owen, S. , What is world poetry? *The New Republic*, 1990 (21): 28 – 32.

Paul, W. K. , Reflections on Recent Anthologies of Chinese Literature in Translation, *The Journal of Asian Studies*, 2002 (3): 985 – 999.

Pinto, M. A. , Cancioneiro Chinez: the first Portuguese anthology, In Seruya T. (ed.), *Translation in anthologies and collections (19th and 20th centuries)*, Amsterdam/Philadelphia: John Benjamins Publishing Company, 2013.

Pollard, D. E. , Review of Anthology of Modern Chinese Poetry, *Bulletin of the School of Oriental and African Studies*, 1994 (3): 623 – 624.

Puchner, M. (ed.), *The Norton Anthology of World Literature*, v. F, New

York: Norton, 2012.

Puchner, M., World literature and the creation of literary worlds, *Neohelicon*, 2011 (2): 341 – 348.

Pym, A., Translational and Non-Translational Regimes Informing Poetry Anthologies, In Kittel H. (ed.), *International Anthologies of Literature in Translation*, Bielefeld: Erich-Schmidt-Verlag, 1995.

Qi, S. H. (ed.), *The Pearl Jacket and Other Stories: Flash Fiction from Contemporary China*, Berkeley, CA.: Stone Bridge Press, 2008.

Schwartz, L., Review of Out of the Howling Storm: The New Chinese Poetry by Tony Barnstone, *Mānoa*, 1995 (1): 260 – 263.

Seruya, T., D'hulst, L., Rosa, A. A. & M. L. Moniz (ed.), *Translation in Anthologies and Collections (19th and 20th Centuries)*, Amsterdam/Philadelphia: John Benjamins Publishing Company, 2013.

Siu, H. (ed.), *Furrows: Peasants, Intellectuals, and the State*, Calif.: Stanford University Press, 1990.

Siu, H. (ed.), *Mao's Harvest: Voices from China's New Generation*, New York: Oxford University Press, 1983.

Smedley, A., Introduction, In Cze M. T. (ed.), *Short Stories From China*, London: Martin Lawrence Ltd., 1934: 5 – 7.

Snow, E. (ed.), *Living China: modern Chinese short Stories*, Westport Conn: Hyperion Press, 1937.

Song, G. & Q. X. Yang (ed.), *The Sound of Salt Forming: Short Stories by the Post – 80s Generation in China*, Honolulu: University of Hawaii, 2016.

Tai, J. (ed.), *Spring Bamboo: A Collection of Contemporary Chinese Short Stories*, New York: Random House, 1989.

Taylor, E. G., Review of Living China, *Pacific Affairs*, 1937 (1): 88 – 91.

Thomsen, M. R., *Mapping World Literature: International Canonization and Transnational Literatures*, London: Continuum, 2008.

Tung, C. , Review of Modern Drama from Communist China, *The Journal of Asian Studies*, 1971 (3): 675 –677.

Vivian, L. H. (ed.), *Born of the Same Roots: Stories of Modern Chinese Women*, Bloomington: Indiana University Press, 1983.

Wang, D. D. (ed.), *Running Wild: New Chinese Writers*, New York: Columbia University Press, 1994.

Wang, D. D. , Review of I Myself Am A Woman: Selected Writings of Ding Ling, *Journal of the American Oriental Society*, 1991 (3): 617 –618.

Wetmore, K. J. , Review of The Columbia Anthology of Modern Chinese Drama, *The Journal of Asian Studies*, 2011 (4): 1114 –1116.

Wong, T. (ed.), *Stories for Saturday: Twentieth Century Chinese Popular Fiction*, Honolulu: University of Hawaii Press, 2003.

Yan, H. P. (ed.), *Theater and Society: An Anthology of Contemporary Chinese Drama*, Armonk, NY/London: M. E. Sharpe, 1998.

Yang, G. , Preface, In *Seven Contemporary Chinese Women Writers*, Beijing: Chinese Literature Press, 1982: 5 –9.

Yip, Wai-lim (ed.), *Lyrics from Shelters: Modern Chinese Poetry, 1930 –1950*, New York: Garland Pub, 1992.

Yu, S. L. (ed.), *Chinese Drama after the Cultural Revolution, 1979 –1989: An Anthology*, New York: Edwin Mellen Press, 1996.

Yüan C. H. & R. Payne (ed.), *Contemporary Chinese Short Stories*, New York: N. Carrington, 1946.

Zhang, Y. J. , Mapping Chinese Literature as World Literature, *CLCWeb: Comparative Literature and Culture*, 2015 (1): 1 –10.

Zhao, Y. H. , Review of The Red Azalea: Chinese poetry since the Cultural Revolution, *Bulletin of the School of Oriental and African Studies*, 1992 (2): 366 –367.

附录一 收录中国现当代小说的选集

（按出版时间排序）

英文名	中文译名	编译者	出版社	出版年份
The Tragedy of Ah Qui, And Other Modern Chinese Stories	《阿Q的悲剧及其他当代中国短篇小说》	E. H. F. Mills	New York: The Dial Press	1931
Short Stories from China	《中国短篇小说》	Cze Ming-ting	New York: International Publishers	1934
Living China: Modern Chinese Short Stories	《活的中国》	Edgar Snow	New York: Reynal & Hitchcock	1937
Contemporary Chinese Stories	《现代中国短篇小说》	Chi-chen Wang	New York: Columbia University Press	1944
Contemporary Chinese short Stories	现代中国短篇小说	Yüan Chia-hua and Robert Payne	New York: N. Carrington	1946
Stories of China at War	《中国战时小说》	Chi-chen Wang	New York: Columbia University Press	1947
Readings in contemporary Chinese literature（3Vs）	现代中国文学读本	Liu Wu-chi and Tien-yi Li.	New Haven: Institute of Far Eastern Languages, Yale University	1953
A Treasury of Chinese Literature	《学思文粹: 中国文学选集》	Ch'u Chai & Wineberg Chai	New York: Appleton-Century	1965

续表

英文名	中文译名	编译者	出版社	出版年份
Modern Chinese Stories	《现代中国小说》	W. J. F. Jenner, translated with Gladys Yang	London; New York: Oxford U. P.	1970, 1974, 1978
Twentieth Century Chinese Stories	《二十世纪中国小说选》	C. T. Hsia	New York: Columbia University Press	1971
Anthology of Chinese Literature Vol. II	《中国文学选集》第二卷	Cyril Birch	New York: Grove Press	1972
Modern Literature from China	《中国现代文学》	Walter J. Meserve & Ruth I. Meserve	New York: New York University Press	1974
Straw Sandals: Chinese Short Stories 1918–1933	《草鞋脚》	Harold R. Isaacs	Cambridge: MIT Press	1974
The Chinese Literary Scene: A Writer's Visit to the People's Republic	《中国文学景象：一位作家的中国之旅》	Kai-Yu Hsu	New York: Vintage Books	1975
Revolutionary Literature in China: An Anthology	《中国革命文学选集》	John Berninghausen & Ted Huters	New York: M. E. Sharpe	1976
Stories of Contemporary China	《中国当代小说》	Winston Yang	New York: Paragon Book Gallery	1979
Literature of the People's Republic of China	《中华人民共和国文学》	Kai-yu Hsu	Bloomington: Indiana University Press	1980
Literature of the Hundred Flowers	《百花文学》	Hualing Nieh	New York: Columbia University Press	1981
Modern Chinese Stories and Novellas: 1919–1949	《1919—1949 中国小说选》	C. T. Hsia	New York: Columbia University Press	1981
Born of the Same Roots: Stories of Modern Chinese Women	《本是同根生：现代中国女性小说》	Vivian L. Hsu	Bloomington: Indiana University Press	1983
The New Realism: Writings from China after the Cultural Revolution	《新现实主义："文革"后的中国作品》	Lee Yee	New York: Hippocrene Books	1983

附录一 收录中国现当代小说的选集

续表

英文名	中文译名	编译者	出版社	出版年份
Stubborn Weeds: Popular and Controversial Chinese Literature after the Cultural Revolution	《倔强的野草:"文革"后中国流行的争议作品》	Perry Link	Bloomington: Indiana University Press	1983
Mao's Harvest: Voices from China's New Generation	《毛泽东的收获:中国新一代的声音》	Helen Siu & Zelda Stern	New York: Oxford University Press	1983
Perspectives in Contemporary Chinese Literature	《中国当代文学面面观》	Mason Wang	Michigan: Green River Review Press	1983
Roses and Thorns: The Second Blooming of the Hundred Flowers in Chinese Fiction	《花与刺:中国小说百花再放》	Perry Link	Berkely: University of California Press	1984
Contemporary Chinese Literature: An Anthology of Post-Mao Fiction and Poetry	《当代中国文学:后毛时代的小说诗歌选集》	Michael S. Duke	Armonk, N. Y.: M. E. Sharpe	1985
The Chinese Western: Short Fiction From Today's China	《中国西部:今日中国短篇小说》	Zhu Hong	New York: Ballantine	1988
Spring Bamboo: A Collection of Contemporary Chinese Short Stories	《春竹:当代中国短篇小说集》	Jeanne Tai	New York: Random House	1989
Furrows: Peasants, Intellectuals, and the State	《犁沟:农民,知识分子与国家》	Helen F. Siu	Calif.: Stanford University Press	1990
Worlds of Modern Chinese Fiction	《中国现代小说大观》	Michael S. Duke	Armonk, N. Y.: M. E. Sharpe	1991
Recent Fiction from China, 1987-1988	《新近中国小说(1987—1988)》	Long, Xu	Lewiston: Edwin Mellen Press	1991
The Serenity of Whiteness: Stories By and About Women in Contemporary China	《恬静的白色:中国当代女作家之女性小说》	Zhu Hong	New York: Ballantine Books	1991
New Ghosts, Old Dreams	《新鬼旧梦录》	Geremie Barmé & Linda Jaivin	New York: Times Books	1992
Running Wild: New Chinese Writers	《狂奔:华语新作家》	David Der-wei Wang	New York: Columbia University Press	1994

续表

英文名	中文译名	编译者	出版社	出版年份
Chinese Short Stories of the Twentieth Century: An Anthology in English	《20世纪中国短篇小说英译选集》	Zhihua Fang	New York: Garland Pub	1995
Chairman Mao Would Not Be Amused	《毛主席会不开心》	Howard Goldblatt	New York: Grove Press	1995
The Columbia Anthology of Modern Chinese Literature	《哥伦比亚中国现代文学选集》	Joseph S. M. Lau & Howard Goldblatt	New York: Columbia University Press	1995
China's Avant-Garde Fiction: An Anthology	《中国先锋小说选》	Jing Wang	Durham: Duke UP	1998
Writing Women in Modern China: An Anthology of Women's Literature from the Early Twentieth Century	《现代中国的创作女性》	A. Dooling & K. Torgeson	New York: Columbia University Press	1998
Fissures: Chinese Writing Today	《裂隙：今日中国文学》	Henry Y. H. Zhao, Yanbing Chen, and John Rosenwald	Brookline, MA: Zephyr Press	2000
The Vintage Book of Contemporary Chinese Fiction	《中国当代小说精选》	Carolyn Choa and David Su Li-Qun	New York: Vintage Books	2001
Red is Not the Only Color: Contemporary Chinese Fiction on Love and Sex between Women, Collected Stories	《红色不是唯一的颜色：当代中国女同小说选》	Patricia Sieber. Lanham	New York and Oxford: Rowman and Littlefield	2001
Dragonflies: Fiction by Chinese Women in the Twentieth Century	《蜻蜓：20世纪中国女性小说》	Shu-ning Sciban and Fred Edwards	Ithaca: Cornell East Asia Series	2003
The Mystified Boat and Other New Stories from China	《〈迷舟〉及其他中国新小说》	Frank Stewart and Herbert J. Batt	Honolulu: University of Hawaii Press	2003

续表

英文名	中文译名	编译者	出版社	出版年份
Writing Women in Modern China: The Revolutionary Years, 1936–1976	《现代中国的女性书写：1936 到 1976 的革命年代》	Amy Dooling	New York: Columbia UP	2005
China: A Traveler's Literary Companion	《旅行者的中国文学地图》	Kirk A. Denton	Berkeley: Whereabouts Press	2008
New Penguin Parallel Text Short Stories in Chinese	《新企鹅双语版中国短篇小说》	John Balcolm	New York: Penguin Books	2013
Chutzpah! New Voices from China	《天南！来自中国的新声》	Ou Ning and Austin Woerner	Norman: Oklahoma University Press	2015
The Sound of Salt Forming: Short Stories by the Post-80s Generation in China	《成盐之声：中国八零后短篇小说》	Geng Song and Qingxiang Yang	Honolulu: University of Hawaii	2016
The Big Red Book of Modern Chinese Literature	《中国现代文学大红宝书》	Yunte Huang	New York: W. W. Norton & Company	2016

附录二　收录中国新诗的选集

（按出版时间排序）

英文名	中文译名	编译者	出版社	出版年份
Readings in contemporary Chinese literature（3Vs）	《现代中国文学读本》	Wu-Chi Liu and Tien-yi Li.	New Haven：Institute of Far Eastern Languages, Yale University	1953
Twentieth Century Chinese Poetry：An Anthology	《二十世纪中国诗歌选集》	Kaiyu Hsu	New York：Doubleday	1963
A Treasury of Chinese Literature	《学思文粹：中国文学选集》	Ch'u Chai & Wineberg Chai	New York：Appleton-Century	1965
Anthology of Chinese Literature Vol. II	《中国文学选集》第二卷	Cyril Birch	New York：Grove Press	1972
Modern Literature from China	《中国现代文学》	Walter J. Meserve & Ruth I. Meserve	New York：New York University Press	1974
Literature of the People's Republic of China	《中华人民共和国文学》	Kai-yu Hsu	Bloomington：Indiana University Press	1980
Literature of the Hundred Flowers	《百花文学》	Hualing Nieh	New York：Columbia University Press	1981
Contemporary Chinese Literature：An Anthology of Post-Mao Fiction and Poetry	《当代中国文学：后毛时代的小说诗歌选集》	Michael S. Duke	Armonk, N. Y.：M. E. Sharpe	1985

续表

英文名	中文译名	编译者	出版社	出版年份
The Red Azalea: Chinese Poetry since the Cultural Revolution	《红杜鹃:"文革"以来的中国诗歌》	Edward Morin	Honolulu: University of Hawaii Press	1990
A Splintered mirror: Chinese poetry from the democracy movement	《破碎的镜子》	Donald Finkel; additional translations by Carolyn Kizer	San Francisco: North Point Press	1991
Lyrics from Shelters: Modern Chinese Poetry, 1930–1950	《隐匿者的抒情诗》	Wai-lim Yip	New York: Garland Pub	1992
Anthology of Modern Chinese Poetry	《现代汉诗选》	Michelle Yeh	New Haven: Yale University Press	1992
Out of the Howling Storm: The New Chinese Poetry	《冲出呼啸的风暴:新中国诗歌》	Tony Barnstone	Hanover: UP of New England	1993
The Columbia Anthology of Modern Chinese Literature	《哥伦比亚中国现代文学选集》	Joseph S. M. Lau & Howard Goldblatt	New York: Columbia University Press	1995
New Generation: Poems from China Today	《新一代:今日中国诗歌》	Wang Ping	New York: Hanging Loose Press	1999
Fissures: Chinese Writing Today	《裂隙:今日中国文学》	Henry Y. H. Zhao, Yanbing Chen, and John Rosenwald	Brookline, MA: Zephyr Press	2000
Another Kind of Nation: An Anthology of Contemporary Chinese Poetry	《另一种国度:当代中国诗歌选》	Zhang Er and Dongdong Chen	JNJ: Talisman House Publishers	2007
Twentieth-Century Chinese Women's Poetry: An Anthology	《20世纪中国女性诗歌选》	Julia C. Lin	New York: M. E. Sharpe	2009
Push Open the Window: Contemporary Poetry from China	《推开窗户:当代中国诗歌》	Qingping Wang	Port Townsend, WA: Copper Canyon Press	2011
New Cathay: Contemporary Chinese Poetry	《新华夏集:当代中国诗歌》	Ming Di	North Adams, MA: Tupelo Press	2013

续表

英文名	中文译名	编译者	出版社	出版年份
Iron Moon: An Anthology of Chinese Migrant Worker Poetry	《铁月亮：中国农民工诗选》	Qin Xiaoyu. Tr. Eleanor Goodman	New York: White Pine Press	2016
The Big Red Book of Modern Chinese Literature	《中国现代文学大红宝书》	Yunte Huang	New York: W. W. Norton & Company	2016

附录三　收录中国现当代戏剧的选集

（按出版时间排序）

英文名	中文译名	编译者	出版社	出版年份
Readings in contemporary Chinese literature（3 Vs）	《现代中国文学读本》	Wu-chi Liu and Tien-yi Li	New Haven：Institute of Far Eastern Languages, Yale University	1953
A Treasury of Chinese Literature	《学思文粹：中国文学选集》	Ch'u Chai & Wineberg Chai	New York：Appleton-Century	1965
Modern Drama from Communist China	《共产中国现代戏剧》	Walter J. Meserve & Ruth I. Meserve	New York：New York University Press	1970
Anthology of Chinese Literature Vol. II	《中国文学选集》第二卷	Cyril Birch	New York：Grove Press	1972
China on Stage	《舞台上的中国》	Lois Wheeler Snow	New York：Random House	1972
The Red Pear Garden：Three Dramas of Revolutionary China	《红色梨园：革命中国戏剧三种》	John Mitchell	Boston, Mass.：David R. Godine	1973
Modern Literature from China	《中国现代文学》	Walter J. Meserve & Ruth I. Meserve	New York：New York University Press	1974
Five Chinese Communist Plays	《中国共产党戏剧五种》	Martin Ebon	New York：The John Day Co.	1975

续表

英文名	中文译名	编译者	出版社	出版年份
Revolutionary Literature in China: An Anthology	《中国革命文学选集》	John Berninghausen & Ted Huters	New York: M. E. Sharpe	1976
Literature of the People's Republic of China	《中华人民共和国文学》	Kai-yu Hsu	Bloomington: Indiana University Press	1980
Literature of the Hundred Flowers	《百花文学》	Hualing Nieh	New York: Columbia University Press	1981
Twentieth-Century Chinese Drama: An Anthology	《二十世纪中国戏剧选集》	E. Gunn	Bloomington: Indiana University Press	1983
Chinese Drama after the Cultural Revolution, 1979–1989: An Anthology	《"文革"后中国戏剧选: 1979—1989》	Shiao-ling Yu	Edwin Mellen	1996
An Oxford Anthology of Contemporary Chinese Drama	《牛津中国当代戏剧选集》	Lai, Jane & Cheung, Martha	New York: Oxford University Press	1997
Theater and Society: An Anthology of Contemporary Chinese Drama	《戏剧与社会: 中国当代戏剧选》	Yan, Haiping	Armonk: M. E. Sharpe	1998
Reading the Right Text: An Anthology of Contemporary Chinese Drama	《阅读正确文本: 当代中国戏剧选》	Xiaomei Chen	Honolulu: University of Hawaii Press	2003
The Columbia Anthology of Modern Chinese Drama	《哥伦比亚现代中国戏剧选》	Xiaomei Chen	New York: Columbia University Press	2010

附录四　中国现当代文学英译选集汇总

（按出版时间排序）

英文名	中文译名	编译者	出版社	出版年份
The Tragedy of Ah Qui, And Other Modern Chinese Stories	《阿Q的悲剧及其他当代中国短篇小说》	E. H. F. Mills	New York：The Dial Press	1931
Short Stories from China	《中国短篇小说》	Cze Ming-ting	New York：International Publishers	1934
Modern Chinese Poetry	《中国现代诗选》	Harold Acton & Chen Shih-hsiang	London：Duckworth	1936
Living China：Modern Chinese Short Stories	《活的中国》	Edgar Snow	New York：Reynal & Hitchcock	1937
Contemporary Chinese Stories	《现代中国短篇小说》	Chi-chen Wang	New York：Columbia University Press	1944
Contemporary Chinese short Stories	《现代中国短篇小说》	Yüan Chia-hua & Robert Payne	New York：N. Carrington	1946
Contemporary Chinese Poetry	《当代中国诗选》	Robert Payne	London：Routledge	1947
Stories of China at War	《中国战时小说》	Chi-chen Wang	New York：Columbia University Press	1947

续表

英文名	中文译名	编译者	出版社	出版年份
Modern Chinese Stories	《中国现代小说选》	K. M. Panikkar	Delhi：Ranjit Printers & Publishers	1953
Readings in contemporary Chinese literature	《现代中国文学读本》	Wu-chi Liu & Tien-yi Li.	New Haven：Institute of Far Eastern Languages, Yale University	1953
The People Speak Out：Translations of Poems and Songs of the People of China	《人民心声：中国民间诗与民歌翻译》	Rewi Alley	Beijing：R. Alley	1954
The Women's Representative：Three One-Act Plays	《妇女代表》	匿名	Beijing：Foreign Languages Press	1956
Saturday Afternoon at the Mill, and other One-Act Plays	《纱厂的星期六下午及其他作品集》	匿名	Beijing：Foreign Languages Press	1957
I Knew All Along and Other Stories	《三年早知道及其他小说集》	匿名	Beijing：Foreign Languages Press	1960
Sowing the Clouds：A Collection of Chinese Short Stories	《耕云记：中国短篇小说集》	匿名	Beijing：Foreign Languages Press	1961
Twentieth Century Chinese Poetry：An Anthology	《二十世纪中国诗歌选集》	Kaiyu Hsu	New York：Doubleday	1963
A Treasury of Chinese Literature	《学思文粹：中国文学选集》	Ch'u Chai & Wineberg Chai	New York：Appleton-Century	1965
Modern Chinese Stories	《现代中国小说》	W. J. F. Jenner	London；New York：Oxford U. P.	1970
Modern Drama from Communist China	《共产中国现代戏剧》	Walter J. Meserve & Ruth I. Meserve	New York：New York University Press	1970
Twentieth Century Chinese Stories	《二十世纪中国小说选》	C. T. Hsia	New York：Columbia University Press	1971
The Seeds and Other Stories	《种子及其他小说集》	匿名	Beijing：Foreign Languages Press	1972

续表

英文名	中文译名	编译者	出版社	出版年份
Anthology of Chinese Literature Vol. II	《中国文学选集》第二卷	Cyril Birch	New York：Grove Press	1972
China on Stage	《舞台上的中国》	Lois Wheeler Snow	New York：Random House	1972
The Red Pear Garden：Three Dramas of Revolutionary China	《红色梨园：革命中国戏剧三种》	John Mitchell	Boston, Mass.：David R. Godine	1973
The Young Skipper and Other Stories	《新来的老大及其他小说》	匿名	Peking：Foreign Languages Press	1973
Modern Literature from China	《中国现代文学》	Walter J. Meserve & Ruth I. Meserve	New York：New York University Press	1974
Straw Sandals：Chinese Short Stories 1918–1933	《草鞋脚》	Harold R. Isaacs	Cambridge：MIT Press	1974
Five Chinese Communist Plays	《中国共产党戏剧五种》	Martin Ebon	New York：The John Day Co.	1975
The Chinese Literary Scene：A Writer's Visit to the People's Republic	《中国文学景象：一位作家的中国之旅》	Kai-Yu Hsu	New York：Vintage Books	1975
Revolutionary Literature in China：An Anthology	《中国革命文学选集》	John Berninghausen & Ted Huters	New York：M. E. Sharpe	1976
Stories of Contemporary China	《中国当代小说》	Winston Yang	New York：Paragon Book Gallery	1979
Literature of the People's Republic of China	《中华人民共和国文学》	Kai-yu Hsu	Bloomington：Indiana University Press	1980
Literature of the Hundred Flowers	《百花文学》	Hualing Nieh	New York：Columbia University Press	1981
Modern Chinese Stories and Novellas：1919–1949	《1919—1949 中国小说选》	C. T. Hsia	New York：Columbia University Press	1981
Winter Plum：Contemporary Chinese Fiction	《寒梅：中国当代小说》	Nancy Ing	San Francisco：Chinese Materials Center	1982

续表

英文名	中文译名	编译者	出版社	出版年份
Summer Glory: A Collection of Contemporary Chinese Poetry	《夏照：当代中文诗选》	Nancy Ing	San Francisco: Chinese Materials Center	1982
Masterpieces of Modern Chinese Fiction, 1919–1949	《中国现代小说杰作选》	匿名	Beijing: Foreign Languages Press	1983
Born of the Same Roots: Stories of Modern Chinese Women	《本是同根生：现代中国女性小说》	Vivian L. Hsu	Bloomington: Indiana University Press	1983
Twentieth-Century Chinese Drama: An Anthology	《二十世纪中国戏剧选集》	E. Gunn	Bloomington: Indiana University Press	1983
The New Realism: Writings from China after the Cultural Revolution	《新现实主义："文革"后的中国作品》	Lee Yee	New York: Hippocrene Books	1983
Stubborn Weeds: Popular and Controversial Chinese Literature after the Cultural Revolution	《倔强的野草："文革"后中国流行的争议作品》	Perry Link	Bloomington: Indiana University Press	1983
Mao's Harvest: Voices from China's New Generation	《毛泽东的收获：中国新一代的声音》	Helen Siu & Zelda Stern	New York: Oxford University Press	1983
Perspectives in Contemporary Chinese Literature	《中国当代文学面面观》	Mason Wang	Michigan: Green River Review Press	1983
Roses and Thorns: The Second Blooming of the Hundred Flowers in Chinese Fiction	《花与刺：中国小说百花再放》	Perry Link	Berkely: University of California Press	1984
Contemporary Chinese Literature: An Anthology of Post-Mao Fiction and Poetry	《当代中国文学：后毛时代的小说诗歌选集》	Michael S. Duke	Armonk, N.Y.: M. E. Sharpe	1985
A Wind Across the Grass: Modern Chinese Writing with Fourteen Stories	《草原上的风》	Hugh Anderson	Ascot Vale, Vic.: Red Rooster Press	1985
Contemporary Chinese Fiction: Four Short Stories, introduced and annotated for the student of Chinese	《现代中文小说读本》	Neal Robbin	New Haven: Far Eastern Publications, Yale University	1986

续表

英文名	中文译名	编译者	出版社	出版年份
One Half of the Sky: Selections from Contemporary Women Writers of China	《半边天：当代中国女作家作品选》	R. A. Roberts and Angela Knox	London: Heinemann	1987
The Chinese Western: Short Fiction From Today's China	《中国西部：今日中国短篇小说》	Zhu Hong	New York: Ballantine	1988
Seeds of Fire: Chinese Voices of Conscience	《火种：中国良知之声》	Geremie B. & Minford J	New York: Hill and Wang	1988
Science Fiction from China	《中国科幻小说》	Patrick M. & Wu Dingbo	New York: Praeger	1989
Spring Bamboo: A Collection of Contemporary Chinese Short Stories	《春竹：当代中国短篇小说集》	Jeanne Tai	New York: Random House	1989
Spring of Bitter Waters: Short Fiction from Today's China	《苦水泉：中国当代小说》	Zhu Hong	London: Allison & Busby	1989
Furrows: Peasants, Intellectuals, and the State	《犁沟：农民，知识分子与国家》	Helen F. Siu	Calif.: Stanford University Press	1990
The Red Azalea: Chinese Poetry since the Cultural Revolution	《红杜鹃："文革"以来的中国诗歌》	Edward Morin	Honolulu: University of Hawaii Press	1990
A Splintered mirror: Chinese poetry from the democracy movement	《破碎的镜子》	Donald Finkel	San Francisco: North Point Press	1991
The Time is Not Yet Ripe: Contemporary China's Best Writers and Their Stories	《时机未到：当代中国最优秀作家及其作品选》	Ying Bian	Beijing: Foreign Languages Press	1991
Worlds of Modern Chinese Fiction	《中国现代小说大观》	Michael S. Duke	Armonk, N. Y.: M. E. Sharpe	1991
Recent Fiction from China, 1987-1988	《新近中国小说：1987—1988》	Long, Xu	Lewiston: Edwin Mellen Press	1991
The Serenity of Whiteness: Stories By and About Women in Contemporary China	《恬静的白色：中国当代女作家之女性小说》	Zhu Hong	New York: Ballantine Books	1991

续表

英文名	中文译名	编译者	出版社	出版年份
New Ghosts, Old Dreams	《新鬼旧梦录》	Geremie Barmé & Linda Jaivin	New York: Times Books	1992
New Tide: Contemporary Chinese Poetry	《新潮：当代中国诗选》	Chao Tang and Lee Robinson	Toronto: Mangajin Books	1992
Lyrics from Shelters: Modern Chinese Poetry, 1930–1950	《隐匿者的抒情诗》	Wai-lim Yip	New York: Garland Pub	1992
Anthology of Modern Chinese Poetry	《现代汉诗选》	Michelle Yeh	New Haven: Yale University Press	1992
Out of the Howling Storm: The New Chinese Poetry	《冲出呼啸的风暴：新中国诗歌》	Tony Barnstone	Hanover: UP of New England	1993
The Lost Boat: Avant-garde Fiction from China	《迷舟：中国先锋小说选》	Henry Zhao	London: Wellsweep	1993
Running Wild: New Chinese Writers	《狂奔：中国新作家》	David Der-wei Wang	New York: Columbia University Press	1994
Chinese Short Stories of the Twentieth Century: An Anthology in English	《20世纪中国短篇小说英译选集》	Zhihua Fang	New York: Garland Pub	1995
Chairman Mao Would Not Be Amused	《毛主席会不开心》	Howard Goldblatt	New York: Grove Press	1995
The Columbia Anthology of Modern Chinese Literature	《哥伦比亚中国现代文学选集》	Joseph S. M. Lau & Howard Goldblatt	New York: Columbia University Press	1995
Chinese Drama after the Cultural Revolution, 1979–1989: An Anthology	《"文革"后中国戏剧选：1979—1989》	Shiao-ling Yu	Edwin Mellen	1996
An Oxford Anthology of Contemporary Chinese Drama	《牛津中国当代戏剧选集》	Lai, Jane & Cheung, Martha	New York: Oxford University Press	1997
Tales from Within the Clouds: s Nakhi Stories of China	《中国纳西族故事》	Carolyn Han	Honolulu: University of Hawaii Press	1997

续表

英文名	中文译名	编译者	出版社	出版年份
China's Avant-Garde Fiction: An Anthology	《中国先锋小说选》	Jing Wang	Durham: Duke UP	1998
Theater and Society: An Anthology of Contemporary Chinese Drama	《戏剧与社会：中国当代戏剧选》	Yan, Haiping	Armonk: M. E. Sharpe	1998
Writing Women in Modern China: An Anthology of Women's Literature from the Early Twentieth Century	《现代中国的创作女性》	A. Dooling & K. Torgeson	New York: Columbia University Press	1998
New Generation: Poems from China Today	《新一代：今日中国诗歌》	Wang Ping	New York: Hanging Loose Press	1999
Song of the Snow Lion: New Writings from Tibet	《雪狮之歌：西藏新写作》	Tsering Wangdu Shakya	Honolulu: University of Hawaii Press	2000
The Chinese Essay	《中国散文》	David Pollard	New York: Columbia University Press	2000
20th Century Chinese Essays in Translation	《20世纪中国散文翻译选》	Martin Woesler	Bochum: Bochum UP	2000
Fissures: Chinese Writing Today	《裂隙：今日中国文学》	Henry Y. H. Zhao	Brookline, MA: Zephyr Press	2000
The Vintage Book of Contemporary Chinese Fiction	《中国当代小说精选》	Carolyn Choa and David Su Li-Qun	New York: Vintage Books	2001
Tales of Tibet	《西藏传说》	Herbert J. Batt	Lanham: Rowman & Littlefield Publishers	2001
Red is Not the Only Color: Contemporary Chinese Fiction on Love and Sex between Women, Collected Stories	《红色不是唯一的颜色：当代中国女同小说选》	Patricia Sieber. Lanham	New York and Oxford: Rowman and Littlefield	2001
Dragonflies: Fiction by Chinese Women in the Twentieth Century	《蜻蜓：20世纪中国女性小说》	Shu-ning Sciban and Fred Edwards	Ithaca: Cornell East Asia Series	2003
Stories for Saturday: Twentieth Century Chinese Popular Fiction	《礼拜六小说：20世纪中国通俗小说》	Timothy C. Wong	Honolulu: University of Hawaii Press	2003

续表

英文名	中文译名	编译者	出版社	出版年份
The Mystified Boat and Other New Stories from China	《〈迷舟〉及其他中国新小说》	Frank Stewart & Herbert J. Batt	Honolulu：University of Hawaii Press	2003
Reading the Right Text：An Anthology of Contemporary Chinese Drama	《阅读正确文本：当代中国戏剧选》	Xiaomei Chen	Honolulu：University of Hawaii Press	2003
Writing Women in Modern China：The Revolutionary Years, 1936-1976	《现代中国的女性书写：1936年到1976年的革命年代》	Amy Dooling	New York：Columbia UP	2005
Loud Sparrows：Contemporary Chinese Short-Shorts	《喧吵的麻雀：当代中国小小说》	Aili Mu, Julie Chiu & Howard Goldblatt	New York：Columbia UP	2006
Eight Contemporary Chinese Poets	《八位中国当代诗人》	Naikan Tao and Tony Prince	Sydney：Wild Peony Press	2006
Another Kind of Nation：An Anthology of Contemporary Chinese Poetry	《另一种国度：当代中国诗歌选》	Zhang Er & Dongdong Chen	JNJ：Talisman House Publishers	2007
The Pearl Jacket and Other Stories：Flash Fiction from Contemporary China	《珍珠衫及其他：当代中国闪小说》	Shouhua Qi	Berkeley, CA：Stone Bridge Press	2008
China：A Traveler's Literary Companion	《旅行者的中国文学地图》	Kirk A. Denton	Berkeley：Whereabouts Press	2008
Twentieth-Century Chinese Women's Poetry：An Anthology	《20世纪中国女性诗歌选》	Julia C. Lin	New York：M. E. Sharpe	2009
The Columbia Anthology of Modern Chinese Drama	《哥伦比亚现代中国戏剧选》	Xiaomei Chen	New York：Columbia University Press	2010
Once Iron Girls：Essays on Gender by Post-Mao Chinese Literary Women	《曾经的铁娘子：后毛泽东时代文学女性的性别书写》	Hui Wu	Lanham：Lexington Books	2010
Push Open the Window：Contemporary Poetry from China	《推开窗户：当代中国诗歌》	Qingping Wang	Port Townsend, WA：Copper Canyon Press	2011

续表

英文名	中文译名	编译者	出版社	出版年份
The Columbia Anthology of Chinese Folk and Popular Literature	《哥伦比亚中国民间文学与通俗文学选集》	Victor H. Mair & Mark Bender	New York: Columbia UP	2011
Shi Cheng: Short Stories from Urban China	《都市中国小说》	Liu Ding, Carol Yinghu Lu, and Ra Page	Manchester, UK: Comma Press	2012
Jade Ladder: Contemporary Chinese Poetry	《玉梯：当代中国诗歌》	Yang Lian and W. N. Herbert	Highgreen, UK: Bloodaxe Books	2012
New Penguin Parallel Text Short Stories in Chinese	《新企鹅双语版中国短篇小说》	John Balcolm	New York: Penguin Books	2013
Irina's Hat: New Short Stories from China	《伊琳娜的礼帽：中国新小说》	Josh Stenberg	Portland: MerwinAsia	2013
New Cathay: Contemporary Chinese Poetry	《新华夏集：当代中国诗歌》	Ming Di	North Adams, MA: Tupelo Press	2013
Breaking New Sky: Contemporary Poetry from China	《打破新天：中国当代诗选》	Ouyang Yu	Melbourne: Five Islands Press	2013
Chutzpah! New Voices from China	《天南！来自中国的新声》	Ou Ning & Austin Woerner	Norman: Oklahoma University Press	2015
The Sound of Salt Forming: Short Stories by the Post-80s Generation in China	《成盐之声：中国八零后短篇小说》	Geng Song & Qingxiang Yang	Honolulu: University of Hawaii	2016
Iron Moon: An Anthology of Chinese Migrant Worker Poetry	《铁月亮：中国农民工诗选》	Qin Xiaoyu	New York: White Pine Press	2016
Invisible Planets	《看不见的星球》	Ken Liu	New York: Tor Books	2016
The Big Red Book of Modern Chinese Literature	《中国现代文学大红宝书》	Yunte Huang	New York: W. W. Norton & Company	2016